红石榴 出品

时尚 + 情感 + 励志

LAIZI WEILAI DE SHIMITE
来自未来的史密特

—— LAIZI WEILAI DE SHIMITE ——
来自未来的史密特

LAIZI WEILAI DE
SHIMITE

来自未来的史密特

LAIZI WEILAI DE SHIMITE

来自未来的史密特

LAIZI WEILAI
DE
SHIMITE

来自未来的史密特

来自未来的史密特

白小葵 / 著
BAIXIAOKUI

北方妇女儿童出版社
·长春·

版权所有　侵权必究

图书在版编目（CIP）数据

来自未来的史密特 / 白小葵著 . -- 长春：北方妇女儿童出版社，2015.9

（红石榴 . 影视小说系列）

ISBN 978-7-5385-9435-5

Ⅰ.①来　Ⅱ.①白　Ⅲ.①长篇小说－中国－当代　Ⅳ.① I247.5

中国版本图书馆 CIP 数据核字 (2015) 第 195955 号

来自未来的史密特
Laizi Weilai de Shimite

出 版 人	刘　刚
总 策 划	魏　娜
特约策划	师晓晖
责任编辑	吴　强　张　旭
图书统筹	空心菜
书籍装帧	刘　静
美术编辑	刘　静　赵艳红
作家经纪部	卢晓凤
开　　本	700mm×1000mm　1/16
字　　数	300千字
印　　张	18.5
版　　次	2015年9月第1版
印　　次	2015年9月第1次印刷
印　　刷	北京市兆成印刷有限责任公司
出　　版	北方妇女儿童出版社
发　　行	北方妇女儿童出版社
地　　址	长春市人民大街4646号
	邮编：130021
电　　话	0431-85678573
定　　价	25.90元

如发现印装质量问题，请与印务部联系退换，电话：010-51908584

目 录
-Contents-

Chapter 01 第一章　圣诞节杀人案 001

一个曾经集万千宠爱于一身的天才设计师，就这样在一夜之间沦落到万人唾骂的境地。

Chapter 02 第二章　"同居"的条件 017

你们放心，让我住在这儿，我会给你们想要的东西。这只是一场公平交易。

Chapter 03 第三章　重返阳明山 031

他站在悬崖边，感觉心跳越来越快，因为眼前的场景跟录像中的杀人现场终于重叠在了一起。

Chapter 04 第四章　米雪的幸福 047

在史密特看来，既然知道了米雪暗恋了两年的对象，那么帮她找到幸福就是指日可待的事情了。

第五章 照片疑云 061

照片上的"史密特"身后不远处有一个背着登山包的人，赫然正是廖宇轩。

第六章 父亲的过去 077

到底是造化弄人，史密特和史东明的命运不管在哪个年代都紧紧地连在了一起。

第七章 冯展的下落 093

我们合作查冯展失踪的真相，在那之前，怀表交给你保管。你放心，它在你手上，我绝对不敢伤害你。

第八章 史密特二号 109

突然一个人影出现在后门走廊处，史密特定睛一看，赫然正是自己的脸。

第九章 第一个受害者 125

冯展很可能不是我要找的受害人，也许还存在第二受害人。

Chapter 10 第十章　史东明的秘密 ——————— 139

盒子底部还有很多封没有寄出的信,信封署名都是"给何芸芸,永远等你的——史东明"。

Chapter 11 第十一章　拯救何芸芸 ——————— 153

何芸芸,你要是跳下去,我也会跟着你跳的。我曾亲眼看到你死在我面前,这种事,我不想经历第二次。

Chapter 12 第十二章　优盘提前暴露 ——————— 169

优盘里的监控录像自是更加让他大吃一惊,里面不光记录了一宗故意杀人案的过程,还清楚记录了杀人凶手的脸——正是史密特。

Chapter 13 第十三章　米雪受伤 ——————— 183

卢川以为史密特是要逃跑,将枪对准他扣动了扳机。米雪看到这一幕,毫不犹豫地冲上前挡在史密特身前。

Chapter 14 第十四章　一分钟逃亡 ——————— 199

史密特,我不能像我父亲一样失职,所以我给你一次机会,为你制造一分钟的逃脱时间,至于其他的,你就自求多福吧。

第十五章 抓捕史密特二号
Chapter 15 213

史密特死死压住史密特二号，卢川上前准备给他铐上手铐。

第十六章 周年庆上的表白
Chapter 16 229

米雪从史密特的脚上走下来，完全被眼前这一幕震撼了。

第十七章 廖宇轩的真面目
Chapter 17 243

米雪害怕地拿起手边的东西想砸廖宇轩，可没想到她摸到的竟是一个廖宇轩的仿真头像，脸上还密密麻麻地标刻着一些线条和数字，显得极其诡异。

第十八章 回到2045年
Chapter 18 257

为什么他还是感觉越来越虚弱？难道，只有回到2045年他才能活下去？

第十九章 永恒定格的幸福
Chapter 19 269

米雪和史密特四目相对，两个人心底都涌起无限感慨，似乎有一种二度一见钟情的感觉。

Chapter 01 第一章
圣诞节杀人案

∨∨∨

一个曾经集万千宠爱于一身的天才设计师，就这样在一夜之间沦落到万人唾骂的境地。

1

你想象过三十年后的生活吗？

在2045年，城市污染得到了彻底有效的治理，数字化科技已全面普及，世界向超人工智能时代跨入，人工智能与人类和谐共存，而人类的幸福指数也达到历史最高……

也许你会笑笑说，未来的事谁想得到呢？还是过好当下吧。

同样只想过好当下的史密特也从未想到，在他29岁时会从2045年穿越回2015年。

半年前，史密特还是美国硅谷鼎鼎大名的科技研发工程师。新能源汽车、大气过滤、纳米分子优化……他的每一项发明都在刷新极限，甚至公司高层都要对这个自信冷酷的天才工程师礼让三分，只要是他确定的研发项目，任何人都不敢有所质疑。

史密特唯一的朋友是一条年迈的沙皮狗。在未来世界，人与人之间几乎不再需要面对面的交流，就算足不出户也能把自己的全息影像投射到工作场所。为了排遣寂寞，降低抑郁症的发病率，很多人都选择养宠物，反正人宠之间可以通过语音转换系统进行交流，也由此导致人们逐渐丧失了和陌生同类交流的能力，且滋生了大家对他人的不信任和排斥感。

作为史密特的宠物，这条沙皮狗还是很有想法的。别看它已经十几岁了，可仍有一颗怀春的心，整天缠着史密特帮自己找伴侣。史密特不胜其烦，索性打造了一个基因配对工程，还上报给了公司高层作为这次的新研发项目。

"基因配对？"公司高层们显然对这个项目颇感意外。

史密特却十分淡定："两性感情是不稳定的。它的不稳定根本在于对对方的了解不够深。因为一时的快乐选择在一起的人，到后来总会以'性格不合适'草草收场。你们都知道，二三十年前流行相亲，通过网络选择配偶，但那种流于文字的性格描述缺乏准确性。"

随着史密特戴戒指的手轻轻一挥，墙面上出现了DNA的全息投影。

史密特继续解释："文字会说谎，但它不会。基因是遗传变异的主要物质，一个人的生老病死都与它相关。我要建立一个基因配对工程，让人类通过基因的定制来选择伴侣，这样的科学选择不仅能提升婚姻的稳定性，还能对后代的繁育进行准确预估。"

看到不断变化的全息投影，高层们议论纷纷，说法不一。尽管有人觉得比起史密特之前的大手笔，基因配对有点儿小儿科，但慑于史密特以往的功绩，没人敢提反对意见。

史密特轻轻一笑，斜睨众人："以上就是我的工作报告，各位若有不认同的地方，也请早点儿接受吧。"

大家顿时有点儿尴尬，董事长先是一愣，随后哈哈大笑："史密特啊史密特，你是我见过的最有总裁范儿的工程师了。既然如此，就按你说的做吧，我们等你的好消息！"

董事长说罢转动了一下指环，随即从会议室中消失了。紧接着，其他人也相继消失，只剩史密特独自站在巨大投影仪的光束之下。

"总算结束了。" 史密特伸了一个大大的懒腰，转动指环，周围的环境马上变成了他的公寓。他走到沙发边坐下，面前是一台带摄像头的超级电视，而电视里呈现的正是会议室的场景。

老沙皮狗百无聊赖地趴在他身旁，昏昏欲睡。

史密特拍拍它的脑袋："满意了吗？"

"说得好听，妞呢？妞在哪儿？"老沙皮脖子上的金属项圈里竟发出一个中年男子的声音。

"我不是根据你的基因给你挑选了几只合适的母狗吗？是你自己太挑剔。"

老沙皮哼了一声："基因好有什么用？见面时都没有心动的感觉！我不管，你一定要在我老死之前，替我找到合适的妞！"老沙皮边说边往史密特身上凑，"我不管！你一定要找到！"

史密特直接将老沙皮的项圈取下，它的声音立刻变成了普通的汪汪声。

"知道了知道了，我现在就去基因库行了吧？安静点儿。"

老沙皮这才不情不愿地在原地转了个圈，躺下。

史密特起身走向冰箱，用戴着指环的手在冰箱前挥舞了一下，门就自动打开了。只见里面全是五颜六色的玻璃瓶，不同颜色瓶子上的标签也各不相同。史密特扫视一圈，拿出了其中一个写着"ENERGY"的瓶子。

随着瓶子被拿出，冰箱内发出一个温柔的女声："能量补充液，热量100卡，营养程度甲等，消化指数1.03。能延迟6个小时休息时间。安全养生，比正餐及咖啡软饮更健康有效。"

史密特拧开瓶盖正准备喝，却发现瓶子已经空了。

冰箱温柔地提醒："不宜过量饮用，不宜过量饮用。"

史密特泄气地把瓶子放回冰箱内,冷冷地说:"知道了,你也安静点儿。"他穿上外套,准备直接出发去基因库,可他的指环突然开始闪烁。

史密特转动了一下指环,只听一个电子女音毫无感情地说道:"行程更改,前往基因库行程推迟。"

一旁的老沙皮顿时发出不满的咕咕声。

史密特蹙眉:"推迟多久?"

电子女音:"无限推迟,您有更紧急的状况需要处理。"

史密特正在疑惑,忽听一阵警笛声由远及近传来。他看向窗外,只见一辆警车停在了他家门口,从车上下来一老一少两名警察。

史密特没等他们按门铃就率先打开了门,波澜不惊地问:"你们有什么事吗?"

年轻警察显然对史密特的先发制人有些猝不及防,老警察却微微一笑:"史密特先生,你好。我们在阳明山待改造工地的废墟中发现了一个老式USB型闪存盘,里面是一段监控记录,记录了一宗圣诞节发生在阳明山的凶杀案,想请你回去协助调查。"

"我从来没有去过阳明山,我想你们找错人了。"史密特说着就想关门。

老警察卢川却一把顶住了门,依旧笑容可掬:"如果我说,从那段监控录像里看到的凶手就是你呢?"

史密特惊讶地看着卢川,一时没了言语。史密特明明知道自己没有杀人,可惜他是唯一这么想的人。待在审讯室的这二十个小时里,他绞尽天才的脑汁也想不出到底是谁要陷害自己。

监控室外紧盯着他的卢川同样费尽心思地想知道在如山的铁证前,这个"杀人犯"到底是如何做到连续二十个小时都心跳平稳,情绪监控各项指标正常,连测谎仪和抗压测试都能轻松通过。

"看来是个老手。"卢川松了松领口。

年轻警察是卢川的助手:"头儿,那段视频已经检验过,没有人为修改痕迹。"

卢川点点头:"嗯,他父亲史东明也指认了录像里的人就是他。"

年轻警察兴奋地说:"那还等什么,我们不如直接起诉?"

卢川摆摆手:"不急,单凭一段录像是不能指控罪行的,疑点太多,我得跟他聊聊。"

他又盯了监视器一会儿,才脱下西装外套,走进审讯室。

史密特坐在桌子旁,手上戴着检测仪,下巴上已经长出一层胡楂,样子略显憔悴。他垂着眼睑，不知道在思考什么。当审讯室的门被打开时，他明显吓了一跳，但随着铁门被关上，他很快又镇定了下来。

卢川走到他面前坐下："你知道我是谁吗？"

史密特没有回答，继续沉默。

"我叫卢川，如果你愿意配合我，回答几个问题，我能保证你有张舒适的床，安心睡一觉，起码不用再困在这里。"

史密特慢慢抬头，看着卢川："再过四个小时你们就无权监禁我了。"

卢川耸耸肩："一个坏消息，你父亲放弃保释你，恐怕你还得在这儿待更长时间。"

史密特听了却不为所动，转动指环拨打了一个电话："李律师，我需要保释。"

"警察先生，我的当事人是合法公民，没有刑事前科，纳税与信用记录良好，符合保释申请资格……"

卢川打断了他："警察有权干预是否通过保释。你的当事人涉嫌杀人罪，我们为社会治安考虑，延迟保释申请。对了，审讯期间同样拒绝电子通信。"说着他回头看了一眼监视器，史密特指环上的灯光瞬间就熄灭了，变成停机状态。

"我们来聊聊你吧，史密特先生。MIT 毕业，台北工程新贵，英俊潇洒，年轻有为，听说你的精子基因价格可是被炒到市场新高啊。"

史密特苦笑，把头微微转向一边。

"让我想想，明天的新闻会怎么说……史密特在刑拘期间态度恶劣，拒不配合警察调查，目前警方已向法院提起从严判罚申请。"说话间，卢川一直密切注视着史密特的表情变化。

史密特开口道："在法官判定之前，一个人是不能被称作罪犯的。我说的没错吧，卢警官？"

卢川冷笑两声："你的意思是，这段录像里的人不是你？"

卢川将指环对准白墙按了一下，白墙立马投影出画面。画面里史密特走到悬崖边，将一个背对着他、穿着衬衣的男人推下了悬崖。而史密特的脸被清清楚楚地记录了下来。

史密特看着录像中自己被定格的脸，不觉拳头握紧，但为了不让卢川看出来，他喝了一口水，强装镇定。

卢川说道："若不是阳明山老凉亭被拆除，这段录像恐怕就要永远埋藏在地底下了。"

史密特故作遗憾:"多好的风景,就这么被拆了。"

卢川突然加重了语气:"现在虽然取消了死刑,但判刑以后你每天都得被关在家里,接受十台摄像机监控,就连上厕所都要被人监视……三十年的大好时光啊,别说没机会再出去看风景,到时就连你的意识都要接受改造,可能最后连自己发明过什么都不记得了。"

史密特冷冷地跟卢川对视了一阵,终于他垂下眼睑,说了句:"我是无辜的。"

卢川明显不信:"你和受害者到底是什么关系?"

"不认识。"

"想清楚再回答!在警察面前撒的每一句谎,最后可都会成为法庭上量刑的依据。"

"既然你认定杀人的是我,为何不直接起诉?还是说,一段视频根本没办法对我进行指控?"

卢川慢慢靠在椅背上,淡淡的笑容之下有些许的不自然。他缓和语气继续问道:"录像时间显示是12月25日下午5点半,那个时候你在做什么?"

"圣诞节我照常工作,下班后去了一趟父亲家。"

"之后一直都和你父亲待在一起吗?"

"只是见了一面。"

"是吗?可是,你父亲史东明提供的证词上说,那天根本没有见过你。"

史密特的表情僵住,眼神避开卢川,轻声说:"他老糊涂了。"

卢川露出一个轻松快意的笑容:"时代到底是不同了。我年轻的时候,儿子犯了错,做爸爸的就算砸锅卖铁也要包庇到底。现在?恨不得什么关系都撇清。"

史密特苦笑:"看来我生错了年代。"

卢川看向投影的视频:"你知道吗,每一个罪犯到了最后都只剩下悔恨,不是悔恨犯罪,而是悔恨自己当初怎么不把证据彻底销毁。"

史密特耸肩道:"是啊,为什么不彻底销毁,而要留下这么一段视频来陷害我?"

卢川有些气愤地站起身:"哼,既然你不承认,那就法庭见吧,相信智能律师能解决剩下的问题。对了,希望你喜欢我们安排的房间。"

2

　　史密特被控告谋杀一事不胫而走,一时间占据了所有报纸的头版头条。曾经崇拜他的人都开始落井下石,而那些本就嫉恨他的人更是添油加醋地将他形容成一个无恶不作的变态杀人狂魔。然而,由于监控视频里的画面与实际案发地阳明山并不完全一致,导致一审和二审公诉因证据不足而相继失败。市民们更加怨声载道,甚至有人怀疑是史密特在自己设计的智能律师上动了手脚,还有人拉起"严惩杀人犯""公平判刑""还我真相"的条幅在街上游行。法院对史密特的住宅进行了查封,给警方征用调查,而硅谷科技也停止了旗下史密特的所有发明项目。

　　一个曾经集万千宠爱于一身的天才设计师,就这样在一夜之间沦落到万人唾骂的境地。好在史密特一直是个冷漠的人,而今他也可以自动屏蔽他人鄙夷的目光,一如屏蔽当初那些盲目的崇拜。

　　随着终审的失败,被关押了半年之久的史密特终于被释放。但由于民众仍迫切希望了解案件真相,警方表示会顺应民意继续追查到底,也将继续密切关注史密特的一举一动。如今的史密特就像绑着一个随时可能引爆的炸弹,一旦某天警方有了新的证据,他马上将重新被关回那个四周都是整天不间断循环播放史密特杀人案件新闻的电视墙,且睡觉只能坐在椅子上的令人心悸的牢房。

　　出狱后的史密特无处可去,只能去父亲史东明家。

　　终于能痛快地洗一个热水澡了,史密特全身的疲乏似乎都要被这些水珠激发出来,但他告诉自己要忍住,现在还不是时候。

　　史密特湿着头发坐在自己曾经的房间里发呆,他一下下摆弄着书桌上挂着的一块老旧怀表,目光茫然。

　　史东明走到门口,咳嗽两声,说道:"你的狗……我送到宠物中心寄养了。"

　　史密特点点头:"嗯。"

　　"你的房子被警方征用调查,你……准备住哪儿?"

　　"酒店吧。"

　　"可信用卡……被银行冻结了,因为你现在没有工作证明。"

　　史密特没有接话。

　　史东明犹豫了一下,说:"那个,你慢慢找地方吧。在那之前,可以先住这儿……"

　　史密特打断他的话:"不用了。我……有地方住。"

　　史东明张了张嘴,却没有坚持。

"爸……"史密特突然叫他。

"什么？"

"你相信吗？警察说我杀了人。"

史东明一愣，心虚地将目光转向别处："我……我相信你。"

史密特看着眼前这位头发已经花白的他在世上唯一的亲人，心里突然疼了一下。然后嘴角咧开一个苦笑，站起身头也不回地离开了。

虽然史密特是阳明山圣诞节杀人案件的疑犯，但可笑的是他确实从未去过阳明山。从父亲家离开后，他便迫不及待地想去看看案发现场。

引起史密特注意的是，阳明山地上的草非常稀少，基本都是岩石。他找到附近一个正在测量地面的工作人员，询问："请问，这附近有没有一片悬崖？"

"就是这儿了啊，你看，悬崖。"

史密特顺着工作人员手指的方向看去，又往前走了两步，发现确实是一处悬崖。但这个悬崖跟他记忆中案发现场的悬崖并不一样。

"不对，不是这里，我要找的悬崖附近有草地。"

工作人员"扑哧"一笑："草地？别开玩笑了。阳明山近几十年都是这个样子，早就没有草地了。"

史密特颇感吃惊："几十年……都没有草地？"他渐渐攥紧了拳头，站在悬崖边眺望远方，喃喃自语，"你究竟是谁，为什么要陷害我，逼我走到绝路？"

这天其实是2045年的除夕，但是这个年代的人早就不再把这一天看得多么特殊。

夜越来越深了，史密特却仍旧没有地方可去，他甚至想不出一个可以收留自己的朋友。他裹紧外套，一步步走在冬夜的寒风中，突然被一间照相馆橱窗里的电视画面吸引，不知不觉地停下了脚步。

电视里播放着2015年人们在除夕倒数计时迎新年的录像，主持人画外音解说道："可以看到，三十年前的除夕还属于法定节日，是非常欢乐的日子。那一天人们都不用上班，早早回到家和亲人团聚。这一点不禁让我们反思，是否科技的发展让人更加停不下前进的步伐，我们这个本该和谐共处的老龄社会反而变得人情淡漠……"

史密特不禁苦笑，慢慢在电视橱窗前坐了下来，又脱下外套盖在身上。不知在何时，他沉沉地睡了过去。是啊，他已经很久没有体会到这久违的宁静。

第二天清晨，史密特是被照相馆的老板娘推醒的。

Chapter 01 第一章
圣诞节杀人案

"年轻人，怎么睡在这儿？"

史密特迷迷糊糊地睁开眼，抬头一看，只见一位面目慈善的婆婆正关切地看着自己。

两个人四目相对，婆婆竟有些恍惚："是你？"

史密特有些尴尬地站起身，他以为婆婆认出自己是圣诞节杀人案的嫌犯。

谁知婆婆又说道："肯定是我眼花，认错人了。"

史密特转过话头："抱歉，在您店门口借住了一晚。"

"你怎么不回家呢？"

"家……没有了。"

婆婆有些同情地看着他。

史密特穿上外套转身欲走："我走了，谢谢。"

婆婆叫住他："进来喝杯热水吧。"

史密特犹豫了一下，还是跟着婆婆进到店里。

这家照相馆里的装修很古朴，到处都挂着冲洗出来的照片，史密特四处看了看。

婆婆给他倒来一杯热水，笑道："都是老照片了。现在的人已经不爱拍洗印照片了，连胶卷公司都倒闭了。"

史密特道谢后接过水，在前台坐下喝了起来，这时他无意间看到婆婆脖子上挂的怀表竟跟自己书桌上挂的那块一模一样。

婆婆见史密特盯着怀表看，就顺势把表举到他眼前问："好看吗？是我老伴留给我的……一眨眼他都走好几年了。"

史密特笑笑："真巧啊，我有块一模一样的……童年的玩具，现在已经走不动了。"

婆婆嗔怪道："老头子还骗我这怀表只有一块，是个宝物呢，果然是逗我的……"

"既然留给了您，必然是重要的东西吧。"

"什么重要？打都打不开，纯粹的装饰而已。"

史密特蹙眉又看了看这块怀表，问："婆婆，能取下来给我看看吗？"

婆婆没有疑虑，取下怀表递给他。

史密特摸着怀表，转动表旁的旋转钮。前三下，后两下，表盘居然打开了。

史密特有些惊讶："我自己的表是这么开的，没想到这块也一样……"

婆婆惊喜地看了看表面，说："还能走动呢！这么多年了，真不简单！"

史密斯对照了一下墙上挂钟的时间，怀表明显快了十分钟。于是他转动分针，往前倒了十分钟，可他再抬起头时，发现自己竟然坐在照相馆外的地上。

而那位婆婆此时正朝他走来，关切地问道："年轻人，怎么睡在这儿？"

难道我刚才是在做梦吗？史密斯使劲掐了自己一把，疼得直咧嘴。

两个人重复了同样的对话，跟之前发生过的一样，善良的婆婆还是领史密斯进入了照相馆内。

史密斯接过婆婆递来的热水后，故意使劲盯着婆婆脖子上的怀表看。

婆婆摸了摸怀表，举到史密斯眼前："好看吗？是我老伴留给我的……一眨眼他都走好几年了。"

史密斯直接伸出手，说："我帮您打开吧。"

婆婆感到有些意外："你怎么知道我打不开？"

"我……是钟表专家。"

婆婆疑惑地将怀表取下交给史密斯，果然被他轻松打开了。

婆婆十分惊喜："还能走动呢！这么多年了，真不简单！"

这次史密斯仔仔细细地观察着表盘的每一个细节，发现还有一个按钮可以转动年份，而现在的年份显示在"2045"。

史密斯问婆婆："您先生从来没有跟您说过这块表的事吗？"

婆婆摇摇头："这是他的宝贝，之前碰都不让我碰呢，说什么当下的时光最美好，不需要用它……也不知道是什么意思。"

史密斯此时几乎肯定了内心的猜测，这是一块可以倒转时空的怀表，他马上又想到如果能够倒转时空，是不是就能找到陷害自己的凶手？

史密斯摩挲着怀表，看向婆婆："婆婆，我……有一个请求。这块怀表，能不能……"他话未说完，目光就突然聚焦在婆婆身后的照片墙上。

史密斯冲到柜台里面，目不转睛地盯着某一张照片仔细看着。

婆婆不解地问："怎么了？"

史密斯指着那张照片扭头问婆婆："这张照片里为什么有我？"只见照片里赫然正是史密斯和一名年轻女子的合影。

婆婆凑近一看："这是我年轻时候拍的，你跟那人确实长得很像……难怪我会认错呢……"

史密斯追问："他是谁？"

婆婆回忆道："他是我先生史密斯，那块怀表是他留给我的唯一的东西。"

史密特愣在原地，脑内急速飞转。阳明山几十年来悬崖边都没有草地，这意味着那桩凶杀案很可能发生在几十年前。而且那段杀人录像里的"史密特"脖子上也挂着一块一模一样的怀表，所以他应该是在几十年前杀了人，然后不知用什么手段逃脱了法律的惩罚，直到几十年后这段杀人录像被人发现，而我又因为跟他长得很像，所以才替他背了黑锅。

"没错，肯定是这样！"史密特显得有些激动。

婆婆被吓了一跳："你说什么？"

史密特转身看向婆婆："婆婆，您相信人可以回到过去吗？"

婆婆一愣："回到过去……不知道呢，不过也许，会有些人在过去等你呢。"

史密特笑了笑，打开怀表，转动了年份的旋转钮。

就在婆婆眨眼之间，史密特凭空消失了，而地板上留下了一堆他刚刚穿过的衣物。

婆婆惊恐地走向照片墙，又去看了看刚才史密特特别在意的那张照片，只见照片上显示着日期：2014年12月。

3

史密特没有想到他会被怀表带回三十年前，更没有想到的是，他的衣服竟然一件都不能穿越，全部留在了2045年。

为了不被当成流氓抓起来，他只好先当强盗抢了一个大学生的衣服。由于事出突然，他之前又没有打家劫舍的经验，等穿上上衣、裤子才发现这竟是一套印着米老鼠、跟他的着装风格严重不符的迪士尼套装。尽管他早就过了装可爱的年龄，可眼下这种情况也只能将就了。

史密特从裤子口袋里搜出零散的两千多元台币，心想这下还真成了货真价实的打劫了，不过至少他今晚不用再露宿街头。他随意走进路边一家灯光暧昧的汽车旅馆，又用五百台币买通了前台小妹，躲过身份证登记，顺利拿到了302号房间的房卡。

在前台小妹的指引下，史密特决定先去旁边的便利店买些食物充饥。可他不知道在自己被一堆速冻快餐搞得晕头转向之时，他预订的302号房间已经被人盯上了。

娱乐记者米雪和搭档小明刚巧接到线报，身价上亿的亚洲巨星李天后正跟一位年轻帅哥在这家汽车旅馆开房。两个人开了相邻的两间房，而李天后的房间号

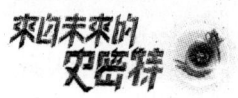

是 301。

米雪和小明守在车里观察了一阵，并没有什么收获，于是决定还是先去前台一探虚实。

米雪挽着小明走进旅馆大门，前台小妹抬眼看了看他们，问："住一晚还是按钟点算？"

米雪给小明递了一个眼神，小明会意，装着广东腔问："不同的时间是怎么算的啊？"

前台小妹用手点点一旁的牌子："牌子上都写着呢。"

小明阴阳怪气道："哎呀，我看不懂繁体字啦，是不是多住多优惠啊？"

前台小妹撇撇嘴："那可没有。"

在两个人交涉之际，米雪偷偷绕到前台小妹的视线死角，偷看台面上的入住登记记录。只见记录上 301 号房写着李女士，302 号房写着某先生。

米雪心中窃喜，立马也装了一口广东腔，假装不满地说："哎呀，这破地方还这么贵，不要住了啦，换一家。"说着就拉上小明离开。

两个人回到车上，米雪兴奋地说："消息没错，小鲜肉就在 302 号房！"

小明不解为何她那么肯定。

米雪解释道："所有房间的入住者登记的都是全名，而只有 301 号登记的是'李女士'，302 号登记的是'某先生'，说明肯定是李天后故意在隐藏他俩的身份！"

"原来如此！那我们现在就去抓？"

米雪坏笑道："不急，既然弄到了房间号码，那我们可以拍点儿更劲爆的东西。"

"你的意思是，溜进去偷拍'艳照'？"

米雪得意地点点头。

"可是没有门卡，你要怎么进去？"

"这点儿小事，能难倒我大狗仔米雪吗？你在这儿盯着，有什么消息第一时间通知我。"米雪说着拍拍小明的肩膀，戴上鸭舌帽，脱掉外套，装扮成另一个人，重新走进了汽车旅馆。

米雪径直来到 302 号房间门口，敲了两次门，证实房中确实没人，又在清洁阿姨经过时，假装自己刚出门，让她去打扫一下房间。

清洁阿姨没有起疑，拿着门卡刷开了 302 号房间的门，这时米雪假装接了个电话。

"我已经出门啦……啊？有没有搞错啊？唉，真是……好吧，我回去等你，

Chapter 01 第一章
圣诞节杀人案

一个小时后见。"她边说边往回走,"阿姨,不好意思,约会推迟了,卫生还是晚点儿再弄吧,我睡一会儿。"

清洁阿姨只好推着清洁车退了出来,就在房间门快关上的一瞬间,米雪伸出手一把顶住门,然后十分自如地走进了房间。

她在房间内四处拍照,却没有发现任何蛛丝马迹,整个房间整洁得就像没有人住过。

就在她打开衣柜,想看看里面有没有猫腻时,忽听得房门处传来刷门卡的"嘀嘀"声。

不好,有人要进来!

米雪来不及多想,直接躲进柜子里,关上了柜门。

只见史密特拎着一大包可以吸的果冻走了进来,原来他误把这些果冻当成了2045年的营养液,以为光吃这些就能果腹了。

史密特走进房间四处打量,抬头看到天花板的电灯,冲着灯挥挥手,却没有反应。他又看到墙壁上的开关,好奇地一按,灯瞬间亮了。

"真落后。"他不满地嘟囔一句,放下果冻来到床前,脱去了上衣,顿时露出健壮赤裸的上身。

此时躲在衣柜里的米雪已经做好了偷拍的准备,她将镜头对准床上,却冷不防看到史密特性感有型的八块腹肌,马上惊得面红耳赤,想看又不好意思看,只得用手捂住了嘴,生怕自己发出声音。

史密特伸了个懒腰,转过身背对衣柜,一副要脱裤子的模样,米雪赶紧用手捂住眼睛,这回她是无论如何也不好意思再看了。

她不禁在心里暗骂,就自己这心理素质,还怎么偷拍别人啊?

不一会儿,米雪听到浴室里传来哗哗的水声,她认为史密特肯定去洗澡了,便悄悄打开柜门想出去收集更多的证据。

可就在她推开柜门的一瞬,一只手突然揪住她的衣领,直接单手把她提了起来。

"啊!"猝不及防的米雪被吓得一声尖叫。

只见史密特仍旧赤裸着上身,一把将米雪抵在柜门上,冷峻的脸庞逐渐靠近米雪花容失色的小脸,一副咄咄逼人的口气:"你是谁?"

史密特并不知道自己用力过度了,掐得米雪连气都喘不上来,只能不停地抓着史密特的手挣扎。

史密特依旧冷冷地逼视米雪:"说话。"

米雪的脸已经涨成了猪肝色，她费力地指了指史密特的手，一脸惊恐，这才让史密特发现自己失控了。他忽地松开手，米雪瞬间滑落在地上，不停地咳嗽。

史密特却没有任何歉疚的样子，只是盯着她，等待她的回答。

米雪好不容易才喘过气来，一手摸着脖子，恨恨地看着史密特问："怎么是你？"

史密特一愣："你认识我？"

米雪对他翻了个白眼："史密特嘛，当我老年痴呆呢？"

史密特的眼中闪过一丝光芒，他迅速蹲下，把脸凑到米雪眼前继续追问："说清楚一点儿，你什么时候见过我？"

米雪被史密特突然凑近的脸吓到，她努力往后靠，使劲推开那张英俊帅气的面孔。

"别，别，别过来！我警告你，你要再像之前那样死缠烂打，我一定报警抓你！"

史密特显得有些手足无措，他焦虑地说："不要报警。我只是想知道我是谁。"

米雪"扑哧"笑出声来："你玩什么啊，失忆？"

史密特想了想，点点头说："嗯……我失忆了。"

米雪也装得一脸严肃："这么巧，我得白血病了，难道我们就是韩剧中的男女主角？"

史密特一时被呛得说不出话来。

米雪的喉咙已经基本恢复，她站起身，理了理衣服，又拍拍屁股，不屑地看着史密特说："我还以为你失踪了呢，想不到竟然勾搭上李天后了，有出息啊。"

史密特看着她："李天后是谁？"

"别装了，我都知道了……不过，你们是怎么认识的啊？"

"不明白你在说什么。你先回答我的问题！"

"你怎么还是这么神经兮兮的？"

史密特刚要说什么，米雪的手机就响动了起来，她拿起一看是小明打来的。

米雪接起电话："喂？"

"米雪姐！我看到李天后回来了！她刚刚进旅馆了！你快准备，别被发现！"

米雪挂上电话，焦急地看着史密特："念在之前你欠我的，别告诉李天后我的身份！"说完，她拔腿就要走人。

史密特却一把拉住她："不准走。"

米雪开门要跑，史密特又反手把门给关上了。

米雪气急败坏地说："你别逼我！大不了我跟李天后说我们是串谋曝光她绯

闻的，你看她以后还会不会理你？！"

史密特却跟没听见一样，自顾自地说："莫非我和你之前就认识？快把你知道的都告诉我。"

米雪都快气乐了："这都什么时候了，你还有心思玩失忆？"

这时，两个人忽听房间外传来高跟鞋的"嗒嗒"声。米雪赶紧做"嘘声"的手势，两个人都安静下来，小心地听着门外的动静。

片刻后，房门外传来刷门卡的"嘀嘀"声，但是302号房间的门始终没有被打开，而是对面传来了开门声。米雪大惊，赶紧打开房门一探究竟，此时李天后刚好走进对面房间准备关门，她和米雪四目相对后，立刻紧张地关上了房门。

米雪也关上了门，懊恼地说："完了，被发现了！"

史密特冷静地说："完了？那我们可以开始了吗？"

米雪不满地瞪了史密特一眼："你就是故意的！原来你们不是住隔壁，而是住对面！你就是在这里故意制造动静，提醒她有记者的，对不对？"

"不明白你在说什么。"

"我才不明白你呢！莫名其妙地出现，莫名其妙地消失，现在又莫名其妙地出现！我是倒了什么霉，被你给缠上了！"

史密特思考着米雪的话，认真地说："听着，我是真的……失忆了，你是唯一认识我的人，希望你能把知道的都告诉我，解答我的疑惑。"

看到史密特如此正经严肃，米雪一时间愣住了，她上下打量着史密特，问："你到底想知道什么？"

"我是什么人，来自哪里，是怎么认识你的……我想知道关于我的全部。"

"……真失忆啊？"

史密特没有回答，只是执着地继续盯着米雪。

米雪叹了口气，有些无语："好吧，那作为交换，你也要把你和李天后的秘密恋情全部告诉我。"

史密特有些为难："秘密恋情……"

米雪气鼓鼓地说："现在我被她发现了，偷拍也没戏了，你总得给我点儿独家爆料是不是？如果连爆料都没有，你也别指望从我嘴里套出什么。"

见米雪一副决不妥协的派头，史密特毫不犹豫地点点头："好，我全都告诉你——我所知道的全部。"

Chapter 02 第二章
"同居"的条件

∨∨∨

你们放心,让我住在这儿,我会给你们想要的东西。这只是一场公平交易。

1

在一家装修得颇具小资情调的饮品店里，米雪和史密特面对面坐在情侣卡座中，四周全是谈情说爱的情侣。米雪看了看史密特外套上的米老鼠，有些哭笑不得。

服务生端来两杯可乐放在两个人面前的桌上，米雪马上津津有味地喝了起来。而史密特看了看不断从杯底冒上来的气泡，皱起了眉头。

米雪奇怪地看着他："你怎么光看不喝？"

史密特推开杯子："我不喝奇怪的东西。"

"我看你才奇怪吧！一把年纪了还装嫩，学人家穿米奇。之前呢，就总是装神秘。我说好再见到你一定要狠狠给你一拳的，真是，这辈子没再见过像你这么难缠的人了。"米雪说着露出一脸的嫌弃。

史密特没说话，只是静静地听着。

米雪瞟了一眼史密特，做自我陶醉状，继续说道："我知道我是个人见人爱的大美人……当初我那么决绝地拒绝你，你移情别恋爱上李天后也正常，我不会怪你的。"

史密特有些无语："可以说正题吗？"

米雪赐给史密特一个白眼："我记得那天下大雨，你浑身湿淋淋的，我一开门就看见你突然站在我家门口，见到我就抱，还……那个我……湿乎乎的……"

"哪个？"史密特不解，听得一头雾水。

米雪掩嘴而笑，做娇羞状："强吻啦……唉，要我自己说出来多不好意思。"

史密特有些窘迫，难以置信地看着眼前这个女人，问："然后呢？"

"然后？我当然要狠狠地给你一巴掌啊。一个陌生男人突然在你家门口强吻你，你不打他还谢谢他吗？"

史密特满脸的难以置信。

"你这表情是什么意思，难道不相信我有那么大魅力？"

史密特突然发现米雪有些眼熟，他凑近米雪，十分认真地观察她的脸。

米雪被吓了一跳："你干吗？"

没错，眼前这张脸正是 2045 年史密特在婆婆的照相馆里看到的合影里的那张脸。

史密特试探地问："我们是不是还拍了一张照片？"

"是啊，你拉着我拍的……咦，你明明就记得嘛！"

"但其他的都不记得了。这些事发生在什么时候？"

Chapter 02 第二章 "同居"的条件

"前几天。圣诞节过后你就消失了。"

史密特自言自语道："日期符合……"他抬头看向米雪，"那你告诉我……"

米雪却打断了他："别急嘛，也该轮到你了，你的诚意将决定我还要不要继续说。"

史密特迷茫地问道："我？说什么？"

"装什么傻？快说，你和李天后是怎么勾搭到一起的？你说了要全部告诉我的。"

"哦，事实是，那个李天后我根本不认识，和她也没有什么秘密恋情，你找错人了。"

米雪将可乐含在口中，慢慢下咽，眼神锐利地看着史密特，一字一顿地说："你耍我？"

史密特淡然地一摊手："公平交易，我已经把我知道的全都告诉你了。那后来他……不是，是'我'又出现了吗？"

米雪拍桌而起，显得十分暴躁，大喊："史密特！"

饮品店的客人瞬间都看向他们，但史密特依然一副波澜不惊样子。

米雪恶狠狠地说："你有种，又把我耍得团团转，这期娱乐杂志看着吧，我一定会把你扒得一干二净！"说完她一甩头，愤然离去。

史密特看着米雪离去的背影，内心充满了疑惑。他喃喃自语道："一模一样的脸，一模一样的名字……凶手，你究竟是谁？"

此刻的小明还紧张地坐在车里为米雪捏一把汗。他目不转睛地盯着汽车旅馆的出口，冷不防被冲进车里的米雪吓了一跳。

"米雪姐，你怎么去了这么久？拍到什么了吗？没被李天后发现吧？"

米雪咬牙切齿地说："失败了。都是因为史密特！"

"史密特？那是谁？"

"你还记得之前我说过有个追求我的跟踪狂吗？他叫史密特，就是跟李天后约会的男人！"

"啊，原来那事不是你编的啊。"小明一脸震惊。

"我干吗要编？"

"一个大帅哥突然空降追求你，又突然消失，任谁都不信啦。"

"我也一度以为那是梦，但今天他又出现……完了，我有种预感，这次的独家爆料要被他搅黄……难得能在廖总面前表现一下……"

看着米雪一副懊恼的样子，小明觉得好笑，调侃道："原来这么努力地爆新闻，都是为了廖总啊……可惜……"

米雪警觉："可惜什么？"

小明拿出手机给米雪看，只见微信朋友圈里，有人发了一张晒戒指的照片。

"这是谁？"

"咱们主编啊！她晒戒指了哦！想想她平时老是把廖总挂在嘴边，这次只怕是真的被她拿下了！"

米雪又放大照片看了看，撇撇嘴说："那可不一定，也许是她自己买的呢。"

"反正明天廖总回来，一切就真相大白了！米雪姐，要不今天我们新闻就跟到这儿？廖总真要订婚，那也是头条！"

米雪先是有些失落，随即赌气地说："不行！廖总是廖总，我是我，我一定要拍到头条给他看！"说完她拍拍脸颊鼓舞士气，又碎碎念道，"专注工作专注工作，天亮前我一定要蹲守到李天后！"

深夜，小明已经没心没肺地睡着了，米雪还是忍住困乏，用长焦摄像机不断扫着旅馆的窗口。当扫到史密特的房间窗口时，米雪发现史密特正站在窗边看着她。

米雪不满地嘟囔道："真是个怪人。"

此时，史密特刚刚吸完了最后一袋果冻，却依旧饥肠辘辘，饿得睡不着觉。他看着车内的米雪，心想自己在去 2015 年的阳明山之前，一定要先把米雪那里剩下的信息全部套到。

经过一夜不眠的奋战，米雪终于等到了李天后。

只是在李天后出现之前，一个包裹得严严实实的男子扶着一位婆婆先走了出来，两个人看了米雪的汽车一眼，然后开车离去。米雪虽然有些疑惑，但紧随而出的戴着墨镜、帽子的李天后马上转移了她的注意力。她一边快速拍照一边推醒打着呼噜的小明。

"出现了出现了！快醒醒！"

小明迷迷糊糊地揉了揉眼睛，只见李天后钻进一辆车里，而米雪正挎着相机，准备下车。

"小明，你跟着这辆车，我继续留在这儿，蹲守史密特。打起精神，独家马上就到手了！"

小明马上打起精神："好的，电话联系。"

看着小明驱车而去，米雪拿起相机找了个柱子当掩护继续蹲点，突然相机里

第二章 "同居"的条件

出现了史密特的身影。米雪赶紧按下快门，但她越发感觉不对，因为史密特是径直向她走来的。

米雪本能地护住相机："你别过来！你要是敢砸我的相机我就报警！而且你砸也没用，我早已备份到云盘了！"

史密特听着米雪絮絮叨叨说完，方才淡定地开口道："你拍错人了。"

米雪却自信地笑道："怎么，现在终于知道要抵赖了吗？"

史密特没说话，只是指了指米雪的相机，安静得让她有些不安。她疑惑地低头去看自己刚才偷拍到的照片，一张张放大后，才发现那个人确实不是李天后。

米雪的脸色越来越难看，这时小明打来了电话。

"小明，怎么样？"

"米雪姐，我们被耍了。那个女人不是李天后。"

米雪听着电话，面色凝重，她看向史密特，史密特却一副尽在意料之中的表情。

"怎么，你是来向我炫耀的吗？"

史密特摇摇头："还不明白？你要找的人不是我，301的隔壁不是302，而是303。"

米雪半信半疑地看着史密特。

史密特继续澄清："这旅馆的隔音效果很差，我听到了他们的计划。我可以帮你抓到他们。"

米雪满脸懊恼："人都跑光了，还怎么抓？"

史密特自信地说："我自然有我的办法。"

米雪不屑地看着他："无事献殷勤，说吧，你有什么条件？"

史密特笑笑："跟你说你也不会记得。"

还未等米雪反应过来，史密特就从口袋里拿出怀表，打开表盖，转动分针指针，往前回拨了十分钟。

时间瞬间倒流到十分钟之前。

米雪叫醒了小明，让他跟踪假李天后那辆车，然后独自挎上相机准备下车时，却一头撞在了史密特的胸口上。

史密特直接将米雪推回副驾驶位，然后自己也挤了进来。

米雪挣扎着："喂，你干什么？"

史密特指着男子和婆婆上的那辆车，说："跟着这辆车。"

小明为难地说："啊，但是李天后……"

史密特解释道："这个婆婆才是伪装的李天后，另外一个不过是骗你们的幌子。"

米雪恨恨地说："别听他的，他又是来搞破坏的！"

"这家旅馆隔音效果很差，我听到了他们的计划。"

"你骗谁呢，小明，继续跟我们的！"米雪说完拿起相机又给史密特多拍了几张照片。

眼看男子和婆婆的车要走远，史密特直接越过米雪，帮小明打方向盘。一时间汽车失控，左右乱摆，车内三个人的身体也不受控制地撞在一起。

小明腾出手给汽车减挡，大喊："大哥，你好歹换个挡！"

史密特嘟囔道："什么汽车，这么麻烦！"

他们的车就这样左摇右摆地在大马路上开着，直到拐进一个偏僻的小区才停下，吓得米雪和小明都惊魂未定。

米雪掐住史密特的脖子使劲晃："你不要命了，我还要呢！"

史密特却目不斜视地看着前方，说："你们自己看。"

米雪和小明顺着史密特的目光看去，只见不远处的车内走下的竟然是李天后和一个男模，而之前的男子和婆婆已经不见了踪影。两个人似乎以为成功甩掉了记者，亲密地又搂又抱。

米雪一时看呆了，史密特将她还架在自己脖子上的手推开。

"还愣着干什么？拍照。"

米雪回过神来，赶紧拿起相机不停地拍照。

小明用崇敬的眼神看着史密特："差点儿就被他们骗了。史密特，靠谱！"

史密特笑笑："公平交易而已。"

米雪看着他问："什么交易？"

"我帮你拿到头条了，现在该说我的条件了。"

"我什么时候答应你公平交易了？"

"你确实答应过的，虽然你不记得。"

米雪莫名其妙地看着史密特。

史密特认真地说："我已经做到了我承诺的，现在，该你把剩下的故事告诉我了。"

2

虽然米雪根本不记得自己在时光倒流之前跟史密特有过什么约定，但看在史密特确实帮了她大忙的分儿上，她还是同意跟他聊一聊关于他"失忆"的过去。

他们来到街道旁的公共座椅上坐下，留小明在车内整理照片。

米雪显得有点儿不自在："抱歉，之前是我误会你了。"

史密特却有些感慨："不重要，如果没有这场误会，我也找不到你。说吧，我突然出现，强吻你，追求你，然后呢？我为什么离开？"

"因为我明确告诉你我已经有喜欢的人了，不会喜欢你的，你就知难而退了。"

"那我走的时候有什么奇怪的征兆？或者说了什么？"

"哪有什么征兆，圣诞节过完你就离开了，临走前还打电话给我，祝我找到真爱什么的，说会亲眼见证我的幸福。唉，这简直就是一段虐恋……啊！你干吗？"米雪的感情刚抒发到一半就感觉手腕疼，她低头一看，自己的手腕正被史密特死死握住。

"疼啊，野蛮人！"

"他说会来亲眼见证你的幸福？他说了这句话？"史密特瞪着双眼，眉头紧锁。

"什么他，就是你自己说的啊！"

史密特这才松开手，米雪使劲揉着手腕，愤然道："浑蛋，要不是看在独家新闻的分儿上，我早就给你一拳了！"

史密特却根本没有理会米雪，只是自言自语地说："这么说，他还会回来，还会回来……"他边说边站起身，仿佛失了魂一般，独自离开了。

米雪看着他走远的背影，越想越气："这都什么啊？就这么走了，也没个告别，怪人！"

米雪看着自己被史密特捏红的手腕，心想最好以后再也不要跟这个人有任何瓜葛。本来她准备立刻赶回杂志社写李天后的稿子，却被老妈的一通电话叫回了家。

二十六岁的米雪在老妈眼中已经是个不折不扣的剩女，而老妈最常跟她说的一句话就是"我像你这么大的时候，你都会打酱油了"。为了米雪的终身大事，老妈可谓操碎了心，三天两头打电话给米雪询问近况，让她不胜其烦，索性找小明当了挡箭牌。谁知这一装就是两年多，他们不光假扮了情侣，连工作也得伪装，因为米雪的老妈最看不起的职业就是娱乐记者。每次米雪带着小明回家，两个人都如坐针毡，度秒如年，恨不能早点儿解脱。

这次老妈喊米雪回去的目的就是想知道她和小明都交往两年多了，有没有计

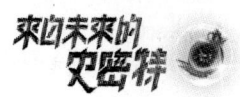

划过何时结婚。

关于这个问题,小明和米雪早就私下商量过了应对方案。

"不着急的,伯母,米雪事业正在上升期,等升职后再考虑也不迟。"有了两年多的表演经验,小明现在说起瞎话来也像模像样。

"嘿嘿,你是她的总裁,这升职的事还不是你说了算嘛……"米雪的老妈倒是很会顺水推舟。

小明继续温柔一笑:"你们放心,无论是工作还是生活,我都会照顾好米雪的。"说完把手搭在米雪肩膀上,而米雪则配合地做小鸟依人状。

"妈,您放心吧,杂志社很看中我,我很快就能出任总编辑,嫁给小明,走上人生巅峰的。"

米雪十五岁的弟弟插嘴道:"姐,你当初学新闻妈妈还不乐意,现在有出息了,她可没话说了!"

米雪她老妈尴尬地笑笑:"我不是听别人说学新闻出来找不到工作嘛,还有很多去当娱乐记者的,那像什么话!不过好在我们家米雪争气。"

米雪假笑,和小明对视一眼,两个人都有些心虚,附和道:"就是,当狗仔像什么话!"

好不容易熬到告辞离开,米雪和小明边走边亲密地互相搂着,直到消失在米雪的妈妈和弟弟的视野中才敢放开。

米雪停下脚步回头看看,终于松了一口气。

小明担心地说:"米雪姐,我这都装两年多了,要是最后他们知道了真相,会不会把我给……"

米雪一把搂住小明的肩膀:"放心吧,等我成为台湾第一狗仔,找个比你高比你帅比你有钱的,他们就没话说了!"

"唉,我这扮演的可是总裁的身份,我看你只有真的攻下廖总,才能让你妈信服。"

米雪苦涩地叹了口气:"他都是已经订婚的人了,我哪里敢乱想?"

小明刚想安慰几句,米雪却给自己打起气来。

"虽然情场失意,但我职场可不能失意!走啦,快回杂志社交差!"米雪说着用手勾住小明的脖子,两个人打打闹闹地向前走去。

米雪相信,无论生活再艰难,工作再辛苦,只要心怀梦想,不断向前,就总有触碰天堂的那一天。

第二章 "同居"的条件

次日,生活的打击再一次向米雪袭来,她昨晚加班赶出来的信心满满的稿子被主编 Flora(弗洛拉)毫不留情地打了回来。

米雪站在主编办公室里,看着脸色极度难看的 Flora,不解而小心翼翼地说:"主编,这可是李天后的独家……"

Flora 一脸冷漠:"那又怎么样?"

米雪有些愤愤不平,继续解释:"这是我和小明蹲守了通宵,苦尽甘来,昨天早上才拍到的!廖总看了肯定开心!"

Flora 恨恨地说:"哼,能继续逍遥自在,他当然开心。"

米雪更加疑惑了:"啊?"

Flora 意识到自己的失态,说:"没什么,稿子我会给他看的。"

米雪关心地问:"主编,您还好吧?"

Flora 敏感地看了她一眼:"关你什么事?出去吧。"

米雪委屈地转头离开,Flora 随即拿起电话拨号。

"Will(威尔),你不准备跟我谈谈?"

米雪一听到廖总的英文名,下意识地放慢了脚步,回头想偷听几句,不料却正对上 Flora 冷厉的目光。她只好吐吐舌头,快走几步从外面把门带上。

看到米雪情绪低落地从主编办公室走出来,同事 Amy(艾米)和 Lisa(莉萨)互看一眼,都显得十分同情。

Amy 拍拍米雪的肩膀:"你也被骂了?"

"啊?什么叫'也'?"米雪疑惑地看着她。

Lisa 凑过来小声说:"今天我去送咖啡,明明和她平时点的一样,可她非要挑刺,把我大骂了一顿!"

Amy 无奈地摇摇头:"大家都一样,莫名其妙当了出气筒。"

米雪摸着下巴思忖:"怎么回事呢?"

Lisa 神秘地说:"你看到她晒的戒指图了吗?大家都在传,她和廖总的婚事黄了!"

Amy 点点头:"我从 Rita(丽塔)那里探了口风,原来是主编婚事逼得太紧,廖总终于清醒,打电话给她说要无限期推迟订婚仪式!"

米雪眼前一亮:"你们是说,廖总不订婚了?"

Amy 花痴地说:"可不是!他又要回归成我们的钻石单身汉了!不行,我得去补妆了,得在廖总最难过的时候美美地出现!"

Lisa 白了她一眼："做梦吧你，廖总刚刚已经让 Rita 订了一束花……看来他已经有新目标了。"

Amy 撇撇嘴："随便，只要他没结婚，就还是我的男神！"

米雪听着她们聊天，脸上不觉也露出了笑容。她一本正经地回到自己的座位，趁着没人注意，握紧拳头，安静地做了一个狂喜的动作。原来坏消息总是伴随着好消息而来的，米雪更加相信老天待她不薄，虽然关上了一扇门，但同时也会打开一扇窗。

就在米雪对自己和廖总的未来想入非非的时候，一阵激烈的争吵声从总裁办公室传来。几个同事对视了一眼，都心照不宣地丢下工作，跑去看热闹。

3

几分钟前，廖宇轩还端着咖啡，靠在阳台上沉思，完全没有注意到 Flora 已经走了进来。

"你到底是什么意思？"Flora 的声音中充满了不甘。

廖宇轩却没有回头，也不作反应，仍旧看着阳台外。

"为什么要推迟订婚？你知道外面多少人在看我的笑话吗？"

"抱歉，这次出差我想了很多，我还没有做好结婚的准备。"廖宇轩终于转过身，将咖啡放在桌上。

"怎么，在外地又看上新的女人了？"

"你别乱想。"

"我们不是说好的吗？我不干涉你拈花惹草，只要你心里有我，给我名分，让我留在你身边……就这么简单的要求，你都做不到？"Flora 的声音变得有些哽咽。

廖宇轩轻轻叫她的名字，却又找不到合适的词来辩解或者安慰。

"你变了！呵，不对，你没变，是我一直没有看清。"

"如果你不能接受，可以选择分手，我愿意赔偿你。"

Flora 显得有些愤怒："我们认识这么久，你觉得我是能用钱打发走的女人吗？廖宇轩，我不知道这次你出差发生了什么，也不管你新看上了谁，我全都当作你一时的犹豫不决。我不会放弃的！"

廖宇轩神情僵硬，不知该说什么。

这时 Flora 叹了口气，柔声说道："放心吧，从明天起我会继续当你的好助手，不会对别人说我们的关系。但你早晚要明白，这世界上最容忍你、最适合你的女人，

Chapter 02 第二章
"同居"的条件

只有我一个。"说完,她转身走了出去。

趴在门口偷听的几个人听见 Flora 要出来了,慌忙各自回到座位上假装工作,Flora 愤愤地瞪了众人一眼,这才回到自己的办公室。

米雪回到座位时,发现不知何时桌上多了一束花。她欣喜地抱起花,闻了又闻,开心地说:"你们也是,太客气了,我就报道一个头条嘛,还给我送花!"

Amy 纳闷地说:"花?我没送啊。"

Lisa 也摇摇头,盯着花看了半天,惊叫道:"咦,这花怎么跟廖总让 Rita 订的有点儿像?"

米雪紧张地说:"啊?怎……怎么可能啦……我们这种小员工连和总裁说话都没机会,哪会被送花?"

这时,廖宇轩从总裁办公室走出来,大家赶紧结束聊天,一本正经地工作。廖宇轩扫视了一圈整个办公区,最后将目光停在米雪身上。

米雪无意中和他对上眼神,有些受宠若惊。她愣了一会儿,发现自己这样很不礼貌,立马笔直地站起身,恭恭敬敬地喊道:"总裁好。"

廖宇轩回应地露出了一个温柔的笑容。

米雪看呆了,缓缓坐下,脸上还带着娇羞与欣喜。天哪,总裁刚才是在对我笑吗?我今天到底撞了什么大运,竟然能看到总裁对我笑!

米雪还沉浸在这种突如其来的幸福感中不能自拔,就听前台喊:"米雪,外面有人找!"

米雪擦了擦口水,心不在焉地走出杂志社,只见一辆出租车停在门口。

司机探出头问:"请问你是米雪小姐吗?"

米雪点头。

"车费一共八百台币,麻烦您付一下。"

米雪大惊:"什么?"

"这位先生说由米雪小姐来付车费。"

米雪疑惑地走到后座,低头一看,史密特正悠然地坐在里面。

"史密特?你怎么来这儿了?"

史密特摇下车窗,很自然地说:"我没有钱,不能再住旅馆了。"

"所……所以呢?"一种不祥的预感涌上米雪的心头。

史密特露出淡淡的假笑:"所以你会收留我的,对吧?"

米雪没有想到史密特的脸皮居然厚到如此地步,难道他从来不知道什么叫"客气",什么叫"婉转",什么叫"君子之交淡如水"吗?哦对,他这种人向来不按牌理出牌,还是个喜欢穿米奇的怪咖,跟"君子"恐怕连边都挨不上吧。

她没有回答史密特,不停地告诉自己这一切都是幻觉,然后还是扔给他八百台币,便头也不回地回去继续上班了。

可米雪没有想到史密特的耐性也超出了她的想象,等她和小明加班出来,发现他竟然还等在门口。

小明到底还是把史密特当作有恩于自己的人,没有他,他们肯定拿不到李天后的绝密独家新闻。所以,他在感受到米雪和史密特之间剑拔弩张的气氛后,决定由自己来化解尴尬,主动邀请史密特回去坐坐,喝一杯水。

出租房内,米雪和小明在客厅的地毯上并排坐着,两个人的眼光都紧紧盯着沙发上的史密特。

米雪用手肘顶了一下小明,小明又看了看正悠闲喝水的史密特,挠挠头,终于开口道:"那个……史先生。"

史密特倒是很随意:"叫我史密特就好。"

"你真的要和我们一起住?"

"嗯。"史密特说得理所当然。

"呵,"米雪失笑一声,面露不屑,然后故意用一种善解人意的温柔语气说道,"史密特先生,可能因为你失忆的关系,不记得这个世界上有个规则叫作少数服从多数。我打个比方,不同意史密特留下来住的举手!"她话音刚落,就和小明同时举起了手。

米雪得意地说:"看,这就是少数服从多数,你现在可以从容地离开这里了。"

小明面露难色:"史密特,你别怪我们,这公寓太小了。"

"就是,我们两个合租都已经挤得要怀孕了,再说,我们也没跟你熟到要同居的地步吧……"米雪白了史密特一眼。

小明并不想跟史密特撕破脸,打圆场道:"史密特,你想租房子的话,我可以给你介绍中介。"

史密特淡定地听两个人说完,然后幽幽地说了句:"我没有钱。"

米雪接茬道:"你没有钱,没有地方住,所以想到来找我们?"

史密特认真地点点头。

米雪简直被气乐了:"史密特,别怪我直白,你是不是有点儿太天真了?别说我们没地方给你睡,就是有,我也不会给你的!"

Chapter 02 第二章
"同居"的条件

史密特看着暴躁的米雪说:"看来你跟他积怨很深。"

"他?哪来的他?我就跟你有旧仇!今天准你同住,明天保不准就干出什么出格的事!"

"你放心,我已经失忆重新做人了,以我现在的人格,绝对不会对你有任何奇怪的想法。"

"你……你什么意思,我很差吗?"米雪站起身一副要跟史密特拼命的架势,小明见状赶紧将她拉住。

史密特喝了一口水,完全是泰山崩于前而色不变的样子:"你们放心,让我住在这儿,我会给你们想要的东西。这只是一场公平交易。"

米雪和小明对视一眼,都不明白他葫芦里卖的什么药。

史密特故作神秘:"我知道一些你们不知道的事情,那个词怎么说……独家,对吗?"

小明听了眼前一亮,急忙将米雪拉到阳台上。

米雪鄙视地看着他:"干吗啊?难道你还动心了?"

小明双眼放光:"独家哎!米雪姐,想想昨天的李天后大追踪,说不定这个人就是看起来闷骚、实则对娱乐圈无所不知的狂热分子呢!"

米雪不屑地说:"不过是碰巧住在隔壁听到了而已。什么狂热分子,分明就是对我还心存歹念,所以编些天方夜谭的借口来赖在我身边。米雪啊米雪,看看你这张脸惹来了多少麻烦。"

小明强笑两声:"但我总觉得他不像撒谎……万一他真的有独家而我们不信,那我们不就错失了成为首席娱乐记者的机会吗?"

"他凭什么知道,难不成通晓未来?别天真了!"

小明皱眉,十分犹豫:"可是……"

米雪挥挥手打断他:"让我收留这个跟踪狂,下辈子吧。"说完,她转身回到客厅,一脸假笑地看着史密特,"对不起,史先生,经过我们的慎重考虑,还是希望你立刻、马上、赶紧从我们屋里离开。"

终于赶走了史密特,米雪心情愉悦地洗了一个澡,出来后却发现小明不见了。她四处找了一圈都没看到,虽然纳闷,但也没多想,反正那么大的人肯定丢不了,于是自顾自地贴上面膜去睡觉了。

次日清晨,米雪还在美梦中跟廖宇轩约会,就被床头柜上的手机吵醒了。

米雪心中郁闷,梦境中那"吻"差一点儿就接上了,却突然被生生打断了,

到底是谁这么缺心眼？她接起电话没好气道："喂？"

"米雪姐，我在外跟拍呢，今天你自己搭车去公司啦，我们晚上见。"

"小明？"米雪一下子清醒过来，"你跟拍谁啊？喂？喂？挂了？"还未等她说完，小明已经匆忙挂了电话。

米雪一骨碌从床上坐起来，昨天贴的面膜从脸上掉了下来。她揉了揉乱糟糟的头发，怎么都想不出小明背着自己去跟拍谁了。

无奈美梦已经醒来，她索性起床洗漱，赶去上班。

米雪走出公寓，经过小区的公共座椅时，竟然发现史密特正躺在椅子上睡觉。虽然只是一条普通简陋的公共座椅，但史密特仍在上面躺得十分优雅。

米雪先是一怔，但随即假装没看到，继续往外走。

经过门卫室时，米雪专门去问小区保安："保安，我们小区不是不收留流浪汉吗？"

"啊？米小姐，你是说那个睡在公共座椅上的人吗？他说是你朋友来着……我也不知道他为什么不上去找你，只是看样子像个正经人，所以就没有赶他……"

"千万别被他的表象欺骗，他就是个流浪汉，不用留情，赶走就是！"米雪给保安传递了一个肯定的眼神，然后满意地离开了。

米雪以为自己这次肯定能甩掉史密特这个阴魂不散的怪人，却没想到，她跟史密特的纠葛，才刚刚开始。

Chapter 03 第三章
重返阳明山

∨∨∨

他站在悬崖边，感觉心跳越来越快，因为眼前的场景跟录像中的杀人现场终于重叠在了一起。

1

在 2045 年，亲眼见证了史密特利用时空怀表穿越回 2015 年的，只有米雪婆婆一个人。可仅凭她对史密特突然消失的描述，警方实在无法判断出他究竟去了什么地方。至于那块随之消失的怀表也不可能是史密特改造过的屏蔽装置，因为米雪婆婆之前从未见过他，而怀表又是她老伴的遗物，史密特根本没有机会接触。虽然警方也查看了那张三十年前米雪和史密特的合影，但是史密特不可能过了几十年还容颜不改，再说谁能肯定照片中的人就一定是他呢？

尽管公众极端不满，但面对史密特从 2045 年彻底消失的事实，警方只能保持沉默，消极处理，因为绝大多数人都认为确实再也找不到他了，除了一直负责此案跟史密特接触颇多的老警察卢川。他坚信史密特不可能凭空消失，就算他暂时消失了，也绝不可能消失一辈子。

在 2015 年，卢川还只是一个初出茅庐的社区小片警，一心想着破个大案要案，当个万人敬仰的优秀警察，然而在命运轮盘的转动下，他跟史密特竟再次相遇了。

当初被史密特抢了外套和钱的大学生去小区警卫室报了警，而处理这个案件的警察正是卢川。卢川原本对这种小儿科的案件毫无兴趣，可他在查看监控录像时发现史密特竟像鬼一样是突然凭空出现的，十分诡异。

出于一个警察的敏感，他把这段录像拷贝下来，到警局技术部去找人鉴定。可鉴定结果是这段录像确实是实时录像，并没有被编辑修改过。

卢川的刨根问底让技术部的警察很不耐烦，他认为卢川完全就是在吹毛求疵，一个使用了多年的监控设备出点儿小问题实属正常。

虽然得不到他人的认同，但卢川追求真相的脚步从未停止。他从小就把破过很多案，得过很多勋章当上高级督察的父亲作为人生奋斗目标。如今父亲已经去世多年，可对他的影响丝毫没有减弱。不管他人对自己如何不屑，卢川的细腻和坚持都未曾改变。

米雪这天一到公司就被 Amy 和 Lisa 一顿狂轰滥炸。原来廖总今早一到公司就提出要单独见她，十五分钟之内竟然从总裁办公室出来了三次看她在不在。

Amy 激动地说："我来公司一年了，人事从来都是主编在处理，什么时候见过廖总要单独见员工？"

Lisa 羡慕地看着米雪："雪雪，你大发了！说不定廖总抛弃主编，看上你了！啊，我已经脑补了十万字总裁文……"

米雪心里又惊又喜，表面上却故作镇静："别瞎说啦，廖总找我肯定是有正

Chapter 03 第三章
重返阳明山

事……"

她话未说完，就见廖宇轩从办公室里走了出来，向她招手："米雪，你进来一下。"

米雪马上犹如受皇上召见般站直了身体，说了声"是"，然后趁着廖宇轩转身之际，赶紧面冲电脑桌上的镜子，理了理头发，抿了抿唇膏，这才小心翼翼地向总裁办公室走去。

这是米雪第一次进总裁办公室，屋内奢华的装修让她忍不住四处打量。廖宇轩此刻正坐在办公桌前看文件，那完美英俊的侧脸让米雪下意识地咽了口口水。

"请坐。"廖宇轩见她进来，放下手中的文件，按了一下桌上的按钮，靠近员工办公区一侧玻璃窗的窗帘便自动关闭了。

米雪看着这一幕，内心不禁浮想联翩：廖总突然把我叫进来，还不让外面看到，难道是想跟我做点儿什么见不得人的事？昨夜跟廖总约会的美梦，今天不会就成真吧？

见米雪站在原地咬住嘴唇，一副傻笑陶醉的模样，廖宇轩觉得有些奇怪，叫她："米雪？"

米雪反应过来，窘迫地拉过几缕头发挡住脸："呃，廖总。"

"请坐吧。"

米雪赶紧坐下，强装镇定。

"我看过了李天后的报道，做得好！"

米雪顿时充满自信："总裁过奖，那是我分内的工作。"

"你现在手头在跟谁？"

"主编还没有分配呢。"

廖宇轩思索着说道："Flora负责全部的人事管理和任务分配，工作量一直超负荷，我打算精简流程，以后你们可以先自主选择新闻，然后直接跟我汇报。"

米雪有些担心："可是这不会越权吗？"

"Flora那边我会交代，你是主力记者，负责通知其他人。"

米雪点头称是，而廖宇轩回应地"嗯"了一声后，便继续低头看起文件，办公室内顿时安静下来。

米雪有些尴尬："廖总……你单独叫我来，就是为了说这事？"

廖宇轩抬头看她："不然呢？还是，你有别的话对我说？"

"呃，没有没有……"米雪站起身，有些不甘心地对廖宇轩表起了决心，"谢谢总裁的信任，我一定会努力跟踪报道，做更多劲爆的独家！"她说话间大手一挥，

没想到竟将廖宇轩的咖啡杯碰倒，咖啡全部洒在了廖宇轩正看的文件上。

米雪恨不得给自己一巴掌，没事干吗要多嘴呢？

"对不起对不起！总裁，我不是故意的！"她边说边扯过纸巾擦拭着文件上的咖啡。

廖宇轩却没有丝毫慌张，只是淡定地抓住米雪的手，示意她别忙活了。

"没事的，让 Rita 重新打印就好。"

米雪被廖宇轩突然的身体接触搞得心里一紧，慌忙收回手，有些害羞地点点头。

"好，我马上去找 Rita。"

看着米雪离去的背影，廖宇轩露出一个耐人寻味的微笑。

因为今天跟廖总的亲切谈话和"亲密接触"，让米雪一整天工作起来都格外兴奋卖力。晚上，她哼着小曲回到小区，突然想起早上看到史密特的一幕。于是她沿途仔仔细细地检查了小区的每一个角落，很好，那个怪人总算不见了。

米雪继续哼着小曲进入电梯，可就在电梯门要关上的一刻，一只手突然伸进来扒住了门。米雪抬头一看，竟见史密特若无其事地走了进来。

米雪想开口说什么，史密特却没说话，独自站在电梯角落里。

电梯门关上了，史密特却依旧毫无动静，米雪心里越来越紧张，偷偷将手伸进自己的包里。

眼看电梯即将抵达米雪要去的楼层，史密特突然伸手拍在米雪的肩上。

"你……啊！"

史密特刚说了一个字，就被米雪以迅雷不及掩耳之势用防狼器电在了胸口。他瞬间倒地，米雪马上拉开距离。

"傻了吧跟踪狂？我这次可有准备！"

史密特坐在地上，表情痛苦。米雪还想再电他一次，却见他颤抖地拿出一个黄色的钱夹。

米雪一愣："我的钱包怎么在你这儿？"

史密特虚弱地说："你刚掉在公共座椅那里的。"

米雪抿了抿嘴，把防狼器放回包里，又一把夺过了钱包。

史密特见她转身要走，连忙委屈地说："因为你的误会，把我电成这样，不该请我进去休息一下吗？"

米雪走出电梯，打开自家的房门，扭头看他并想了半天，终于在进屋之后没有关门。

第三章 重返阳明山

史密特微微一笑，赶紧站起来也走了进去，径直在沙发上坐下，夸张地揉着胸口。

米雪警觉地看着他："还钱包就还钱包，搞得那么神秘干吗？"

史密特看她一眼："自己掉东西，怪我咯？"

米雪理亏，但又不服气，一撇嘴："那现在东西还了，你可以走了。"

"你对我的人身伤害，电梯监控都记录在案了，你就不打算赔偿点儿什么？"

米雪恍然大悟："你故意的！想威胁我？告诉你，我可不是软柿子，我……"

她话未说完，手机就响了起来，拿起一看是小明来电，她只好先瞪了史密特一眼，接起电话。

"米雪姐，你快出来一趟。有个大新闻，我怕跟丢，你不来后悔噢。"

米雪犹豫地看了史密特一眼，还是下定决心说："行，我马上出来。"

她挂上电话，对还在摸胸口的史密特凶狠地说："我要出门，你快走！"

"可我胸口还在麻痹状态，没有恢复。"

"你……"

"别吵，我休息一会儿。"史密特说着竟闭上了眼睛，一副睡着的样子。

米雪有些气急败坏，刚想破口大骂，就听到手机短信响起，是小明把某高档小区的地址发了过来。

米雪无奈地瞪了史密特一眼，说："你别想要什么花招，等我回来再找你算账！"

出门前，她没忘跑回自己的房间，把门锁上。

一听到米雪离开并关门的声音，史密特就睁开眼睛，坐起身子，四处打量这间公寓。他走到米雪房间门口，试图开门，但房门已经锁上。

史密特低头瞄了瞄锁眼，不屑地轻笑道："半格撞匙，还能更落后点儿吗？"

米雪急匆匆赶到小明短信上的地址，找到隐蔽在角落里的采访车，坐了进去。

"怎么回事？慌慌张张的。"

"米雪姐，说了你别骂我，我找史密特问了独家的事。"小明胆怯地看着米雪。

米雪果然炸了："什么？"

"别激动，听我说完。他跟我爆料，王宇直的女儿不是亲生的，而是领养的。这个新闻太爆炸了，如果报道出来，我们肯定大红！"

米雪无语地看着他："你傻吗？不说史密特，光说王宇直，他老婆生孩子可是记者全程报道的，这种不靠谱的话你也信？"

"我一开始也不信的，就抱着试一试的态度跟了一晚，结果……我刚才拍到

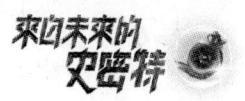

了这个。"

小明将相机递给米雪，米雪接过一看，顿时愣在当场，相机里王宇直竟然和一个男人亲密牵手。

米雪倒吸一口凉气："这……"

"米雪姐，看来史密特没我们想象的那么简单。他说要给我们独家，不仅仅是信口开河啊。"

米雪久久地盯着相机，一时思绪万千。

2

此时在他们的公寓里，史密特已经用一根细细的汤匙打开了米雪的房间。他推开门走进去，只见房间里装饰得很温馨，是个典型的小女生的闺房，但是里面的东西摆得有些凌乱。

史密特不觉皱起眉头，先弯腰捡起地上的面膜纸丢进垃圾桶，又将被子铺平，把两个枕头翻转到同一面摆在床头，然后来到书桌前，举起桌上摆放的相框看了看，里面是米雪和母亲、弟弟的亲密合照。

史密特打开米雪的电脑，却显示需要输入开机密码。他想了想，用键盘输入了一串符号，画面马上变成了编码黑屏。史密特像个特务般敲打着键盘，然后在编码版面复制了一串数字"1234567"。电脑重新开机时，史密特将那串数字复制在密码框，点击确定后，电脑的开机音乐瞬间响起。

史密特查看着米雪的电脑文件，发现一个叫"绝密"的文件夹。他尝试点开，却发现也要输入密码！他把刚才的密码串又复制了一遍，可这次并没有成功。蹙眉思索了两秒后，他用手指在键盘上敲下数字——7654321，然后点击确认，文件夹居然打开了。

史密特有些无语："古人还真懒。"

史密特浏览着这个文件夹，里面全都是 txt 文档，标注名分别是《霸道总裁爱上我》《我和总裁的二三事》《当上总裁的妻子》《甜蜜总裁文》等。

史密特无奈地关上这个文件夹，又去查看其他文件，但电脑里很空，没有什么特别值得关注的东西。他打开谷歌网页，搜索"史密特"三个字，但出现的网页只有谷歌的执行董事长施密特。他想了想，又打开摄像头，自拍了一张大头照片，上传到谷歌图片，然后点击相似图片，可找了半天仍旧没有什么收获。

史密特关上电脑，又去检查米雪的书柜。他拉开抽屉，发现了一本相册。而

第三章 重返阳明山

相册一打开，瞬间从里面掉落了几张千元台币。

"居然把钱藏在这里。"史密特摇了摇头，捡起钱夹放回原位，然后开始一张张翻看照片。相册里都是米雪童年的照片，但翻到最后几页时，竟然全变成了偷拍一个男人的照片，相片里那个男人要么在安静地工作，要么在逗路边的小狗，反正无论从哪个角度看，都能感觉到拍摄者对相片中人浓浓的情意。

史密特抽出其中一张照片看了看，若有所思。这时，客厅里突然传来开门的声音，他匆忙合上相册放回原处，关上米雪房间的门，然后坐回沙发上，保持米雪离开时的姿势。

米雪进门看了他一眼："哼，你还在啊？"

史密特伸了个懒腰，问："查得怎么样？"

米雪警觉地盯着他。

史密特懒懒地说："能让你匆忙出门的，必然是工作上的事。"

"王宇直的事，你是怎么知道的？"

"知道结果就行了，过程并不重要。而且，我看了你们的杂志，很多明星我都认识，显然我还有很大的利用价值。再说，我好心帮你捡钱包，你却攻击我，难道没有一点儿愧疚？"

米雪有些心虚，但仍嘴硬："那是你自找的。"

"米雪，我们不需要互相体谅或了解。我只是想借住一阵子，你就当作一场交易。你是唯一认识我的人，我没有别人能相信。"

米雪刚想说什么，一转头却对上史密特无比真诚的眼神，心里忽地一软，竟鬼使神差地慢慢点头了。

史密特见米雪答应，低头露出一个不易察觉的微笑。

米雪回过神来，马上强调道："不过先说好，一条独家顶三……不，一个月房租！"

"放心，我不会住那么久。"

"还有，住在我们家就得守我们的规矩，小明要怎么样我不管，但我这里就得约法三章！"

"你说。"

"第一，没我的允许不准进我的房间。"

"好。"

"第二，没我的允许不准碰我的私人物品。"

"好。"

米雪眯着眼睛看他:"回答得这么快,真让人不放心……最后,不能打搅我的私生活。"

史密特这次却没有立即作答,而是迟疑地看着米雪。

"怎么,做不到吗?"

"作为朋友关心不可以吗?"

米雪有点儿意外,难以置信地看着史密特:"你要关心我?"

"嗯,我希望你能早日找到幸福。"

米雪先是一怔,随即反应过来,不禁长叹一口气:"果然是这样,你就是还迷恋着我啊。"她边说边故意撩拨头发,一副什么都明白的表情,"其实失忆什么的也是装的对吧?你虽然曾经离开,但心里一直对我念念不忘,所以又找到机会接近我……唉,你这么痴情,让我很为难啊。"

史密特不知道如何回应,只能无语地看着她自我陶醉。

米雪拍拍史密特的肩膀,语重心长地说:"给我一点儿时间考虑好吗?我答应你,我一定会找到幸福的。"

史密特干脆无视米雪,挪开视线,拿起桌上的遥控器,对准电视按按钮。可他一连按了四个按钮,电视都没有反应。

米雪鄙夷地看着史密特:"你干吗?"

"我想看新闻,了解当下时事。"他又开始按第二排按键,但电视仍然没有反应。

米雪忍无可忍,夺过遥控器按下开关键:"你在逗我吗?看不出你原来是乡下来的啊,这遥控器呢很先进的,得按对键才行。"

史密特指着遥控器上一堆花花绿绿的按键问:"那这几个按键是做什么用的?"

"……这些我就没怎么用过,一般就开关、音量、频道……"

"不怎么用的东西,为什么要设计出来?"

"这……它就设计在这儿啦。"

"既然只用开关、音量、频道,那就只需要设计这几个按键。多余的都是浪费,你们的设计太不科学。"

"哈,你一个乡下人,遥控器都不会用,还有这么多歪理?"

史密特没说话,看着自己空空的手指,喃喃说道:"看来得弄点儿方便实用的东西了。"

米雪见史密特又自言自语起来,不禁翻了一个白眼:"我现在已经开始后悔

Chapter 03 第三章
重返阳明山

刚才的决定了。"

说完她放下包去厨房煮了一碗泡面,安抚自己饥肠辘辘的肚子。当她煮开水,放进面饼和调料后,一回头却发现史密特正站在门口盯着自己。

"干吗?"

史密特闻着香味,咽了口口水,问:"这是什么味道……"

"你自己看啊。"

史密特走近一步,看到锅里煮着的方便面,突然惊恐地睁大双眼,提着煮锅就要倒。

米雪赶紧拦住他:"你干什么?"

史密特一本正经地说:"我在历史书上看过,这种叫'方便面'的东西看起来方便快捷,但面饼之中的油脂被空气氧化分解后会生成醛类过氧化物,将引起头晕、头痛、发热、呕吐、腹泻等中毒现象。在2030年,这种东西就被世界卫生组织列为违禁食品了。"

米雪抢过煮锅,放回到炉灶上:"不知道你在胡说八道些什么!什么违禁食品,方便面简直就是人类的福音好吗?你给我走开,谁也不能阻挡我吃方便面!"

米雪大手一挥,将方便面全部盛入碗中,然后端着碗来到餐桌旁,大口吃起来。

史密特靠墙站着,手上拿着一包可以吸的果冻,冷眼看她。

"不只是食品添加剂的问题,它的油脂和含盐量都超过人体日常所需,更别说磷酸盐会造成的骨折和牙齿……"

史密特还没说完,米雪就用力地嘬了一口面,故意发出很大的响声,她一边吃,一边还发出"嗯"的声音,一脸满足享受状。

方便面的香气再次向史密特阵阵袭来,他没说话,故意看向别处转移注意力。可此时,他不争气的肚子突然"咕"了一声。米雪先是一愣,随即当没听到,接着吃自己的。

不一会儿,史密特的肚子又"咕咕"了好几声。

米雪终于抬眼看了看他,问:"饿了?"

史密特一脸窘态:"不是我。"

"啊,我记得厨房好像还有一包。"米雪说着起身走进厨房。

史密特仍然在傲娇地坚持:"我不吃,会吐的。"话虽如此,他却并没有伸手阻拦米雪。

少顷,米雪就又端出一碗热气腾腾的方便面放在史密特面前。但史密特只是直勾勾地看着，并没有行动。

米雪继续吃着自己的面，说："别逞强了，果冻怎么能吃饱呢？"

史密特看了看手上的果冻："这不是营养液吗？"

"你是真傻还是装傻？果冻才是最没营养的食品好吗？"米雪说着把碗又朝史密特推了推，"吃吧，我吃了二十多年，不也活得好好的？"

史密特犹豫地拿起筷子，尝试地吃了一小口，又细嚼慢咽地吞下。

米雪注视着他的反应："也没吐嘛，味道怎么样？"

史密特明明觉得好吃翻了，表面上却故作镇定，轻轻"哼"了一声。

米雪咕哝道："傲娇。"

深夜，史密特躺在客厅沙发上，本能地伸手冲电灯挥舞，但电灯没有丝毫反应。他有些懊恼，只好起身走到门口，按开关关灯，然后又躺回沙发。

借着米雪屋内透出的灯光，史密特拿起挂在胸口的怀表，看了看表盘上年份显示的2015，内心起伏，思绪万千。看来这趟没有白来，果然有个跟我长得一模一样，连名字都一样的人存在。可是他为什么要冒充我呢？还是得尽快去阳明山看看。

这时米雪的声音从房内传来："咦？谁帮我整理过房间了？"

史密特不动声色，喃喃地对自己说"晚安，2015"，便缓缓进入了梦乡。

3

第二天，米雪一上班就迫不及待地向廖宇轩汇报了她和小明的惊天发现。

"廖总，小明跟了一个通宵，本来只是想拍领养孩子假装亲生的证据，但没想到，竟然收获了这个！"

廖宇轩看着王宇直跟某男亲密拉手的照片，点头赞许道："这么隐秘的消息你们都能知道，不错。"

米雪窃喜："为了这个消息，我们付出可多了……"

"不过……"廖宇轩看着照片，欲言又止。

米雪担忧地盯着廖宇轩："廖总，有什么不对吗？"

"我只是在想，如果他们的小孩知道真相，会怎样？"

米雪愣住了，她好像从未考虑过这个问题。

廖宇轩笑笑："我只是突发奇想，你不必在意。"

米雪却认为自己确实疏忽了孩子的感受，廖宇轩一语惊醒梦中人，让她心中

第三章
重返阳明山

难以平静。

这时，Flora边说边走进来："Will，明天的会议……米雪？你怎么在这儿？"她一看到米雪，立马摆出一副女主人的姿态。

米雪迟疑道："呃，我在跟廖总汇报跟拍进度……"

Flora听后一脸不快："什么时候我变得这么不重要？还是说，什么时候下属都变得这么没规矩？"

米雪有些尴尬："主编，我……"

"我没有分配新闻你就擅自做主？现在还越权直接跟总裁汇报，到底有没有把我放在眼里？"

廖宇轩淡然说道："是我让她这么做的。"

Flora一怔，不可思议地看着廖宇轩。

"你手头上的工作一直溢出，我决定放权给他们，让整个记者部门运转更有效率。"

Flora语气放软，带点儿责备又带点儿小撒娇："你以前都不管这些事的……"

"杂志社要运营，管理不可能一成不变。"

面对廖宇轩一板一眼公事公办的回答，Flora和米雪都很不适应。

Flora做了个深呼吸，挂上笑脸，看向廖宇轩，温柔地说："既然你觉得我辛苦，那就听你的好了。"说完她又冷着脸看了看一旁的米雪，严厉地说，"不过就算这样，你的汇报也应该给我一份，这是你的职责。"

米雪展露出职业微笑，频频点头。

"那现在汇报完了吗？如果没别的事先出去吧。我还有话要跟Will说。"

"汇报完了。廖总、主编，那我去替小明的班了，他两天没合眼了。"

廖宇轩点点头，米雪赶紧收起桌上的照片，走了出去。

Flora看米雪离去，刚才端着的架子也全放了下来。她双手撑在廖宇轩的办公桌前，刻意施展曲线毕露的迷人身段，娇嗔道："Will，你怎么能这样嘛！"

廖宇轩却目不斜视，冷声道："我觉得这样的工作分配没有问题。"

"我不是指这个，只是……你好歹跟我商量一下，这样让我在下属面前多没面子？你以前可不会这样对我的。"

廖宇轩垂眸，点点头："我会注意的。"

Flora笑着推了推廖宇轩："好啦，不要搞得这么严肃，晚饭去哪儿吃？"

"今天俱乐部有活动，约了几个朋友去阳明山攀岩。"

Flora略带醋意地说:"又到周三了?好吧,反正只有对攀岩,你是怎么都不会变,比对女人啊,专一多了。"

跟拍了王宇直两天两夜的小明顶着熊猫眼,哈欠连天地回到公寓,发现客厅黑着,就把手放到开关上,可还没按,灯就亮了。

"灯泡接触不良吗?"他挠挠头,发现史密特正坐在沙发上,不禁笑道,"哟,米雪姐答应收留你了啊?恭喜恭喜。"

可他又定睛一看,发现沙发前的茶几上散落地摆放着被拆得四分五裂的遥控器、一张被剪开的交通卡,还有一些二极管和小型电烙铁。

"这……这是来贼了吗?我的电脑怎么也被拿出来了?"

"我只是借你的电脑,改进了一下遥控器。遥控系统不过是发射器和接收器的小把戏,只要找到编码脉冲,就连这种八核十六线程处理器都能指令代码,控制电器的CPU。"

小明张大嘴看着他,完全听不懂他在说什么。

史密特戴上做好的戒指演示给他看。他先将手指向电视,轻轻一滑动,电视就跳了一个频道。他又指向天花板的电灯,轻叩食指,灯马上黑了,再叩食指,灯又亮了。

小明惊喜地看着他:"好厉害的样子,你以前是电工吗?"说着他又拿起茶几上的交通卡,心疼地说,"你改造就改造,干吗剪坏我的悠游卡?里面还有钱呢!"

"放心,余额已经转移了。"史密特朝他挥挥手中的戒指。

小明这才看清了戒指的真面目:"这不是米雪缝衣服时戴的顶针吗?"

"顶针是什么?我只看到这一个金属戒指,就拿来用了。"

"大哥,你做了这么多工作,到底想干吗?"

"我需要去一趟阳明山,交通路线指示需要搭乘地铁和公交车。"

小明更无语了:"那你直接用交通卡就行了,为什么要改造啊?"

史密特被噎住,但仍故作淡定:"因为我有这个能力。"

小明皱起眉头:"米雪姐说得没错,你还真是……挺怪的。"

"小发明完成,我也该出发了。"史密特起身准备出门。

"阳明山有什么好去的,人家都一对对的,你一个人看着多难受。"

史密特停住:"那里人很多吗?"

"也算是旅游景点吧,不过这个季节人应该少很多,还有很多是去登山攀岩的。"小明说着又打了一个哈欠,"不跟你说了,晚上还要去跟新闻呢,我先睡一

Chapter 03 第三章
重返阳明山

会儿。"

听完小明的介绍，史密特更加觉得自己应该赶紧去阳明山看看，2015年和2045年的阳明山真的会有那么大的差别吗？

过去鲜少出门的史密特终于见识了2015年公交车和地铁的人山人海，等他一路辗转来到阳明山后，满山的游客和遍地的绿色确实让他无法将此处跟2045年那个光秃秃的阳明山联系起来。

他边走边看，按照一个工作人员的指引，找到了阳明山唯一的一处悬崖。他站在悬崖边，感觉心跳越来越快，因为眼前的场景跟录像中的杀人现场终于重叠在了一起。

史密特转头四处张望，果然发现高处有一个摄像头。他在悬崖边来回踱步，希望找到点儿什么蛛丝马迹，最后又将目光看向了悬崖底部。

应该下去看看。

他好不容易找到一条通向崖底的路，兴奋地走了下去。

悬崖底部，到处都是乱石堆，不远处临着海域，不断有浪花拍打上来。

史密特抬头看看悬崖的高度，然后低头仔细在乱石堆里观察。突然，石头缝中有个反光的东西吸引了他的注意。他蹲下身，翻开石块，在里面找到一颗玫瑰金的精致袖扣。

"那是谁？这里不准下来，涨潮很危险的！快给我上去！"

史密特抬起头，见一个工作人员正朝自己呼喊。他连忙把袖扣藏好，仰头对工作人员说："抱歉。"

"真是的，现在怎么有这么多年轻人爱找刺激！"

"这么偏僻的地方也有人来？"

"可不是，以前也有像你一样不怕死的，还是在大晚上来玩。"

"他长什么样子？"

"我哪记得那么多？"

"那他有什么特征？另外，他的衣服上有没有这样的扣子？"史密特说着就想把扣子拿出来给他看。

"扣子那么小的东西，我怎么可能有印象？别废话了，赶紧上来！"

史密特只好把扣子又塞回衣服里，最后看了一眼悬崖底部，然后走到工作人员身边。

"噢，对了，请问失物招领处在什么地方？"

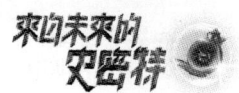

"失物招领处？下班了，你明天上午再来吧。"

回去的路上，史密特在脑子里不断分析着这枚袖扣的来历。这么精致的做工和奢华的材质应该不属于普通人的品位和消费档次，所以它的所有者一定是个有身份、有地位的男人。史密特又回忆起监控录像中被推下去的那个穿西装的男人，他的袖口上似乎正有这样一枚金色的袖扣。

史密特下地铁后，仍旧边走边想，忽听前面传来"抓小偷"的呼喊，又见一个神情紧张的男子正朝自己跑来，于是他在那个男子经过自己身边时，不动声色地脚下一绊，使得男子立刻摔翻在地。

在这个空当，一位警察追上来制伏了小偷，又将钱包抢回来还给了随后赶来的婆婆。

婆婆拿着钱包千恩万谢："谢谢警察，谢谢警察。"

而这位警察正是卢川，他有些不好意思地说："这是职责所在，应该做的！"

卢川见史密特准备离开，马上叫住他："朋友等一下！我都看见了，刚刚多亏了你。"

史密特面无表情地说："没事。"

"你把你的联系方式留下吧，我跟社区申请送你一面好人好事锦旗。"

"不用了。"史密特说完继续朝前走。

眼前这个男人的冷漠，让热情的卢川反倒有些尴尬。他干笑一声，随即又将目光集中在史密特外套的米奇图案上。

卢川回想起之前那个报案大学生的描述，以及监控录像里他被抢的迪士尼外套，似乎跟眼前这件一模一样。想到这里，他快走几步跟上了史密特。

"等一下。"

"还有什么事吗？"史密特回头看他。

卢川亮了亮胸牌："是这样的，我是巡警，有些问题想问你。"

史密特看了一眼他的胸牌，顿时呆愣了两秒。

这个卢川就是那个卢川吗？世上真有如此巧合之事，让我穿越到三十年前再次遇到年轻时的他？

"请问你叫什么名字？"

卢川的问话让史密特回过神来，他警觉地看向卢川，越发觉得这张脸着实眼熟。

"史密……斯。"

史密特说完一直盯着卢川看他的反应，但他似乎并没有特别的反应，只是把

Chapter 03 第三章
重返阳明山

名字记录在了本子上。

"史密斯，我可以看看你的身份证吗？"

"身份证……这种东西，随身带容易丢，我放家里了。"

"那请问跨年夜那天晚上你有经过前面那片区域吗？"卢川指了指史密特当初抢了大学生衣服和钱的地方。

"没有。"史密特淡定地回答。

"你确定？"

"嗯。"史密特说完转身欲走。

但卢川又问道："等等，你……你这件外套挺特别的，在哪买的？我也想来一件。"

史密特沉默几秒，说："朋友送的。"

"噢，谢谢……"

卢川看看手中的笔记本，又看了看史密特的背影，自言自语道："史密斯……真是个奇怪的名字。"

卢川的直觉告诉他，此人肯定有问题，但到底是什么问题，他又说不出来。于是他来到户籍管理部门，软磨硬泡地让一个朋友帮忙查查史密斯的档案。

"没有史密斯这个人。"户籍警让卢川自己看屏幕，输入"史密斯"三个字后，页面显示没有搜索结果。

卢川紧紧盯着屏幕："这个人该不会是在耍我吧？会不会是谐音？我觉得"施密特"念着要顺口一些，你查这个看看？"

"大哥，能换的字都换过了，你觉得施密特念着顺口，是因为 Google 执行董事也叫施密特。台湾人哪有叫这种名字的啊？"

"他竟然敢骗警察，肯定有问题！"

"你干吗对他这么上心？"

卢川露出苦恼的表情："你又不是不知道我，我这么优秀的警员，每天就端茶送水，给这家找猫那家开锁……就差一个破案机会，破一次案我就能被人重视，接手大案了！我的直觉告诉我，他肯定有问题！"

"得了吧，你别整天疑神疑鬼。警察都是慢慢熬出来的，太心急反而容易出事。"户籍警说着关上了电脑，"我可再提醒你一次，别让人发现我偷偷帮你查户口。"

"放心吧，谢谢你了。"卢川看着笔记本上的"史密斯"三个字，不禁攥紧了拳头。

Chapter 04 第四章
米雪的幸福

∨∨∨

在史密特看来,既然知道了米雪暗恋了两年的对象,那么帮她找到幸福就是指日可待的事情了。

1

为了拿下王宇直的爆炸性独家新闻，米雪和小明轮番彻夜死守，不放过任何蛛丝马迹。功夫不负有心人，终于被他们发现王宇直夫妇和另一对夫妇关系十分亲密，两家人总是结伴而行，且更引人注意的是，他们四个人始终是男的和男的走，女的和女的走，同性之间的行为特别亲密。

这天小明来跟米雪换班，两个人正在商量今晚先回去好好休息，补充体力，米雪就接到了史密特用公寓的座机打来的电话，说他找到了米雪想要的东西，让她赶紧回家。

米雪一头雾水，又担心史密特真有什么急事，就匆匆赶了回去。她赶到家时，见史密特正坐在沙发上，一本正经地看着一沓资料。

"发生什么事了？"

史密特示意米雪先坐下。

米雪有些纳闷，但还是乖乖地在地毯上坐了下来。

"你希望你的小孩以后往哪方面发展？"

米雪正端起杯子喝水，听到这个莫名其妙的问题，差点儿把水喷在史密特脸上。

"啥？"

"体育、文艺、科研，还是商界？"

米雪眨巴着眼睛，满脸的不解。

"看你的样子，应该是喜欢会赚钱的吧？"史密特说着抽出其中几张资料递给米雪看，"这几个精子数据都来自商界的精英，质量不错，你可以随眼缘选一个。"

"……什么意思？"

"米雪，你年纪不小了，是时候抓紧找自己的幸福了。我今天从阳明山回来时正好看到一家私人医院，所以就帮你挑选了一些优异的对象，可以省你很多事。"

"等一下……你的意思是，你帮我挑了几个优质的精子，让我选一个来培育试管婴儿？"

"你误会我的意思了。我的意思是，你挑选一个喜欢的精子，我帮你找到精子的主人，然后你们可以立刻繁育后代。"

米雪面无表情地伸出手贴在史密特的额头上："你今天又没吃药？"

史密特推开米雪的手："别开玩笑，我在说正事。"

看着史密特一本正经的样子，米雪终于忍不住喷笑出来："你要我放下手中的工作特地赶回来，就是为了这件事？"

Chapter 04 第四章
米雪的幸福

史密特颇为认真道:"我就是希望你快点儿找到幸福。"

"不好意思,我没见过谁光看几个精子数据就能找到幸福的。"

史密特蹙眉:"难道不是这样吗?"

米雪白他一眼:"拜托,我怎么也要先看中一个人的长相和人品,然后经过相处和磨合,之后再来考虑精子的问题吧?"

"为什么要这么麻烦?"

"因为……爱情!"米雪不明白为什么正常人都理解的事情,史密特还要郑重其事地问原因,看来他不是真傻就是装傻,干脆用一首歌来打发他了事。

"爱情不是因为荷尔蒙,而是多巴胺。这种单纯的神经递质从分泌旺盛到枯竭不过十八个月时间,而多巴胺激素就算是在2045年也被确定无法进行体外注射——"

没想到史密特居然用如此理性的话来解释一个那么感性的问题,米雪有些抓狂,打断他道:"我听不太懂,你能翻译一下,说人话吗?"

"爱情根本不可能长久,何必要去追求那些虚无缥缈的感性情感?婚姻的实质不过是繁育,只要双方对于后代的需求吻合就够了。"

"然后呢?就这样结婚?"

"能培育出优秀的后代就是最好的婚姻,不是吗?"

米雪终于有些按捺不住了,连珠炮般地反击道:"你老家哪的?火星吗?史密特,不管是恶作剧还是认真的,以后你别再拿你那奇怪的价值观绑架我了,行吗?在我这里,幸福不是光靠精子质量就能决定的,你首先得喜欢一个人,然后当这份喜欢发展成爱的时候,幸福才会真的到来。"她看着史密特懵懂的样子,不禁叹气,"我跟你说这些干吗……看来这几天我的智商都被你给拉低了……"

史密特认真地问:"喜欢到爱要多长时间?"

"说不定,也许一两天,也许一二十年。"

史密特低声自言自语道:"我不能等那么久……"

米雪白了他一眼,给小明打去电话:"小明,这边没什么事,你那边完了就回来吧。"说完她又瞟了史密特一眼,"我真是疯了才会留你这么一个疯子住下。"

当晚,史密特想着米雪那些颠覆他价值观的话,久久不能入眠。终于,他起身来到小明房间,想跟他深入探讨一下。毕竟有时候,男人跟男人会更容易沟通一些。

史密特轻轻推开门,一挥手,房间里的灯就亮了,熟睡中的小明被灯光刺得

睁开眼睛，又迷迷糊糊地戴上黑框眼镜，发现史密特正站在房间门口。

史密特问："我可以进来吗？"

小明打着哈欠坐起身："啊？哦，什么事？"

史密特走到床边坐下，一脸高深莫测的样子："什么叫幸福？"

小明眨巴着眼睛，整个人还处于呆滞状态："你把我叫起来，就是为了问这么深奥的问题？"

"有些事我想不明白。我给米雪介绍对象，想让她早点儿找到幸福，她却不高兴。"

"喊，当然不高兴啦，米雪已经有喜欢的人了！"

"噢？"

"我们传媒集团的总裁廖宇轩，米雪暗恋他两年了，还经常偷拍他。"

"偷拍……原来是那个人。你的意思是，米雪已经喜欢他两年了？那为什么不在一起？"

"米雪偷偷地喜欢呢，廖宇轩都不知道这事。"

史密特若有所思地点点头："原来如此……"

在史密特看来，既然知道了米雪暗恋了两年的对象，那么帮她找到幸福就是指日可待的事情了。只是他不能消极等待这一天的到来，必须在米雪的背后，推她一把。

第二天，史密特换上找小明借的衣裤，又特地梳了另外一种发型，确认这次应该不会像前几天穿米奇那么显眼，这才出门去了阳明山。

他并没有去阳明山的失物招领处，而是径直来到监控室。

史密特对工作人员点点头，客气地说："您好，我昨天上午在悬崖附近掉了一个钱包，想来您这里查下监控，是不是被人捡去了。"

工作人员上下打量了他一下，说："那你去失物招领处嘛。"

"已经去过了，就是他们让我来找您。"

"唉，真是麻烦。昨天掉的是吧？"工作人员打开电脑，翻找出1月4日的视频文件夹，正想点开，史密特却突然将他拦住。

"其实我的钱包不是昨天掉的……"

"那是什么时候？"

"去年圣诞节晚上，后来我一直忙就忘了这事，所以直到现在才来找您。"

"那你来得太晚了，新年一到，旧的文件就被覆盖了，没有了。"

Chapter 04 第四章
米雪的幸福

史密特有些不甘心："全都没有了吗？"

"没有。数据太大，备份也没有。"

史密特遗憾地叹了口气，线索又断了。他有些挫败地走出监控室，准备离开阳明山。当经过一家登山纪念馆时，他的目光突然被纪念馆玻璃墙上的照片吸引。所有的拍照角度似乎都很偏，被拍的人都没有摆拍的姿势。

纪念馆老板见史密特驻足，马上过来招揽生意："帅哥，刚登完山吗？要不要来挑挑照片？"

史密特摇摇头："我没有拍过照。"

"是我们的自动相机拍的啦，几个风景地都有，攀岩的地方都有啦！肯定有您，进来看看，不买没关系！"

史密特犹豫着，跟老板走了进去。

纪念馆内的员工打量了一眼史密特，手上已经开始快速地翻找照片："刚刚下山的吗？攀岩了吗？"

"没有。"

员工很快就点开一张照片，竟然是史密特在悬崖边的照片。

老板夸张地称赞道："这张拍得好啊，遗世而独立的感觉。现在像您这种独自旅游的人特别多，你看风景，我们就拍你们嘛，怎么样，要不要买这张？冲印才一百块，非常划算。"

史密特看着照片，突然想到了什么："你们的照片会存放多少天？"

老板不明所以："啊？"

"我圣诞节那天有来过，如果有那天的照片，我全部买下……"

"那您赶上了，我们半个月一清理。不过……每天的照片这么多，库存也不在这儿，得花一天时间才行……"

史密特转身，偷偷看了看口袋里剩下的零钱，根本连一张都买不起，但他仍十分淡定地说："可以，如果有……每张照片我都以三倍的价格买下。"

2

在史密特忙着寻找杀人真相的时候，米雪正在四处收集王宇直收养女儿的证据。虽然她一直认为为大众报道事实真相是一个记者的职责，但经过上次廖宇轩的提醒，她的内心开始在感性和理性之间不断拉扯，只是在查到确凿的证据前，她宁愿逃避，不想去直面这样一个难题。

米雪从网上搜索到王宇直女儿的照片，发现她额头上有一个明显胎记。同时，她又查到王宇直夫妇曾在2008年共同扶植了一所孤儿院，而在这一年，他们的女儿出生。

到底这是巧合还是揭开真相的关键？米雪决定亲自去那所孤儿院一探究竟。

她假扮成一个中年妇女，假装去孤儿院寻找自己七年前走失的女儿。孤儿院院长见她可怜，答应把2008年的领养记录给她看，查查她的女儿到底是否在其中。

米雪一边保持抽泣，一边快速地用眼睛扫描着那些领养记录。突然她的目光定格在一张女童照片上，这孩子的额头上有一个明显胎记，照片下方写着"领养人：保密"。

米雪趁院长不注意，偷偷拿出微型照相机拍下了照片，然后趁院长帮她找其他资料时，溜之大吉。

她回到公司将婴儿的照片和王宇直女儿现在的照片都打印出来，对照一看，在她们额头的相同位置有一块一模一样的胎记。

这时，Flora走了过来，问："听说你拍到了证据？"

米雪点点头。

Flora看了一眼她手上的照片，满意地笑了："太好了，我今天晚上就要稿子。"

米雪颇感吃惊："这么快？"

"我已经在网络上放了消息，说王宇直有劲爆新闻，让网友们等着'周一见'了，你可别耽误我的事。"

米雪有些犹豫："可是……这样曝光，对他们一家会不会影响太大？"

Flora冷笑道："呵，你在逗我吗？身为明星，说谎话的时候就要想到有一天会被曝光，我们娱乐记者就应该替公众揭发这种虚伪的罪行。"

"就算是娱乐记者，也应该有所为有所不为吧？他们的孩子还那么小……"

"米雪，你现在在跟我谈人性道德吗？"

米雪顿时没了底气，有些心虚。

"别在这儿圣母心泛滥了，这是你的工作，别让我和廖总失望。"女主编意味深长地看了她一眼，转身离开。

米雪回到家一口气把稿子敲完，标题是"王宇直形婚，隐瞒养女和粉丝七年"，还配了王宇直一家三口的照片和她在孤儿院偷拍的婴儿照片。

她打开邮件，收件人写上廖总，同时抄送给Flora，她把鼠标点在了"发送"上，却又一下子犹豫了。

Chapter 04 第四章
米雪的幸福

她的脑中交叉闪现廖宇轩和 Flora 说的话，一个占情一个占理，情理之间，到底自己应该站在哪一边？她苦思冥想了半天，还是找不到答案。

终于，她叹了口气，把电子邮箱关闭了。

她起身伸了一个大大的懒腰，一抬头瞥见时钟显示 6 点 50 分，顿时慌了神。今天早上廖宇轩突然告诉她有话跟她说，要今晚 7 点过来找她。

本来这是一件足以让米雪想入非非一整天的大事，但为了尽早查出王宇直养女事件的真相，她根本没心思没空闲去回味廖宇轩早上那一抹看似暧昧的微笑。

米雪好不容易翻箱倒柜找出一件仙气飘飘的白色裙子，然后披上一件短外套，慌忙出了门。此时，廖宇轩已经到了她家楼下，正靠着车门等她。

米雪快走几步来到廖宇轩跟前，深吸一口气，抱歉地说："廖总，久等了。"

廖宇轩含笑看着她："没有，我刚到。"

"您说有话跟我说，我就随便一些了，也没化妆什么的。"米雪假装害羞地笑，结果冷风一吹她立马很不淑女地打了个喷嚏。

"嗯……本来打算说几句就走，不过看你穿这么少，还是找个地方坐坐吧。"

米雪听了，尴尬地笑笑，正准备上车，却见史密特正好回来。

"咦，你回来啦？"

廖宇轩看到史密特，开车门的手顿时停住，他仔细地上下打量了一下史密特，目光深邃。

史密特见廖宇轩盯着自己，也看向他。

米雪好奇地问："怎么？你们认识？"

廖宇轩摇摇头，平静地说："不认识，这位是……"

"他啊，我和小明的合租室友。"

"哦，这样……"廖宇轩波澜不惊地朝史密特点头示意，然后坐进了车内。

史密特沉默地看着轿车远去，直觉告诉他，尽管刚才那个男人掩饰得很好，但他肯定认识自己，或者说认识那个跟自己一模一样的男人。

廖宇轩车内，米雪有些忐忑不安："廖总，您想跟我说什么？是公事吗？"

廖宇轩专注地开着车，说："私事。"

"那是什么——"

米雪话未说完，手机短信铃声就响起来。她打开一看，是一个陌生号码发来的短信：我是王宇直，能见一面吗？我妻子自杀，在医院生死未卜。

米雪咬着嘴唇迟疑着。

廖宇轩察觉到她不对劲,问:"怎么了?"

米雪仿佛下定了决心:"廖总,非常抱歉,我现在有点儿急事要去下医院。"

"公事?"

"嗯。"

廖宇轩沉默片刻,猛打方向盘一掉头:"知道了,我跟你一起去。"

米雪冲进医院,一眼看到坐在走廊上的王宇直,试探地叫他:"王宇直?"

王宇直抬头看到米雪,突然像野兽一般冲过来掐住她的脖子,狰狞地叫道:"都是你们!都是你们!"

米雪身后的廖宇轩立刻上前阻止,无奈王宇直一直掐着不放,廖宇轩只得一拳打在他的脸上,直打得他往旁边踉跄了两步,终于松开手。

米雪此时已经憋红了脸,捂着脖子不断咳嗽。

廖宇轩一边扶着米雪坐下,一边气愤地对王宇直说:"这是医院,如果不想打搅你妻子,我们最好换个地方说话。"

三个人来到医院旁边的一家餐厅,找了一个包间坐下。王宇直自始至终都盯着米雪,眼神里充满了鄙夷。

"就是你在网络上传播我的爆炸新闻?"

米雪想反驳,但最终还是没有说出口。

"你还去孤儿院找到了我女儿的照片?哼,我妻子看到微博后就一直在焦虑,等到院长把有人去孤儿院调查我女儿的事告诉我妻子后,她就崩溃了……害怕真相暴露,宁愿选择自杀逃避。幸亏我发现得早,不然……"王宇直说到后面,声音已然哽咽了。

米雪有些愧疚:"希望她平安。"

"不用你假好心,看到网络上的评论你一定很开心吧?稿子肯定也写完送进印刷部了,就等着明天看我的笑话了吧?"

米雪低下头没有辩解,王宇直冷哼一声:"如果不是因为你,我妻子怎么会这样?我真想剖开你们这些娱乐记者的肚皮,看看还有没有良心。我们伤害谁了吗?面对父母的压力,我们真的没有别的办法。还有我们的孩子,如果真相曝光,她要怎么面对同辈的异样眼光?说到底,这是我们的私生活,你们这些记者凭什么管?"

廖宇轩见米雪一直没有回应王宇直的质问,以为她已经无力招架,正准备开口帮忙,却被米雪抢了先。

Chapter 04 第四章
米雪的幸福

米雪冷静地说："王先生，如果我没记错，你们今年接了七支广告，对吧？"

王宇直一愣，显然没想到她会问这个问题。

"家居、儿童营养品、婚戒……每一支广告都打着你们恩爱的招牌，对吗？你们本就在用虚假的私生活形象来换取利益，现在真相揭开，却要来怪我们不尊重你的隐私，不觉得讽刺吗？"

王宇直气急败坏地指着米雪："你！"

米雪继续说道："你的妻子到底是被我们记者捆绑了，还是被你们自己虚构的形象捆绑了呢？王先生，这世间的工作都是因为需求而产生。有人需要精神偶像，于是就有了你们明星；有人需要娱乐八卦，于是就有了我们。我们都是同等地被消费，你又何必以高人一等的姿态来看我们呢？"

王宇直被米雪呛得一下子说不出话，而廖宇轩明显感觉有些意外，用一种别样的目光观察着米雪。

"王先生，我的话就说到这儿，代我向你太太问好，祝她早日康复。"米雪说完站起身，和廖宇轩一起离开了餐厅。

廖宇轩送米雪回去的路上，两个人都保持沉默。米雪被王宇直的事搞得心绪不宁，而廖宇轩一直在回忆刚才米雪说的那些话。

终于还是米雪率先打破了沉默："廖总，对不起，因为我的事，耽误了您的时间。"

"不会。你刚才那些话让我很佩服你。"

米雪自嘲地笑笑："不过是说点儿漂亮话掩盖自责而已。"

"网络上的新闻我知道是 Flora 发的，而且，我到现在都没有收到你的稿子。"

米雪沉默。

"其实你内心并不想曝光他们，是吗？"

米雪苦笑一声："我是个记者，哪能因为自己不想就搅乱工作……"

"其实我想找你单独谈话，就是担心你会感情用事，公私不分。"

米雪有些自责地垂下头。

"王宇直的事情也好，你偷拍我的照片也好。"

听到"偷拍"二字，米雪猛然间反应过来，难以置信地看着廖宇轩问："什……什么意思？"

这时车已经开到米雪的公寓楼下，廖宇轩踩下刹车，看着米雪。

"不是你寄那些照片给我吗？"

米雪还是不解："什么照片？"

廖宇轩从车内拿出一个黄色牛皮信封递给米雪，信封上写着"给廖宇轩 米雪"几个字。米雪疑惑地接过信封打开，顿时震惊得一句话都说不出来。只见那信封里全都是她之前偷拍廖宇轩的照片，按理说这些照片应该安然地放在她的私人相册里，怎么会跑到廖宇轩的手上？

羞耻，尴尬，愤怒……一时间全部涌上米雪的心头，她此刻想找个地洞钻进去，又想抓住偷照片的人碎尸万段。

看着米雪阴晴不定的表情，廖宇轩温柔地说道："米雪，我没想到你对我……你别误会，我并不是要拒绝你，只是你贸然送照片给我，我担心公司其他人对你有看法。你的心意我已经收到了，我——"

最终被愤怒冲昏头脑的米雪已经来不及和廖宇轩道别，甚至连他的话都没听完，就直接下车，往家里冲去。

廖宇轩没有去追米雪，只是看着她的背影若有所思。

3

当米雪一口气冲进客厅时，正看到史密特和小明坐在沙发上玩手机游戏。只见小明眉头紧锁紧张兮兮地点着手机屏幕，可不一会儿就一副垂头丧气的模样，把手机往沙发上一丢。

"你不是说你没玩过这游戏吗，怎么可能这么厉害？"

"实力而已。"

"不可能，你一定是看了什么攻略！"

"不是攻略的问题，是脑容量 1 兆和 256KB 的差别问题。"

小明懊恼地从口袋里掏出 5000 台币给了史密特。史密特接过钱点了点，喃喃道："应该差不多了……"然后又抬头对小明说，"赌博伤身，不要沉迷。"

小明不甘心地说："喂，你赢了钱就想跑啊？"

米雪这时已经悄无声息地走到两个人面前，死死盯住史密特说："你到底有什么目的？"

小明见米雪如此模样吓了一跳，问："米雪姐，怎……怎么了？"

米雪还是面无表情地看着史密特问："你到底有什么目的？"

史密特把钱放进口袋，抬头和米雪对视，语气淡定沉稳："我希望你找到幸福。"

"照片是你寄的吗？"

Chapter 04 第四章
米雪的幸福

小明更迷糊了："什么照片？"

史密特解释道："她偷拍的廖宇轩。"

小明顿时吃惊地张大了嘴。

米雪强压怒气："你是心理变态还是故意作弄我？"

史密特沉默了一会儿，说："如果我告诉你，我的目的只是想帮你找到幸福，就这么简单，你相信吗？"

小明敬佩地看着史密特："爱恋不成，于是自我牺牲？史密特，看不出你是情圣啊！"

米雪攥紧了拳头："所以你偷了我的照片，故意撮合我和廖宇轩？"

史密特毫不狡辩："是。"

"史密特，你让我恶心！"

小明见米雪真的生气了，赶紧推推史密特："哎，史密特，你快道歉啊！"

史密特不明所以："道歉？我做错了什么吗？"

小明无语地扶额摇了摇头。

米雪咬牙切齿地说："史密特，麻烦你从我家搬出去，我不想再在这里看到你！"她说完后，冷冷地回到自己的房间，重重地将门关上。

史密特当场愣住，有些不知所措。他不理解米雪的愤怒，更不知道自己的好心造成了米雪多大的困扰。只是他能感觉到米雪发自内心的气愤，他并不想让她生气，所以，他决定离开。

小明坐在房间里，看着一旁在收拾行李的史密特，挠了挠头，忍不住劝道："史密特……唉，说你什么才好，不是我不帮你，只是你这样确实让米雪姐很有负担。"

史密特不解："负担？米雪一直单恋，我让廖宇轩明白她的心意，不是促成他们更快面对感情吗？"

"重点不是结果……史密特，爱情是两个人的事情，你和米雪不能成是你们俩的事，她和廖宇轩成不成是他们俩的事……米雪对廖宇轩的暗恋一直是藏在心里的，你现在直接把她的隐私曝光在廖宇轩面前，让她把尊严摆哪里呢？"

史密特似懂非懂，却不知如何回答，只好说："这段时间谢谢你的照顾，游戏……很好玩。"

小明还是于心不忍："唉，早知如此何必当初呢……衣服也没几件，身上这件还是我借给你的，整个一穷光蛋，这大半夜的你能搬到哪儿去啊？要不要我再借给你一点儿钱？"

史密特摇摇头："你已经输了很多。"

小明继续劝道："不要那么死脑筋嘛，其实也不一定非要搬走……"

史密特继续收拾着行李："既然她做出了选择，我只能尊重。"

"我最了解她，她在气头上说的话不算数的。"

"不算数？"

"嗯，女人都是这样的，只要你诚心道歉，她一定会原谅你的。"

听了小明的话，史密特停下手中的动作，若有所思。

最终，史密特还是把行李都收拾好了。他来到客厅的阳台想最后看看夜景，却发现米雪正靠在卧室阳台栏杆上，看着星空发呆。

史密特想了想，开口道："你恨我吗？"

米雪一愣，朝旁边看去，见史密特正站在客厅的阳台上，跟自己不过一米的距离。她没有说话，转身欲走。

史密特低沉地说了句："对不起。"

米雪停下脚步，看向史密特说："有些事不是一句对不起就能释怀的。"

史密特松了口气："果然小明是错的。"

米雪纳闷："什么？"

史密特得意地说："我告诉他，道歉解决不了任何问题，他不信。"

米雪比之前更气了，对史密特简直恨得牙痒痒："所以你是为了证明他是错的才来跟我道歉？"

史密特傲娇地看着她："不然呢？"

"你真是一朵奇葩！"米雪一甩头，又要回房间。

史密特叫住她："等等。"

"还想干吗？"米雪愤怒地看着史密特。

史密特思虑了几秒，娓娓说道："在我的年代……不是，在我的老家，我做过一个应用软体，双方就是根据基因来进行配对……"见米雪一脸的不耐烦，史密特连忙解释道，"我不是要为自己的行为辩解。我……我只是太习惯老家的一些习俗，以至于到了这儿，一切都无法适应。来到这里之前，我不知道方便面可以吃，不知道原来一个人的隐私会包含他的尊严……我知道道歉没有任何用，但我还是想说，对不起，以后我不会再做让你感到难堪的事。"

米雪听到这些话，表情渐渐缓和了下来，喃喃说道："你还真是老样子。"

史密特僵住，认真地听着。

第四章
米雪的幸福

"那时我只是告诉你我想去偷拍我暗恋的人,你就把我锁在了房间,之后一通电话告诉我你会回来见证我的幸福,就再也没有人影。现在你又把我的暗恋全都告诉了他……史密特,我真捉摸不透你。"

"你刚说的那些,是去年圣诞节的事?"

"不然呢?"

史密特陷入沉思。

米雪叹了口气:"我真不知道,你是真的喜欢我,还是另有目的?不管你是真的失忆还是假的,史密特,我只希望,你能早点儿告诉我答案。"说完她最后看了一眼史密特,转身走回房内。

温柔的星辉洒落在两个阳台上,史密特独自站着仰望星空,思绪万千。答案,我也想知道答案。他为什么要冒充我,又为什么要把你牵扯进来?他真的还会回来见证你的幸福吗?而你的幸福又到底在哪里?

王宇直带着妻子出院时,米雪和小明又来跟拍。小明不停地按下快门,一旁的米雪却始终没有说话,只是远远看着他们一家三口其乐融融地说笑。王宇直七岁的女儿似乎什么都不知道,始终开心地拉着父母的手蹦蹦跳跳。

米雪知道,下午杂志社就要开会,她必须在那之前做出最后的选择。

会议室内,所有人都认真听着 Flora 的总结,只有米雪一直心不在焉。

"好,那接下来是这周的头条。米雪,你把爆料始末和进度跟大家说一下,然后立刻汇编成短篇发在网络上,网友们都等急了。" Flora 热切地看向米雪。

米雪慢慢站起来,似乎做了很多心理建设,这才一闭眼一咬牙,说道:"我们查到,王宇直夫妻其实……其实特别爱运动,每周一三五都去健身房,二四六带孩子游泳,健康得不得了。所以我建议这期杂志专门给他们一个版面做养生的介绍。"

米雪说完,全场都呆滞了,Flora 的脸马上变得扭曲,刚准备开口骂人,却听廖宇轩笑了一声。

"这个提议不错,明天能把文稿交上来吗?"

Flora 吃惊地说道:"廖——Will!我们这样会被网友骂死的!"

廖宇轩却轻松地说:"骂就骂吧,我倒觉得,杂志有点儿新鲜的东西也不错。"边说边看向米雪一笑,"对吗?"

Flora 看看廖宇轩,又看看米雪,似乎明白了什么,默默咬着嘴唇,握紧了拳头。

米雪做梦也想不到廖宇轩竟然会站在自己这边,而且是当着全公司人的面。

她猜不透廖宇轩的想法，但觉得自己欠他一个解释。

散会后，米雪见廖宇轩要出去，慌忙跟着他一起走出了杂志社。

"廖总！"

廖宇轩正准备上车，听到米雪的呼唤，就关上车门，转身看她。

米雪真诚地说："廖总，对不起。"

"为了什么？因为把我们的八卦杂志变成养生杂志吗？"

"不只是这个……那些照片……抱歉，在没有您的同意下拍了那么多……您放心，我绝对会公私分明，以后不会打搅您的生活！"

廖宇轩看着米雪，突然轻笑："我想你误会我的意思了。"

米雪不解地看着他。

"我让你公私分明，并不是拒绝你。"

"那……"

"我的意思是，以后工作继续努力，至于暗恋追求的事，放在工作之外进行就好。"

米雪眨巴着眼睛，似乎并没有完全消化这些话。

廖宇轩神秘地笑笑："我们来日方长。"

米雪呆呆地看着廖宇轩开车离去，不禁露出一个花痴的微笑。难道我米雪的幸福生活，真的要开始啦？

Chapter 05 第五章
照片疑云

∨∨∨

照片上的『史密特』身后不远处有一个背着登山包的人,赫然正是廖宇轩。

1

史密特再次来到阳明山的登山纪念馆,老板在三倍价钱的诱惑下果然熬夜找出了圣诞节那天拍到的"史密特"的照片。

老板把洗出的照片拿出来给史密特看:"不容易啊,我们找了一晚上,终于找到你的几张照片了!都是圣诞节那天拍的,你看看。"

史密特一张张翻看着,发现照片上的人真的和他长得一模一样。他有些激动:"终于找到你了。"

"还有一张拍到了别人,就没洗给你了。"

"什么?拍到了别人?"

一旁的员工指着电脑屏幕给他看:"就是这张,拍到了别人,构图就不好了。"

史密特看过去,瞬间惊讶得说不出话来。照片上的"史密特"身后不远处有一个背着登山包的人,赫然正是廖宇轩。

看来他之前的直觉没有错,廖宇轩确实认识自己,但是他为什么要谎称不认识呢?史密特认为必须尽快弄清楚这一切。而最快速有效的办法,就是直接去跟廖宇轩对质。

自从那天跟廖宇轩说开了关于偷拍他照片的事后,米雪心里对他的期待又多了一层。而这种期待落实到日常生活里,反而让米雪比以前更加无法正视廖宇轩。

这天上班,米雪端着杯子去茶水间泡咖啡,结果正遇到廖宇轩在煮咖啡。米雪的脸瞬间红了,赶紧转头,准备开溜。可她刚蹑手蹑脚地走了两步就被廖宇轩叫住。

"米雪。"

米雪转过头,尴尬地笑笑,只好又走进茶水间,站在离廖宇轩很远的地方,准备泡速溶咖啡。

"速溶不好。"廖宇轩指指咖啡机,"等一会儿吧。"

米雪一愣,只好点点头,有些拘谨地看着咖啡机。

"新一期杂志看了吗?"廖宇轩率先打破了沉默。

米雪顿时显得很羞愧:"廖总,我都明白,这期周刊的销量跟我那篇专访有很大关系,我很抱歉……我已和主编申请放弃双休了,您放心,这周我一定会跟出好新闻,挽回上周的损失!"

米雪说完看向廖宇轩,发现廖宇轩正专注地盯着自己。她下意识地伸手摸了摸脸。

第五章
照片疑云

廖宇轩笑道:"你想多了,我其实想说,那篇文稿写得很不错,吸引了一部分 30 岁的女性读者,我们反倒获利了。"

"真的?!"

"嗯,不要小瞧自己,看你累得黑眼圈都出来了。"

米雪不好意思地笑起来,心想廖总刚刚原来是在看我的黑眼圈啊。

"你们小组只有你和小明两个人吗?"

米雪点点头。

"新闻工作比较辛苦,我会帮你再加派个人手。"

廖宇轩话语温柔,米雪脸上露出掩饰不住的喜悦。

"谢谢廖总!"

"还有,你一个女孩子,跟两个男人挤公寓不太好,公司有福利房,你随时可以搬出来。"

"啊,谢谢廖总,虽然挤了点儿,但是已经住惯了,没关系的。"米雪边说,边心不在焉地偷瞄廖宇轩,心里则不断回忆着那天的谈话。

什么"至于暗恋追求的事,放在工作之外进行就好""我们来日方长"这些话简直太值得回味了,所以他就是鼓励我追求他吗?难道他对我也有那么点儿意思?

想到这里米雪鼓起勇气问道:"廖总,您觉得总裁有可能喜欢上小员工吗?"

廖宇轩一本正经地答道:"不太可能,价值观与人际圈不一样,还要考虑公司制度……"

米雪顿时像泄了气的皮球,失落地说:"说得也是……"

"除非……这个小员工有独特的魅力,能让总裁抛下一切。"

米雪还没体会到其中的深意,就见廖宇轩拿起咖啡壶,给自己倒上了一杯咖啡。她下意识地抱起杯子喝了一大口,结果被苦得五官都皱到一起。

廖宇轩轻笑,拿起一颗糖放进自己的杯子里,用咖啡匙摇匀。然后突然拿走米雪的咖啡杯,将自己的杯子交到她手上。

"我不爱喝甜的,咱们交换吧。"说着他端起米雪的咖啡杯喝了一口,留下一个温柔的微笑,走出了茶水间。

米雪半天才回过神来,她看看手上廖宇轩的杯子,轻轻地喝了一口,立刻开心地眯起了眼睛:"好甜哪……"

米雪端着咖啡杯回到座位上,花了半天工夫才让自己彻底冷静下来。毕竟这

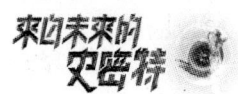

总裁亲自泡的咖啡可不是每天都能喝到的,而且他喝了自己已经喝过一口的咖啡,这种难以跟人言说的甜蜜怎能不让自己热血沸腾?看来自己也有机会当上总裁文里的女主角啦!

米雪用双手对着脸扇了扇风,一转头看到隔壁桌的小明正咬着笔头冥思苦想什么。她脚下一蹬,坐着办公椅滑到小明面前,神秘地问:"他有说什么吗?"

小明不解:"谁啊?"

"浑蛋啊,他没有提供新爆料吗?"

"你说史密特啊……咦,你不是要赶人家走吗?"

"谁说要赶他了?"

"你昨天亲口说'麻烦你从我家搬出去'啊,我可是亲耳听到的噢。"

米雪尴尬地瘪瘪嘴,又做出一副傲娇的神态:"这……本来是要赶他走……不过他后来哭着求着让我原谅……唉,一个大男人哭成那样,就差跪下了,我也就大发慈悲原谅他了。"

小明眯着眼打趣道:"就差跪下噢?"

米雪点点头,赶紧转移话题:"你就说嘛,有什么新爆料,这周的选题我还没跟廖总说呢。"

小明一怔,明显有些难言之隐:"这个事啊……那个,米雪姐,选题的事我们先不急吧……"

"为什么?"

"因为……"小明思考着要怎么跟她说刚刚 Flora 找自己谈话,说要自己以后代替米雪去跟廖宇轩汇报工作的事。

这时,周围的同事们突然骚动起来,都往外面跑。小明和米雪见状一脸茫然。

Amy 经过米雪身边时,将她一把拉起来,兴奋地叫道:"快快快,前台有大帅哥出没!"

米雪和 Amy 一起来到前台玻璃窗,此时已经有好几个女同事贴在玻璃窗上往外看了,还不住地感叹着此人到底有多帅。

Amy 拉着米雪奋力挤进人群,透过玻璃窗可以看到前台正坐着一位在专心看杂志的男子。

本来米雪心里只有廖宇轩,对其他帅哥已经免疫了,可她定睛一看,那个男子竟是史密特!他来这里干吗?难道又是为了"见证"我的幸福?

米雪赶紧离开人群,跑到史密特面前,不可思议地看着他。

第五章
照片疑云

史密特抬头，看到米雪，十分淡定："下午好。"

"好你个头！你你你……你来这里干什么？"

前台一直伸着脖子偷听他们的谈话，听到这儿抢话道："他是来找廖总的，米雪，还不介绍一下？"

米雪大惊："找廖总？"她左右看看，发现这里实在不是说话的地儿，便拉起史密特，往杂志社外面走。

两个人在杂志社外的一个角落站定，米雪气得小脸通红："你这个人真是！昨天不是说得好好的吗？怎么今天还跑来了？你是嫌照片不够刺激，非要亲口跟他说不可吗？"

史密特疑惑地看着她："你在说什么？"

"我好不容易才得到廖总的原谅，拜托你别给我添麻烦了！"

史密特终于明白过来："你误会了，我找他不是为了你的事。"

"不是为我？那你找他干吗？"

"我……有点儿私事。"

米雪明显不信："你一个无所事事的人，能有什么私事？"

史密特想了想问道："米雪，我失忆以前和廖宇轩见过吗？"

米雪白了他一眼："廖总？人家那么忙，怎么可能认识你？再说了，我跟你又不熟，怎么知道你的情况？"

史密特皱眉喃喃自语道："连你都不知情……"

米雪见杂志社的姑娘们已经跑到大门口来看热闹了，不禁催史密特赶紧离开："快走快走，以后不准来杂志社捣乱！"

史密特看了看米雪离开的背影，又抬头看了看杂志社的大门，心想我一定得想办法接近廖宇轩，他的身上一定还可以挖到更多跟那个人有关的线索。

令史密特没有想到的是，这个接近廖宇轩的机会竟然很快就出现了。

又到了一月一度交房租的日子，小明和米雪都叫苦连天。最近他们根本没有跟踪到什么有影响的新闻，之前已经到手的玉宇直独新闻家又被米雪放弃了，两个人近来只能拿点儿基本工资度日，交完房租后已然所剩不多了。

米雪看看空瘪瘪的钱包，没好气地对史密特说："喂，你这次的爆料可一定要靠谱啊，我们的季度奖金都倚赖它了。"

史密特正在想廖宇轩的事，冷不防听到米雪跟自己说话，不解地问："什么爆料？"

"何芸芸啊,不是你让我们跟她的新闻吗?不然这么一个小明星,有什么值得报道的?"

史密特仍旧一脸茫然:"何芸芸?"

小明听到这儿有些忍不住了,心虚地赶紧插话道:"哎呀,不要小看人家,说不定电影一上线,她就成了大明星呢!"

米雪还是很纳闷:"但关键是,她身上到底有什么独家新闻呢?"她边说边看向史密特,小明在一旁使劲跟史密特使眼色,但他完全不解其意。

史密特沉思道:"这名字有点儿耳熟,但我不记得她的新闻。"

米雪愣住,又看向小明。

小明郁闷地叹了口气,说:"对不起啦,是我自作主张要报道她的……"

米雪有些生气:"小明!"

"Flora 硬要我去报选题,可我也想不到报什么……何芸芸和廖总青梅竹马,我想着跟她的新闻廖总应该会开心吧……"

小明说完抬眼想看米雪的脸色,却见米雪直接伸手猛敲他的头。

"你个笨蛋!我们娱乐记者报的都是负面新闻,廖总怎么会高兴何芸芸被曝光!"

小明委屈地揉揉头:"廖总已经说了,不让我们写她的私人感情……"

"不写私人感情那还有什么能写的?写她演电影的感受吗?拜托,谁会认真看啊?完了完了,王宇直的新闻已经黄了,这周又是此类平淡无奇的新闻,别说奖金,只怕还会被扣钱……"

小明一脸忏悔状:"对不起啦,米雪姐……"

米雪苦恼地说:"下个月房租怎么办?难道要动用我的老本儿吗……"

"下个月房租我来付吧。"一直沉默的史密特突然说道。

小明和米雪都愣住了,不可思议地看向他。

"这次是我没有及时给你们提供独家新闻,那就用金钱来弥补好了。"

米雪"扑哧"笑出声来:"得了吧大哥,你身上的钱够二十块吗?"

"我现在没有钱,但是我可以工作。"

小明和米雪对视一眼,都半信半疑。

小明问:"你以前干过什么工作?"

"我在老家是科研工程师,收入还行,年薪五千万。"

小明吃惊地说:"五千万!原来你才是真土豪!"

第五章 照片疑云

米雪不信任地看着史密特："吹牛的吧？"

史密特淡定地说："信不信不重要，重要的是，你们若是能帮我找份工作，就可以分担你们的经济压力。"

2

抱着试一试的心态，米雪委派小明去帮史密特找工作。小明在网上群发了一堆简历之后，确实有些看似不错的公司打来面试电话。但史密特发挥傲娇本色，让自己被这些公司全部pass掉了。陪史密特去面试的小明十分懊恼："史密特，说好的分担我们的经济压力呢？你这么傲慢的态度，哪有公司愿意录取你呀！"

史密特理所当然地说："是他们跟不上时代的步伐。"

小明叹了口气："这下好了，一份工作都没找到，回去得再群发简历了。"

史密特突然停步，看着小明："小明，不一定要找和我以前一样的工作的。"

"嗯？那你还能干什么？"

"其实我……想去你们的杂志社上班。"

"啊？史密特，虽然你有爆料信息，但是杂志社的工作不是动动嘴爆料就行的，你还要做很多事，开会啊，跟新闻啊，校稿啊……总之很辛苦的，赚得又少，还不如去工地搬砖呢。"

"可我对这行有热情。"

"热情？你热爱什么？八卦吗？"

史密特一眼瞟到小明脖子上的单反相机，立马急中生智捧起相机："我对这个有热情。"

小明十分惊喜："真的？你也喜欢单反摄影？"

史密特真诚地点头："嗯，从小就喜欢。现在可以推荐我进入杂志社了吗？为了分担你们的经济压力。"

小明欣慰地拍拍史密特的肩膀："不说别的，就看在咱俩有共同爱好这一点上，我也一定会尽力帮你进杂志社的。"说着他看了看表，"何芸芸的采访时间快到了，米雪姐应该已经在场地等我了，走，我刚好带你一起去实践实践。"

何芸芸采访场地的走廊上等着很多记者，米雪也站在其中。她不断朝进口的方向张望，突然发现史密特竟然拿着单反相机朝自己走来。

米雪纳闷地问："你怎么在这儿？"

史密特一本正经地说："工作。"

"什么?"

"为了分担室友们的经济压力,我找了份工作。"

史密特面无表情地端起单反相机,对着米雪按下了快门。

米雪难以置信,看向小明:"小明,这是怎么回事?你不是陪他去面试新工作了吗?怎么当起记者了?!"

小明欣喜地说:"米雪姐,是我太小看史密特了,原来他和我一样,对艺术有着独到的见解和追求。"

米雪扶额:"等一下!我怎么越来越听不懂了?"

"那些面试都黄了,然后史密特告诉我,他其实喜欢摄影,想来咱们杂志社工作,所以我就先让他上手看看了。"

米雪问史密特:"你喜欢摄影?"

史密特冷淡地答道:"无比热爱。"

小明眨着星星眼:"你看吧!"

米雪还是无法认同:"那你也不能让他来插手我们的工作啊!"

"你不是一直抱怨人手不够吗?史密特跟我们住一起,又知道那么多八卦,加入我们团队再合适不过了!"

米雪"啪"地拍了一下小明的头:"你真当自己是总裁啊,人事是我们能定的吗?工资你给吗?"

史密特倒很淡定:"工资多少无所谓,如果廖宇轩不同意,我可以亲自跟他说。"

米雪还想说什么,就见走廊的门打开,何芸芸的经纪人从里面走出来,微笑地看着记者们。

"久等了各位,采访可以开始了。"

各大报刊的记者们纷纷进入了房间,可米雪还站在原地犹豫着。

史密特认真地看着她说:"米雪,我是个公私分明的人,好歹给我个机会。"

米雪见最好的采访机位马上就要被其他记者抢占完了,只好一咬牙说:"好吧好吧,你今天别给我添麻烦就行,小明,你可要看好他。现在你俩赶紧给我进去抢两个最好的拍摄位置!"

不一会儿,何芸芸工作室已经打好了光,记者们也都各自摆好了机位。米雪坐在采访位置上,时不时不安地瞟几眼史密特。

小明对史密特说:"等会儿我全景摄像,你就负责何芸芸的摄影抓拍。"

史密特点点头。

第五章 照片疑云

经纪人微笑地望着记者们，说道："感谢各位记者同仁辛苦前来，芸芸首次触电大银幕，今天是配合电影进行宣传，各位可以以电影为前提尽情发问，谢谢。"

她的话音刚落，酒店的一间房门随即打开，何芸芸从里面走出，名媛风范十足，美丽又落落大方地朝大家挥手致意。人群中的闪光灯立刻就唰唰闪了起来。

史密特也举起单反准备拍照，可当他看清何芸芸的面容时，整个人都呆住了。

妈妈？她为什么跟妈妈长得如此相像？

小明看到史密特双眼发直，不禁调侃道："嘿嘿，原来你跟我一样，看到美女也会双眼发直嘛……"

史密特没有回答，始终目不转睛地盯着何芸芸。

何芸芸坐下，记者们立刻开始发问。

记者A："请问芸芸第一次演戏就和王导合作，感觉怎么样？"

何芸芸面带职业笑容，官方地说："觉得非常荣幸，之前因为探班《爱情游戏》而与王导有一面之缘，我非常喜欢他的作品，所以当他拿着剧本来找我时，我二话不说就答应了。"

记者B："《爱情游戏》的制片人是你男朋友冯展，你们的一面之缘是不是他牵线呢？"

何芸芸笑笑："嗯……冯展和王导也是老朋友，所以大家都觉得很有缘分。"

记者C："那么这部戏是冯展帮的忙多，还是和你青梅竹马的廖宇轩帮得多呢？"

何芸芸略显尴尬："廖宇轩其实是我的……"

记者A打断了她，接着问道："你的出道有廖宇轩的帮忙，你们的关系只是青梅竹马这么简单吗？"

见何芸芸的脸色越来越不好看，经纪人赶紧帮忙打圆场："不好意思，各位，请问跟电影相关的问题。"

记者们平静了几秒，然后开始问其他问题。

米雪坐在记者中间，手上拿着录音笔，皱着眉，自言自语道："何芸芸和廖总……难道真的不止青梅竹马这么简单？"说完她马上又拍了一下自己的脑袋，懊恼地说，"工作呢，别胡思乱想。"

"请问，您的本名叫什么？"

这个意外的提问顿时让整个现场安静下来，米雪也顺着大家的视线看去，发现提问者竟然是史密特！米雪的脸顿时沉了下来，这个麻烦精，不是交代小明好

好看住他的吗？

见米雪不断给自己使眼色，小明紧张地拉拉史密特的衣角，轻声说："喂，别捣乱。"

可史密特仍执着地提问："您的本名就叫何芸芸吗？"

何芸芸想了想，尴尬地一笑，答道："这个……我的本名叫何红云，芸芸是我的艺名。"

记者们都露出第一次听到这个信息的表情，纷纷发出意外的议论声。

史密特却不再说话，只是静静地看着台上那个美丽的女人，陷入了一种难以言状的情绪中。

没想到这次穿越回2015年，还能碰到三十年前的母亲。这时的她是那样年轻，光芒四射，肯定有不少男人把她当成梦中情人。一想到再过几年她就会香消玉殒，史密特心中不禁一阵凄楚。如果真可以改变历史，他一定要保护她好好地活下去。

记者发布会结束，人群逐渐散去。米雪、小明和史密特三个人也准备离开，突然何芸芸追上他们，拍了拍史密特的肩膀：

"你好。"

史密特感觉有些意外，但还是冷静地说："……你好。"

米雪和小明对视一眼，都竖起耳朵听。

何芸芸盯着史密特的脸，问："请问，我们……以前认识吗？"

史密特低下头，不知道该如何回答。

何芸芸不好意思地笑笑："我总觉得你有些眼熟……但怎么都想不起来。"

史密特也笑笑："以后会熟起来的……您别太劳累，注意身体。"他说完和米雪、小明一起离开了。

采访车内，米雪和小明坐在前排，不约而同地盯着后排正在发呆的史密特。

米雪坏笑着说："别卖闷骚了，快说吧。"

史密特反应过来，看着他俩，问："说什么？"

小明好奇地问："你怎么认识何芸芸的？还让她注意身体……你们很熟吗？"

米雪双眼放光："她的本名可是从来没曝光过，你竟然知道她有艺名，肯定有小道消息！说吧，是整过容，还是被土豪包养？"

小明有些打抱不平："米雪姐，人家小时候的照片网上都有，没整过容！至于包养就更不可能了，她男朋友可是数一数二的富家公子！"

米雪撇撇嘴："那总得有点儿什么吧。史密特，你给我个爆料，有大新闻做了，你也不用折腾来杂志社工作。"

史密特听到这儿，立刻恢复了平常的淡定状态："你这么说，我倒是想到一条爆料……不过，你得答应让我去杂志社面试。"

米雪警觉地看着他："你想干什么？"

"不干什么，我是真心喜欢摄影工作。带我回杂志社面试吧，有爆料，还多一份工资，何乐而不为？"

米雪犹豫了，既怀疑他的动机，又对他的建议十分心动。

史密特补充道："放心，我保证不会在廖宇轩面前乱说话。"

吃了史密特的定心丸，米雪终于答应带他回杂志社面试。然而她和小明能做的也只是尽力引荐，至于史密特能否成功进入杂志社，就要看廖宇轩的心情了。

3

总裁办公室内，史密特、小明和米雪三个人坐在办公桌一侧，米雪和小明都不安地看着对面的廖宇轩。

米雪谄媚地说："呵呵，廖总，大致的情况就是这样……"

小明满脸真诚："廖总，希望您给史密特一次机会，热爱摄影的都是好人！"

廖宇轩思虑着，和史密特对上视线。两个人看上去都十分自然的样子，可实际上他们看对方的眼神中都带着一种质问。

史密特先开口道："廖总，我觉得您有些面善，我们以前见过吗？"

廖宇轩观察着史密特："抱歉，我朋友太多，记不太清了。你以前是工程师？"

史密特略显失望地点了点头。

"噢，那你开发过哪些项目？"

"新能源汽车、大气过滤、纳米分子优化、基因配对工程。"

"听起来不像是这个年代的事。"

米雪无语地解释道："不好意思，廖总，史密特有些妄想症，经常异想天开……"

廖宇轩反倒说："不会，我上一笔生意就是和人开发一个异想天开的发明……"

史密特试探地问："哦？是什么发明？"

廖宇轩笑了笑，并不打算回答。

米雪发现场面有些尴尬，打圆场道："史密特虽然有些怪，但确实有一些独家八卦消息，王宇直的新闻就是他透露给我们的……廖总，您上次说想给我加派人手，我看到有个现成的，所以才……有什么不符合规定的地方，还希望廖总谅

解……"

"所以,你是为了独家新闻才收留他,并让他一起工作?"

"当然!不然谁理会他!"米雪说着瞥了史密特一眼。

廖宇轩听到这句话,心里似乎放松了一些。

史密特补充道:"工资的话,多少都无所谓,我只是觉得廖总很有见识,希望能借工作之名跟着您学习。"

廖宇轩听出史密特话中的不善,波澜不惊地笑笑:"学习不敢,既然史密特先生如此有能耐,那我们就合作看看吧。"说完他站起身,主动向史密特伸出手。

史密特假笑一声,也起身伸出手,同廖宇轩握手。

等米雪他们三个人离开了总裁办公室,廖宇轩按动桌上的按钮,将所有窗户的窗帘自动拉上,整个办公室顿时与外界隔绝起来。

他走到办公室的保险柜前,输入密码打开保险柜,从里面拿出一个文件袋。袋内装着一张打印的照片,赫然就是史密特的时空怀表。

廖宇轩若有所思,喃喃自语:"我倒要看看,你这次的目的又是什么。"

史密特的加入,对于杂志社的姑娘们来说无疑是一大福音。他刚在自己的新位置上坐定,就有一堆女同事前来自我介绍打招呼。

米雪和小明远离人群站在一起,看着史密特受欢迎的样子,都有点儿不爽。

米雪恨恨地说:"我总感觉,我又做了一个错误的决定……"

小明则羡慕地看着史密特:"没办法啦,人家有独家新闻,任性!唉,明明是我的衣服,怎么穿在他身上,画风就不一样了……"

米雪撇撇嘴:"哼,把他得意的!"

"米雪,你过来一下。"

米雪一转头,见 Flora 正面带假笑地看着自己,内心顿时升起一种不祥的预感,可又不得不恭恭敬敬地走过去。

她不安地走进主编办公室,问:"主编,找我有事吗?"

Flora 依旧一脸假笑:"现在都流行带男朋友上班了吗?"

"啊?主编您误会了,史密特只是我的室友而已。他是来应聘摄影师的。"

Flora 意味深长地"哦"了一声,说:"原来是单纯的同居关系。"

米雪连忙摆手:"不是不是,我们……"

Flora 打断了她:"既然已经有目标,那就不要再三心二意了。Will 和我都会祝福你们的。"

第五章 照片疑云

米雪瞬间明白了她的意思，只好无奈地苦笑两声。

Flora 又问："听说你们现在在跟何芸芸的新闻？"

米雪点头："是，史密特手上有一些何芸芸的独家，我们想挖挖看。"

Flora 冷笑："Will 难道没提醒你，要对这个女人客气一点儿吗？"

"廖总……是曾提醒过。"

Flora 看着米雪，眼珠子突然一转："那是他故意考验你的。"

米雪不解。

"Will 说过，他最欣赏的就是公私分明的女孩，那些话是他故意说的，实际是想考验你作为娱乐记者的专业态度。"

米雪恍然大悟："这样啊……呵，其实我觉得廖总多心了，我当记者几年来，一直都很专业的，不会因为一个明星后台多硬或者有什么私人关系就留情面。"

Flora 的嘴角掩饰不住笑容："那太好了，我们需要的就是你这样的人才，去吧，我和廖总等你的好料。"

米雪没有多想，点点头离开了，Flora 看着她的背影不禁冷哼了一声。

顺利进入杂志社的史密特觉得自己离真相又近了一小步。可他没想到，执着的卢川竟然从众多监控录像中找到了他，并跟踪他来到了公寓楼下。

史密特从街角的拐弯镜里发现了跟踪自己的卢川，于是故意走进小区的另一个单元里，并进入电梯将每一层都按下按钮。

站在外面想确认楼层的卢川发现电梯竟在每一层都停，越想越不对劲，便直接爬楼梯追赶。他打开每一层的楼梯间大门，却都没有看到史密特。

当他气喘吁吁地爬到公寓顶楼天台时，上面也是空荡荡的，毫无人影。这个天台连接着大楼的其他几个单元，可放眼看去，根本不可能知道史密特到底进了哪一个单元。

卢川察觉自己被耍，有些气急败坏。

这时，小区警卫跟了上来，问他："有住户举报生人扰民，你是谁？是探访的吗？"

卢川看到警卫，突然有了主意，他亮出证件说："我是警察，要查看你们小区的住户信息。"

史密特成功逃脱了卢川的追踪回到家后，一直心神不宁。他不明白为什么这个警察无论在 2045 年还是 2015 年都要跟自己过不去，还这么难缠。此刻，他站在客厅的窗户前，能看到卢川此时正站在警卫室里，跟小区警卫说着什么。

突然，家里的座机响了起来。

正在处理拍摄素材的小明接起电话："喂……哦，阿伯，您好……嗯？之前不是登记过吗？"

史密特听到"登记"二字，转头看向小明。

"……这样啊，我们正在工作呢，明天上班时再登记一下吧。好的……不会，麻烦您了。"

小明挂上电话后，史密特问："什么事？"

"小事啦，就是住户重新登记一下身份信息，明早出门时顺道就行啦。"

史密特皱起眉头："身份信息……"

小明完全没注意到史密特的异常，只是鼓励他采访照片拍得不好不要气馁，自己会再教他如何用单反相机对焦的。而史密特此刻内心只有一个想法，如果想在2015年继续追查下去，就必须搞到一个足以以假乱真的身份，否则卢川是肯定不会放过自己的。"天哪，我的照片呢？怎么都被格式化了？"小明的叫声把史密特拉回现实。

小明拍着脑袋："完了，这张SD卡上有很多明星演唱会的照片，要是被主编发现丢失，我就彻底完了！"

看着小明焦急的样子，史密特叹了口气说："我帮你吧，软件的东西我比较在行。"

小明半信半疑地把SD卡递给史密特，史密特熟练地插上电脑就开始摆弄。

大概半个小时过后，史密特推醒已经打起瞌睡的小明，说："好了。"

小明揉揉睡眼，发现卡上的照片都已经导出在电脑里，顿时开心地说："太厉害了！史密特你是我的救命恩人啊！"

史密特淡然地说："顺手而已。"

小明感激涕零："你帮了我这么大忙，下次你有什么事跟我说，我一定帮！"

史密特一愣，有些傲娇地说："不用，我的忙你帮不上的。"

小明似乎已经习惯了史密特的高傲冷漠，并不介意。他看着电脑上那些找回的照片，心想这下终于可以睡个好觉了。然而，今晚注定是一个不眠之夜。

凌晨3点，小明突然被从客厅传来的细微动静吵醒了。

他躺在床上迷糊地喊了一声："谁？"

没有人回应，动静也停止了。

小明有些不放心，起身打开房间门，正准备往客厅走，谁料脚下却被一绊，

第五章
照片疑云

差点儿摔倒。他打开客厅的灯，瞬间惊呆了。只见客厅里一片狼藉，东西被翻得到处都是，很明显是遇到盗窃了。他整个人立刻清醒过来，边叫边推沙发上的史密特。

史密特醒来，取下眼罩，摘下耳塞，也被面前的景象惊到。他立刻摸胸口，发现怀表还在，于是松了一口气。

此时，米雪也睡眼惺忪地打开房间门："三更半夜的叫什……"她话未说完，就被眼前的景象惊呆了，难以置信地说，"怎么回事啊？"

史密特摇头："我戴了耳塞，完全没有察觉有人进来过。"

米雪大叫："快快快！看丢了什么！"

米雪和小明赶紧翻找客厅和房间的包，史密特则看了眼自己从宾馆带回来的背包。

史密特说："钱包不见了。"

小明和米雪也同时说："钱包不见了！"

小明又欣慰地摸摸相机："幸亏单反没事，只丢了点儿现金。"

米雪懊恼地说："什么没事，我所有的证件都在里面呢！"

小明反应过来："啊，对啊……身份证、驾照都在钱包里！完了，补办超级麻烦的。"

米雪郁闷地说："唉，我们怎么这么倒霉……"

相比叫苦不迭的米雪和小明，史密特却显得十分冷静。

小明说："先报警吧！"

史密特脸色一变："报警？不用这么急吧？"

小明一脸着急道："当然要这么急啦，早点儿报警可以早点儿补办身份证嘛。"

看着打电话报警的小明，史密特眉头紧锁，陷入了沉思。

如果不尽快想个办法，暴露身份只是迟早之事。到底我还能在2015年平安无事地待多久呢？

Chapter 06 第六章
父亲的过去

∨∨∨

到底是造化弄人，史密特和史东明的命运不管在哪个年代都紧紧地连在了一起。

1

对何芸芸的采访结束后，米雪就一直纠结在她到底是否跟史密特谈过恋爱的胡思乱想中。如果史密特的过去都是何芸芸这样的超级大美女，那如今怎么可能看上一个那么普通的自己？虽然米雪总是嘴上夸自己如何美貌，但其实内心还是很清楚自己跟真正的大美女之间的差距。

茶水间里，米雪本来打算去泡速溶咖啡，可一想到那天跟廖宇轩交换咖啡的情景，就下意识地走到咖啡机旁边等待现磨咖啡。

等咖啡时，她又开始胡思乱想，这时廖宇轩走进来，见她在发呆，就伸手在她面前一挥。

米雪反应过来，看着他紧张地说："廖……廖总。"

"听说你们家失窃了？"

"啊，是，也是倒霉……"

"人没有受伤就好。"

米雪礼貌地笑笑："谢谢廖总关心。"

见米雪回答得一本正经，显得有些疏远，廖宇轩不觉多看了她一眼，然后将手机放在茶水台上，伸手到柜子里拿咖啡杯清洗。此时手机突然连响几声，米雪本能地一瞥，却清晰地看到屏幕上显示的几条未读信息。

SISI：昨晚睡得好吗？

阿丹：在哪儿？好一阵子没见你咯。

子心：想你。

廖宇轩洗好杯子，拿起手机看，米雪立刻回避眼神。廖宇轩察觉到米雪的眼神，并没有回复那些信息，而是直接将手机收回口袋。

米雪似乎明白了什么，自嘲地笑笑，有些释然地自言自语道："唉，总裁文不可信啊，以后还是要少看！"

廖宇轩皱眉："为什么？"

"廖总，你说得没错，价值观与人际圈不一样，还要考虑公司制度……这些都是现实的问题。"

"所以，小员工准备放弃了？"

米雪苦笑："世上有那么多小员工，大家都是普通人，哪有什么独特的呢？"

廖宇轩似乎有些按捺不住情绪，靠近一步，说："米雪，我……"

"Will！"可惜他话未出口，就被匆匆赶来的 Flora 打断了。

Chapter 06 第六章
父亲的过去

Flora 拿着稿子进到茶水间，见米雪也在，不禁冷笑一声："原来你也在，那正好。"她一把将稿子甩在案台上。

廖宇轩不解："这是什么？"

米雪看了眼封面，说："这……我们想约何芸芸专访，这是采访提纲。"

Flora 阴阳怪气地问："你要采访何芸芸和廖总的情史？"

米雪吃惊地看着她："不是你让我……"

Flora 打断她的话，抢白道："我已经再三强调，要你尊重廖总的朋友，你怎么总跟我唱反调？"

米雪这才明白自己是被摆了一道，于是心一横，决定破罐破摔。

"廖总和何芸芸青梅竹马的关系家喻户晓，采访何芸芸，必然会问到她和廖总的关系。"

Flora 冷哼一声："你是打算把廖总的私生活当新闻贩卖吗？"

"娱乐记者的工作不就是贩卖私生活吗？"米雪说着后退一步，保持礼貌距离，一副恭恭敬敬的样子，对廖宇轩说，"廖总，一开始我还很犹豫，该不该深入挖掘何芸芸的独家新闻……后来我想清楚了，小员工就要有小员工的样子，工作才是本职。我是个专业的记者，所以，就算廖总不同意，我也要去报道何芸芸的隐私！"

米雪一口气说完这些，然后紧张地垂眸等待廖宇轩的审判。Flora 则摆出一副看热闹的模样，挽手站在一旁。

经过几秒的沉默，廖宇轩把咖啡杯重重地放在案台上。由于用力过猛，杯里的部分咖啡飞溅出来，直接洒在了他的衬衣上。

"随便你。"廖宇轩说完这三个字后就转身离开了，米雪明显感觉到他的怒意。

Flora 笑意满满地看着米雪："Will 就是这样的人，花心成习惯，又爱尝鲜。他的女人我见得多了，都以为自己是最特别的那一个，妄想能够拿下他……呵，简直天真。"

看到 Flora 得意地离开，米雪紧咬嘴唇，情绪低落。但她努力安慰自己，反正都没有得到过，又谈何失去呢？有些人和事，还是不要痴心妄想的好。

Flora 献殷勤地帮廖宇轩换下被咖啡弄脏的衬衣，并安排前台送去干洗。

此时史密特正好从外面走进来，不由得放慢脚步，多看了那件衬衣一眼。

Flora 看到史密特，把他叫住，暗示道："米雪好像心情不太好呢，你多安慰安慰她。别说我没提醒你，现在可是打动一个女孩最好的时机哦。"

史密特若有所思地点点头："噢，是吗？"

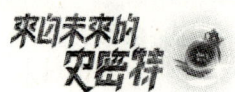

Flora 偷笑，转身欲走，结果史密特又补充道："对了，身为主编，如果实在闲得慌可以多看看书，别浪费人力在无用的事情上。"

Flora 脸色大变，瞪大眼睛，指着史密特："你一个新人，居然敢教训我？"

史密特懒得理她，转身走进杂志社。可他回到座位刚一坐下，就被强打精神的米雪拉了起来，叫他一起回家赶稿子。

两个人回到家时，小明正坐在茶几前修改图片。

"回来得刚好，米雪姐，昨天虚焦的照片我弄了弄，你看凑合能放上杂志吗？"

米雪瞟了一眼："这么几张照片怎么写得成新闻？何芸芸的经纪人已经答应后天让我们做专访了！"

小明惊喜："太好了！不对，我们不是不能写她和廖总的事吗？"

米雪一副自信满满的样子："我们是职业记者，要有专业精神！怎么能因为上头施压就不写？放心吧，有事我扛着。"

小明刚想表达一下对她的景仰，就听到手机短信响了起来。

"咦，警局来短信，说史密特的身份证号码可能登记错了，查不到人，你是不是记错号码了？"

史密特蹙眉："我不是记错，是不记得了。"

"他们要你提供别的证明。"

史密特摇摇头："没有。"

"没有？你老家没有家人吗？"

"没有。"

小明一愣，有点儿同情他，但又不好表现得过于明显："那就麻烦了，没有家人，又不记得身份证号码……"

米雪看不下去了，说："唉，失忆男就是麻烦……小明，你爸在乡下不是很有地位嘛，不行的话走后门找他帮忙去弄户口名簿好了。"

史密特却说："不用，这件事我自己会想办法解决。"

小明无奈："喂，都不给我机会报答你……"

米雪不耐烦地拍拍手吸引他们的注意："好了好了，不说这个了，我们说正事！史密特，你也憋得够久了，现在该说说你的大爆料了吧？"

史密特躲开米雪质问的眼神，沉默了。

米雪不依不饶："别忽悠我，你是怎么认识何芸芸，知道她本名的？"

"我们……是命运的安排而已。"

Chapter 06 第六章
父亲的过去

小明放下相机,八卦地看着史密特:"她人怎么样?"

"很好。"

小明放心地说:"我就知道!"

米雪看着他道:"你怎么知道?"

小明有些羞涩:"长得漂亮的女生,人品肯定也不会太坏啦。"

史密特插嘴道:"那可不一定,米雪不就是特例?"

小明听到这儿,偷笑起来:"原来你觉得米雪姐长得漂亮噢?"

史密特一时被问得语塞:"哪有?我……我只是……觉得她不丑而已,关键是,人品很坏。"

米雪白了他一眼:"人品坏才不会收留你呢,告诉你,我就是这世上最善良的人,知道观世音菩萨啥样吗?看看我就知道了!"

史密特趁机说:"善良的人不会逼问别人不想说的事。"

米雪直接将手架在史密特脖子上,史密特并没有反抗,跟她近距离对视。

"少废话了,快说!你看我和小明帮你这么多,连身份证都帮你弄,你难道不回馈点儿什么?"

史密特看看两个人满是期待的眼神,叹了口气,说道:"她……是我一个朋友的妻子。"

米雪不屑地说:"你瞎说什么呢,她还是单身——天哪!难道……她已经结婚了?!原来你手上有这么大的爆料!真是的,憋那么久干吗!"

史密特无奈地说:"不是,她现在还是单身,明年才会结婚。"

米雪赶紧拿出本子和笔,等着记录:"快说快说。"

"她会在明年嫁给一个很普通的男人,叫史东明。从此远离娱乐圈,生孩子,过一段幸福却短暂的生活。所以,我希望你们不要去打搅她。"

史密特说完,整个房间都安静了,米雪和小明不可思议地看着他。

史密特担心自己说多了,有些担忧地看向两个人。

"我的意思是……"

"哈哈哈哈……"史密特后面的话却被淹没在米雪的爆笑声里。而小明则一脸尴尬,来回搓着手。

史密特不明所以:"怎么?你们不信?"

米雪笑得眼泪都出来了:"史密特,你真的不是在逗我吗?"她指指小明,"你是说何芸芸明年会嫁给这小子?"

史密斯看着小明无辜的表情，整个人都僵住了。

原来，自己不光遇到了年轻时的母亲，还早就遇到了年轻时的父亲。只是史密斯怎么都不能把眼前这个憨厚热心的青年跟自己那个冷漠得连儿子坐牢都能不闻不问的父亲联系起来。到底是造化弄人，史密斯和史东明的命运不管在哪个年代都紧紧地连在了一起。只是史密斯一想到三十年后史东明对自己的所作所为，就无法对现在的他亲切起来。

2

米雪和小明不知道史密斯为何突然会像遭受了重大打击般，在浴室洗澡洗了一个多小时都不出来。两个人正在纳闷，米雪就接到了廖宇轩打来的电话。

米雪避开小明，走到阳台接起电话。

"廖总，这么晚，有事吗？"

"你穿这么少，不怕着凉？"

米雪疑惑地看看自己身上的睡衣，突然反应过来，朝楼下一看，果然，廖宇轩的车停在楼下。他靠在车边，冲楼上的米雪挥挥手。

"廖总，您怎么——"

"有时间说几句话吗？"

米雪看着廖宇轩，有些犹豫。

廖宇轩轻笑道："不是要好好工作，做好本分吗？大总裁叫下楼，小员工还不从命？"

米雪想起白天廖宇轩那愠怒的表情，心里七上八下的。他这么晚叫自己出去到底是干什么呢？不会是专门来开除自己的吧，那大可不必如此兴师动众啊。算了，不管了，先下去听听他要说什么。

米雪想到这里，随便抓起一件大衣就下楼去了。

"抱歉，久等了。"

"上车吧，去吃点儿东西。"廖宇轩帮米雪打开车门。

"呃，不是只说几句话吗？"

"嗯，不过这几句话很长，我得花一顿饭的时间慢慢说完。"

米雪有点儿无奈，看看自己的睡衣："不过我穿这样……"

"这样才能体现总裁和小员工的区别。"廖宇轩做了一个"请"的手势。

米雪犹豫一下，还是坐了进去。

Chapter 06 第六章
父亲的过去

廖宇轩抬头看了一眼阳台,见史密特竟然只裹了条浴巾站着。两个人对视片刻,廖宇轩轻轻点头致意,然后也坐进车内,开车离去。

史密特久久地站在阳台上,看着他们离去,神色复杂。

廖宇轩带米雪去了一家十分高档的餐厅。虽然廖宇轩一直神态自若,但米雪实在受不了周围人看自己的那种暧昧眼神,毕竟自己的穿着跟这家餐厅相比,风格太迥异了。

廖宇轩看出米雪的不自然,于是从皮夹里抽出几张大额钞票放在桌上,牵起米雪的手就走。

米雪心中默默流泪,唉,真是越不想被人注意,就越会成为焦点啊。

最后,廖宇轩带她来到一家简陋的路边摊吃烤串。

廖宇轩拿起一串烤肉,刚看向米雪,米雪就神经反射抢话道:"别再拉我去第三家餐厅了,我觉得这里挺好的,特别适合我!"

廖宇轩轻笑:"是吗?我也挺喜欢这里。"

米雪叹了口气:"廖总,您到底想跟我说什么?"

"你知道白天,我为什么生气吗?"

米雪垂眸:"因为……我执意要报道何芸芸……"

廖宇轩摇摇头:"是因为你觉得我会在意你报道何芸芸。"

米雪感到有些意外地看向廖宇轩。

"你觉得我对你说过的话,都对别的女人说过。你觉得我对你的喜欢,和对别的女人没有区别。你不相信,自己真的有独特的魅力。"

米雪脸红了,开始逃避廖宇轩的眼神。天哪,廖总这又是唱的哪出?非要让我纠结到死不可吗?

廖宇轩认真地说:"是,以前的我确实没有将任何女人放在心上,就连和Flora的订婚,也不过是逢场作戏……但是,前一阵子发生了一件事,让我开始正视自己过去的不成熟,而你的出现,促成了我的第一次改变。我不奢求你现在就理解我,但是未来还很长,我会向你证明的。"

米雪难以置信地说:"廖总……你……你的意思是,你真的喜欢我?"

廖宇轩带着温暖的笑意,柔情款款地看着米雪。

米雪开始语无伦次,心里好似有一堆小鹿在欢蹦乱跳:"可是你……我……"

"在哪个餐厅、穿什么衣服、吃什么东西都不重要,重要的是,坐在你身边的这个人。小员工,总裁吃定你了。"

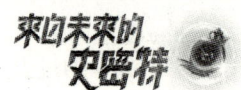

廖宇轩说话间慢慢靠近米雪,眼神里充满了魅惑。米雪紧张地看着他完美无缺的面容,连大气都不敢出,只觉得一股灼热的暖流从自己的脸一直烧到耳后根。

所以,在这个明明很平常的夜晚,大总裁跟我这个小员工,表白了?如果这只是一个美梦,拜托老天再也别让我醒来。

跟烧烤摊的暧昧氛围相比,公寓里的气氛就显得有些剑拔弩张了。

小明见史密特一直只裹条浴巾站在阳台上,不禁走过去提醒道:"史密特,现在是冬天,你这样会发烧的。"

史密特没有理他。

小明探出头,来到阳台,马上就打了一个喷嚏:"你搞什么鬼啊,快进去吧。"

史密特冷冷地说:"你让我进去,是怕我感冒,还是怕我把感冒传染给你?"

小明有些莫名其妙:"当然是怕你感冒啊,我们好歹也是朋友,关心你很正常吧?"

史密特冷哼一声:"我只要一想到结果,就觉得整个过程都十分可笑。"

小明完全没听明白的样子,一低头见史密特还光着脚丫,于是顺势将阳台上晾晒的袜子扯下,扔给他。

"你太夸张了,连袜子都不穿,是要演琼瑶苦情剧吗?"

史密特接住袜子,思虑片刻,叹了口气:"算了,我跟现在的你计较这些有什么用?"说完转身就想进屋。

小明盯着袜子,突然灵光一闪想到了什么。

"等一下,我突然想到一件事情。"

史密特停步,回头看他。

"史密特,不管你承不承认,你都是一个有洁癖的人。"

史密特疑惑地问:"所以?"

"那昨天晚上,你为什么会穿着脏袜子睡觉?是家里真出现了小偷,还是这一切,其实就是你干的?"

小明目光敏锐地盯着史密特,而史密特并不回避,淡然地迎上他的目光。

"是你故意弄出声响让我醒来,然后自己再假装睡着,对吗?"

史密特依旧沉默。

小明有些急躁:"你不要老是装出一副莫测高深的样子,就不能像个男人一样爽快地承认吗?"

史密特点点头:"是。"

Chapter 06 第六章
父亲的过去

"为什么？你是需要钱吗？"

史密特摇头。

小明边想边分析道："我们的身份证明都丢了，同时在补办，你又刚巧不记得你的证件号码……"

史密特笑笑："你竟然猜得到。"

"笑话，我脑子很好的好吗！不对，重点不是这个……你是想制造失窃躲避警察吗？没用的，他们查得出你的号码不对的！"

"我拿你们的身份证，是想给自己复制一张。这种芯片技术并不难，只要再给我两天时间，我就能够堂堂正正地待在这里。"

"可你为什么要这么做？"

史密特将身躯靠在冰冷的玻璃门上："如果我告诉你，我不是史密特，你会相信吗？或者说，那个史密特不是我。"

小明不明所以："什……什么意思？"

"跨年之前，有个叫史密特的人出现在了米雪身边，又神秘失踪。然后我出现了，你们都以为我就是那个史密特，不过失忆了而已。其实，我们不是同一个人，他冒充了我，做了一些无法挽回的事，所以我必须找到他。"

小明完全听不懂，半张着嘴巴，做痴呆状。

史密特自顾自继续说下去："有一个警察在查我，他找到我不过是时间的问题。为了不被他打扰，我需要一个身份来掩饰，所以才设计了入室盗窃这场戏来拖延制造身份证的时间。"

"那你是从哪里来的？马来？新加坡？难不成是韩国？"

"我是这里的人，只是我没有身份。"

"为什么？"

"很多事我还不能告诉你。我现在需要的，只是用一张身份证明来甩掉短期麻烦，然后继续去找我要找的人。"

小明这次听明白了："你需要身份证的话，可以找我帮忙啊！这样瞒着我们有什么意思？"

史密特看着月色，沉凝片刻："你不会帮我的，史东明，我太了解你了。"他说完，头也不回地进了客厅。

小明一脸莫名："喊，又装酷！我们才认识几天，你了解我什么啊？！"

次日，米雪觉得自己满血复活了，不，甚至是血条爆表。Flora算什么？就是

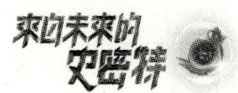

一百个 Flora 站在自己面前,她也可以泰然处之了。毕竟被大总裁看上这种事,可不是每个小员工都能碰上的奇遇。

不出米雪所料,一上班她就被 Flora 叫去训话。

"米雪,何芸芸的专访就在明天,为什么你的采访提纲还没有改?"

米雪淡定地说:"因为我觉得记者要坚持自己的操守。"

"你也是狠,追求不成就报复?那等廖总来,看看他会怎么处理这个问题咯?"

"有事找我?" Flora 话音刚落,廖宇轩就走了进来。

Flora 得意地笑道:"这就是你的好下属做的事。"

廖宇轩接过纸张看了一眼,点点头说:"思路很好,就这么去采访吧。"

Flora 大惊:"Will?你为什么一而再再而三地护着她?"

"我只是在维护员工权益而已。"

"可是,她这么写出来大家会怎么看你?"

"无所谓,正好我也想整理我的过去,重新开始。"

Flora 听出他话里有话:"什么意思?"

廖宇轩对米雪说:"你先出去吧,稿子记得准时发。"

米雪尴尬地点点头,赶紧离开。

廖宇轩转头看向 Flora:"Flora,我已经不是以前的廖宇轩了,不想再玩世不恭三心二意,我想重新开始。"

Flora 强装笑意,执着地说:"好啊,我陪你重新开始。"

廖宇轩有些无奈:"你难道还不明白我的意思?"

"我不明白!"

"其实我已经暗示过你很多次了,Flora,我们之间已经不可能。"

"为什么?是因为刚才那个女人吗?因为她的插足,你要跟我划清关系?"

"这不是米雪的事,而是我与你之间的问题。Flora,别再勉强了。"

Flora 愤怒至极,最终却露出一个冷笑:"你以为你真的喜欢她吗?像你这样的男人,喜欢的只有自己,是不会真的爱上哪个女人,愿意为她跨越身份的隔阂去付出的!你今天的话我先听着,但等着吧,你早晚会收回去的!"

廖宇轩没说话,只是默默转身离开了主编办公室。Flora 气得把米雪的采访提纲捏成了一团,丢进垃圾篓里。

3

这天中午，史密特卖弄自己的美色跟前台小姑娘聊天，把她逗得呵呵直乐，然后将廖宇轩的衣物干洗单子不露痕迹地藏进了自己的口袋。

他到干洗店拿到了一袋洗好的廖宇轩的衣物，然后开始一件件检查。突然，他翻到一件西装，发现纽扣十分别致。他又从口袋里拿出自己在阳明山崖底找到的袖扣，两相对比，发现两者除了纹路不一样，其他材质都非常相像。

"老板，你看这两颗纽扣区别大吗？"

干洗店老板凑过来一看："纹路有点儿不一样，不过做得这么精致，肯定出自同一个手工。"

史密特想了想，又继续翻看其他衣物，终于，他发现有一件西装两个袖子都没有袖扣，其中一个袖扣的位置还有脱线的痕迹，很明显是受外力拉扯后脱落的。

看来那桩凶杀案确实跟廖宇轩有关，可他在这件事中到底扮演了什么角色呢？

干洗店老板帮史密特把衣物叠好重新放回袋内，说："还以为又要送到廖总家呢，那你都拿回公司吧。"

史密特眼前一亮："你们以前送过廖总家？"

"他那么多西装，有些放公司，有些放家里，不一定的。"

史密特微微一笑："廖总说了，这些衣服要送到他家，你把地址给我吧。"

廖宇轩下班后回到家，一进门就看到客厅的茶几上摆放了那件没有袖扣的西装。

他警觉地站在原地，波澜不惊地说："就知道你会忍不住。"

史密特从一个黑暗的角落里走出来："比起廖总的耐心，我确实自愧不如。"

"你是怎么进来的？"

"你觉得这些落后的锁拦得住我吗？"

"直说吧，这次你来又想得到什么？"

"又？我想我们之间有一些误会。"

"误会？呵呵。"

"廖总，也许你很难相信，但我确实是个好人。"

"一口气骗走两千万的好人？"

史密特一副了然的样子："原来我们有利益纠纷。"

廖宇轩严肃地说："你为什么要出现在米雪身边？她没有那么多钱给你骗。你若要伤害她，我不会放过你的。"

"你多虑了。米雪现在只是我的一个朋友而已。"

廖宇轩冷哼一声。

"廖总,我今天来的目的非常简单。你还记得圣诞节,阳明山登山之旅吗?我知道那天你也在那儿,而且发生了一件我们无法料到的事情,对吗?"

廖宇轩默默观察着史密特,没说话。

史密特从口袋里拿出捡到的那颗袖扣,慢慢放在茶几上:"我去了现场,找到了一样东西。这应该是你那件西装上掉落的,对吧?"

廖宇轩低头去看袖扣。

"现在,你愿意和我坐下来谈谈吗?"史密特一副胸有成竹的样子。

廖宇轩笑了笑,终于开口道:"史密特,你问了那么多问题,轮到我了。你知道这栋豪宅为什么这么贵吗?"

史密特疑惑地看着他。

"因为在有陌生人闯入的时候,它会在你毫无知觉的情况下通知主人。"

史密特刚想说什么,突然闯入了几个警察,卢川也在其中。卢川见闯入者竟是史密特,眼睛顿时瞪大了。

廖宇轩冷静地说:"你说的话我一句也不明白,我只知道,你在阳明山骗了我的钱,现在又私闯民宅,我没理由不报警。还有——"他走到一个柜子前打开门,从里面拿出两颗袖扣,"这才是我那件西装上掉落的袖扣。你的那颗,虽然很像,但不是我的。"

史密特彻底震惊了,完全说不出话。

卢川上前一步拍拍他的肩膀:"史密特先生,跟我们回警局吧,正好有别的事情想一并请教。"

史密特终于知道什么叫"历史总是惊人的相似",在2015年,他再次坐在了警局审讯室里。

警察把另一个史密特当初跟廖宇轩签下的科研协议甩在他的面前。

"这是你们当时签署的一期科研协议,在两千万元转到你的账户后,你就携款逃跑了。签字与汇款证明都在,你还想抵赖?"

史密特拿出文件翻看,先翻到最后一页,果然有自己的签名。然后他又翻到第一页,顿时大惊失色,那竟然是一张时空怀表的照片。

他又仔细看了良久,这才放下照片,对警察说:"警官,我要见廖宇轩。"

与此同时,在警局大厅里,廖宇轩坐在卢川对面,录着最后的口供。米雪和

第六章 父亲的过去

小明匆匆赶来。

米雪焦急地问:"怎么回事?史密特他——"

廖宇轩一脸温柔:"米雪,抱歉我没有提早告诉你。"

卢川告诉他们:"史密特涉嫌诈骗已被刑事拘留。"

米雪难以置信:"廖总,这……是不是有什么误会?"

廖宇轩淡定地摇摇头:"这件事我忍很久了,没有说出真相,一是想探探他的目的,二是怕他气急败坏伤害你们。"

米雪继续帮史密特解释道:"其实廖总,说来有点儿扯,他其实失忆了……对,就跟那韩剧的男主角一样,失去记忆了,所以有没有可能是一场误会……"她说着用手肘顶了顶小明,"小明,你说是吧?"

小明却没有反应,似乎在紧张地思考什么。

廖宇轩叹气道:"米雪,世上没有这么简单的事。"

卢川正色道:"米雪小姐,你被这个人骗了。他不仅涉嫌诈骗,还涉嫌非法入境。"

米雪彻底晕了。

"台湾没有一个叫史密特的人,他提供的身份信息也是假的。如果你愿意相信,我可以说,他是凭空出现在台湾的。"

米雪仍不死心:"那是因为我们家来小偷了,他的身份证……"她没有继续说下去,而是用求助的目光看向小明。

小明看看米雪,又看看卢川和廖宇轩,艰难地说:"其实,史密特的身份……"

小明的脑海中此时闪现那晚他和史密特在阳台的对话,虽然他也很不满史密特自以为是的傲娇心态,但还是忍不住想帮他。也许是为了证明自己不是他想象中的那种人,但更多的是一种说不清道不明的情感羁绊吧。

卢川见他不说话,追问道:"什么?"

小明下定决心说道:"其实,史密特的身份……证被小偷偷走了,他是我远房的表哥,我已经联系我爸去办理户口名簿那提供证明了。"

听了这个回答,另外三个人都愣在当场。

在小明的帮助下,史密特的身份危机被成功解决。卢川虽然明知有问题,却根本使不上力。他心想,就算史密特的身份没有问题,可他涉嫌的诈骗案就没那么容易逃脱了。

这时,审讯史密特的警察走向众人,卢川有些激动地问:"怎么样?"

警察摇摇头:"什么都不承认。"

卢川恨恨地说:"那就直接申请传票上法庭吧,他逃不掉的!"

小明插嘴道:"在法庭宣判之前,一个人是不能被定为有罪的吧?"

警察瞥了卢川一眼说:"你不要乱说话。"然后又看向廖宇轩,"廖先生,您如果要提起诉讼可以聘请律师,警方这边也会全力配合为您搜集证据。"

廖宇轩点点头。

小明又说:"警官,史密特的身份已经没有问题了,我们提出保释申请。"

警察似乎有些疑虑:"保释没有问题,不过……廖先生,我看他有意与您私下调停,如果您不想,我们可以申请法庭禁令,严禁他的骚扰。"

廖宇轩没想到警察会如此主动,先是一愣,随后说道:"嗯,谢谢,我会考虑的。"他说完拉起米雪的手就往外走,"我知道你有很多疑问,咱们去车里谈吧。"

米雪始终皱着眉头没有说话,直到坐进廖宇轩的车里,她才犹豫着开口道:"廖总,这些……都是真的吗?"

廖宇轩点点头:"他骗了我科技公司的钱就消失了,这对我来说是第一次创业的挫折,我不敢张扬出去,因为没有人会相信我们合同的内容……我本想着,吃下这个哑巴亏当作教训,但没想到,他竟然又若无其事地出来招摇过市,还骚扰你我的生活。"

"所以你之前特意让我搬家去住员工福利房?"

"没错,我一直想让你远离那个危险的家伙。"

"你有证据告倒他吗?"

廖宇轩叹气,摇摇头:"这也是我这么久没有出手的原因。我咨询过律师,没有过硬的证据,怕告不成这种老手,反而玷污了自己的名誉。但这次,我不会就这么轻易地饶过他。"

米雪沉思着说:"我跟他之前也有过几面的交情,后来他失踪了,再出现就是现在的样子……"

"你相信他真的失忆了吗?"

"我……我也不知道,虽然总体来说他是个浑蛋,但有些细节,他确实和以前不太一样……"

"不一样?哪里不一样?"

米雪脑中想着之前史密特在阳台上跟自己道歉的情形,嘴上却说:"我也说不上来……一种感觉吧。"

"那只是他为了弥补谎言而撒的更多的谎而已。米雪,你认识他的时间并不长,

Chapter 06 第六章
父亲的过去

不要一而再再而三地被他蒙蔽了。"

米雪不置可否,虽然按理说她应该无条件地相信眼前这个男人,可不知为什么,她的脑子里就是不断闪现着和史密特相处的点点滴滴。她总觉得肯定有什么地方弄错了,但又没有实质证据。她不禁自嘲,难道这就是传说中的"感情用事"?

汽车外,小明、卢川、史密特三个人走出警局。

卢川目光如炬,紧盯着史密特:"保释期间,需按照我们的要求活动,不能擅自离开法定区域。"

史密特点点头。

卢川挑衅地说:"史密特,我们来日方长。"

史密特听了轻笑一声:"卢川警官,我已经做好了三十年的准备。"他说完一转头看到廖宇轩和米雪都坐在车里,于是径直走了过去。

卢川有些紧张,紧跟上他的步伐,担心史密特会对廖宇轩不利。

史密特走到车旁弯下腰,对廖宇轩说:"我要跟你谈谈。"

廖宇轩面无表情:"我们没什么好说的,我也不会接受庭下和解。"

史密特犹豫了片刻,侧身挡掉米雪的视线,偷偷拿出胸前的怀表给廖宇轩看。

廖宇轩眼里顿时闪过一丝惊讶。

史密特捕捉到这一反常,微微一笑,低声说:"现在能谈谈吗?"

Chapter 07 第七章
冯展的下落
∨∨∨

我们合作查冯展失踪的真相，在那之前，怀表交给你保管。你放心，它在你手上，我绝对不敢伤害你。

1

海平面一望无际，海水不停地拍打着海岸，夕阳的余晖照在海面上，显得温暖而静谧。

史密特坐在岸边的座椅上把玩着怀表，一脸淡定，而廖宇轩在他面前轻轻地来回踱步。

廖宇轩率先开口道："想不到你还敢把这么贵重的物品戴在身上。"

史密特抬眼看他："穿越时空这种事，你相信吗？"

"我本来是不信的，但是你曾经拿着怀表在我面前演示过，我不得不信。"

"原来如此……所以你才被他骗了。"

"他？不就是你吗？别跟我说失忆那一套，我不信的，也别企图用怀表再次忽悠我。"

史密特叹了口气："看来不说出真相，我们是无法继续交谈了。"

"什么真相？"

"我可以把真相告诉你，但你也要答应我，将你知道的有关史密特的事都告诉我。"

"你是要我再回顾一次你怎么骗我的？"

"没错，等我们两个人都说完之后，你再决定要不要继续和我交谈。"

廖宇轩思考后，点点头。

史密特郑重其事地说："如果我说，这块怀表被人掩藏，直到几十年后，到了我的手上，然后我再拿着表来到现在这个年代呢？"

廖宇轩盯着怀表半晌，半信半疑地说："你的意思是，你……是从未来来的？"

"是。"

廖宇轩显然一时无法相信，露出一个冷笑。

史密特补充道："简单来说，有一个人冒充了我，又或者他确实就和我长得一模一样，但无论如何，我们不是同一个人，骗你钱的人是他，杀人的也是他。"

廖宇轩一惊："杀人？杀谁了？"

"那个人……我就称另一个我为真凶吧，真凶在这里做的事情影响到了未来的我，所以我利用怀表来到你们的时空，要找出真相。"

廖宇轩突然想到什么："不对，就算时空怀表是真的，也不可能会同时出现两个你，你这是自相矛盾。"

史密特蹙眉道："这也是困惑我的地方，所以我更倾向相信，是有一个人在

Chapter 07 第七章
冯展的下落

故意冒充陷害我。你可能会觉得荒唐，但事实就是如此。我在阳明山的一家照相馆发现你和他曾一起出现在同一张相片里，所以怀疑你与案件有关，但没想到你也不过是被他耍弄的人……廖宇轩，我们有着共同的目的，想找到他，我们必须合作。"

廖宇轩的眼中流露出不信任："呵，你简单几句话，天方夜谭一般，要我怎么相信？"

史密特郑重其事道："如果我是他，会在逃跑之后又主动送上门让你抓吗？我什么好处都没有。"

"你的伎俩我可捉摸不透。"

"你如果坚持把我送上法庭我也无法反抗，但是廖宇轩，真的凶手只会躲在暗处，用嘲讽的眼神看着我们。还有米雪，凶手和米雪之间还有我们不知情的关系，他对米雪有什么目的我更不清楚。"

廖宇轩听到米雪的名字，不觉犹豫了："就算我跟你合作，也并不代表我就相信你。"

"我也不需要你的信任，我们要的只是真相。"

廖宇轩沉思片刻，最终点了点头。

史密特说："我现在需要你撤销对我的指控。"

廖宇轩表示默认，他看向不远处，只见卢川躲在一棵树后偷看，自以为没被发现。

"不过，那个警察只怕要气死了。"

史密特也看了卢川一眼："呵，有些人的执着是一辈子的。好了，现在做你刚才答应过的事吧，你所知道的史密特——我要知道全部的信息。"

廖宇轩也坐到椅子上，远眺着平静的大海，说："你是在圣诞节那天出现的。"

史密特警觉地说："圣诞节？"

廖宇轩点头："没错，那天是我照常去阳明山攀岩的日子。我比我的朋友早到，就先在常去的民宿住下。本来我包了整个二楼，可你早我一天入住，还要续住，又不肯换到一层，我当时想想也就算了。谁知当晚，你从门缝塞进一个信封，里面装着时空怀表的照片和一份详细的设计说明。其实那个杂志社是我父亲的集团产物，并不是我志向所在。那时的我刚刚向父亲申请拿到一大笔钱创立了新宇科技，信心满满地要创造自己的事业。所以，当你拿出时空怀表向我证明时空穿越的可能时，我眼前一亮，感觉找到了能够向世人证明自己的机会。冲动之下，我马上

和你签订了合作意向。可当我回到公司时,才发现你已经拿着合作意向骗走了两千万。我的第一次创业就因为这笔亏损死在了萌芽阶段,而你再也联系不上了。"

史密特蹙眉消化着廖宇轩的话:"你最后见他是在什么地方?"

"在阳明山的一个悬崖附近。你说要在那儿多看一会儿风景,我就先离开去攀岩了。"

"他之后也没有再出现?"

"嗯,直到你在米雪的楼下出现。"

"所以,圣诞节那天,他在悬崖处杀了人后就消失了,而你是除了受害者以外唯一见过他的人。"

廖宇轩有些震惊:"你是说在我离开之后他在悬崖处杀了人?"

"没错,杀了一个男人。"

"但最近并没有阳明山杀人的新闻。"

"我去现场看过了,崖底连着海岸……只要涨潮,尸体和线索都会自然消失。"史密特说完拿出那枚袖扣,"我到悬崖下寻找线索时,只看到这个。因为怀疑你与案件有关,我就一直在暗中观察,后来在干洗店发现你的西装袖扣和这枚类似,所以……"

廖宇轩拿过袖扣仔细观察:"做工、款式都很像,确实不是普通的袖扣……"

"但要找到失主实在太难。"

廖宇轩轻松地一笑:"这枚袖扣的做工款式和我的出自同一家高定制坊,这种制坊,每件衣服从材质到袖扣纹路都会故意设计出不一样的地方以保持唯一性,并记载在客户档案里……你现在还觉得难吗?"

史密特眼睛里流露出欣喜,觉得自己离真相又近了一大步。

从警局出来后,史密特跟着廖宇轩走了,米雪和小明一同开车回家。一路上,米雪都气鼓鼓的,对小明先斩后奏帮史密特掩饰身份十分不爽。

小明心里明白,却不敢主动承认,只瞟了一眼米雪,继续编瞎话。

"唉,要不是我爸跟我说,我都不知道原来史密特是我哥呢,哈哈,还真巧啊。这小子,失忆闹出这么大麻烦……不过我想其中肯定有什么误会!我——"

米雪按捺不住,打断他大喊道:"史东明!"

吓得小明赶紧靠边停车:"米雪姐……"

"你们都当我是傻瓜吗?你为什么要帮史密特做假身份?他给了你什么好处?"

"之前不是你让我帮他弄个证明吗……"

"可那时候我们都以为他的身份证只是丢了,也不知道他竟然还……骗过廖

第七章 冯展的下落

宇轩的钱。小明，我太了解你了，你打电话给你爸的那一刻，我就知道你在撒谎。"

小明叹了口气，反而有些释然："米雪姐，其实……我也不知道自己为什么要这么帮他，虽然认识不久，但我总觉得，他不像是那种人。"

"可我们又了解他多少呢？说到底，就连合租也不过是一场交易而已。"

"可是你不也和我一样，不知不觉就把他当成朋友了吗？虽然不知道他有没有拿我们当朋友。"

"现在我最担心的是，万一被警察查出来，你——"

小明摸摸头："是啊，查出来我就惨了呢，米雪姐，你可千万别大义灭亲啊。"

米雪审视着嬉皮笑脸的小明，仍旧觉得可疑："关于史密特，你是不是瞒了我什么？"

小明犹豫了一下，觉得还是先不要把史密特说的那些事告诉她好，于是干笑两声："我哪有什么敢瞒你啊，我只是凭着直觉就做了傻事。"

米雪看到小明的反应，几乎肯定他有事瞒着自己。但她并不打算继续问下去，因为小明虽然不会撒谎，但他决定好的事，也不会轻易改变。只有直接去问史密特了。

隔日，直到凌晨两点，史密特才回来。

米雪原本已经困得眼皮打架，可一看到史密特，立马来了精神。

史密特有些诧异："你还没睡？"

米雪迫不及待地说道："我在等你。小明已经全部告诉我了，你没有话要对我说吗？"

史密特犹豫两秒："是吗，没有。"他说完就走到沙发旁，开始铺床。

米雪微怒，双手叉腰地看着他："你惹了这么大的麻烦，不准备和我们解释一下吗？"

"诈骗的事是个误会，我没做过的事，不会认罪，也不需要过多解释。"

"只是个误会？"

"廖宇轩撤销控诉就是个证明。"

米雪瞥见史密特的手机，问："你哪来的手机？"

"廖宇轩给的，方便以后联系。"史密特回应道。

"就，就这样？"

"嗯。"

米雪有些抓狂："你到底跟小明说了什么？为什么我不能知道？"

史密特调侃道："小明不是全都告诉你了吗？"

米雪被噎住，十分郁闷，但仍不死心："你到底是什么人？为什么让小明帮你作假？"

史密特感觉有些意外："他……帮我作假？"

"不然以你这么一个没身份的人能安然走出警局？"

说实话，小明帮自己作假，这是史密特始料未及的事情。他至今还清晰地记得，在2045年，父亲史东明放弃保释他时，他内心的酸楚。难道一个人的性情真的可以改变？还是说在随后的三十年里发生了什么，让史东明跟自己产生了隔阂？

米雪见史密特没了动静，突然一副恍然大悟的样子。

"我知道了……你是特工对吧？没有身份证，神神秘秘，还被警察抓……说吧，是来窃取机密还是刺杀总统的？"

史密特无奈："你电视剧看多了。"

"不是特工？难道是偷渡贩毒的？总不至于是逃犯吧？"

史密特眉头一紧，回避开米雪的眼神，从背包里拿出找小明借的睡衣，走向洗手间。

米雪气愤地说："喂，装什么哑巴，你真的不准备和我说吗！好，那我今天就一直坐在这里，看谁耗得过谁，浑蛋！"

史密特洗完澡出来，见米雪还坐在小沙发上用手机看视频，便不动声色地躺在沙发床上闭起眼睛睡觉。

米雪见状故意大声叹气道："唉，我果然是个不重要的人，小时候爸妈不管我，现在长大了，连室友也嫌弃我……大家都当我是局外人，什么都不告诉我……他们为什么都不告诉我呢？性别歧视，还是觉得我是个无关紧要的人，知道了只会拖他们后腿？"

史密特睁开眼睛，面无表情地说："我在睡觉。"

米雪带着哭腔："嗯，四点了，我也想睡觉……可这叫我怎么睡得着？这个屋子里根本就没人信任我！你就跟我说吧！我真的很好奇啊……"

史密特无奈，微微叹气，伸出手指一挥，客厅的灯就灭了。

米雪起身又打开了灯："我还要追我的韩剧，凭什么你要睡觉就睡觉？"

史密特下床，突然一把把她扛在肩上，径直走向她的卧室。

米雪惊慌失措地拍打史密特的背："救命啊！小明！"

史密特用脚轻踹开门，刚想走进却被迫停了下来，只见米雪正用手脚扒着门

第七章 冯展的下落

框做最后的挣扎。

"史密特,我给你吃给你住还给你工作,你不能这么对我!你信不信我把你赶走!"

"赶我走?我预付过房租的,你要退租,那就要把李天后和王宇直的爆料退给我。"

"这要怎么退?听都听了,爆都爆了,除非时光倒流让我没有听到过。"

"是啊,你又不能时光倒流,一条爆料顶一个月,这是你自己说的。"

史密特说着腰上一用力,将米雪整个扛进屋内,然后往床上一扔。

米雪还没反应过来,就被一大床被子盖住了头。

米雪挣扎着把头伸出被子,却见史密特已经离开房间,还关上了门。她气得一拍床:"史密特,你跟我耍无赖,我不会让你好过的!哼!"

2

转眼到了采访何芸芸的日子,尽管米雪再生气,还是不得不跟史密特一起工作。小明一早就看出两个人在闹情绪,他夹在中间虽然不好受,但一想到今天能专访自己心中的女神,他的心情顿时就明亮起来。专访前,他还像个小粉丝一样,专门邀请何芸芸拍了合影。

专访开始,何芸芸和米雪对坐采访,小明在一旁拍照,史密特举着麦克风。

米雪故意对史密特挑刺:"举麦的,举高点儿……举那么高怎么收音?低也不用这么低啊,都入镜啦大哥。这人会不会啊,到底有没有做过?"

见史密特眯眼看自己,米雪十分得意。

她看向何芸芸,说:"那我们开始咯?有很多人说你是靠着青梅竹马的廖宇轩上位的,这种流言对女方而言想必会有一些困扰。"

"何止一些,只是因为宇轩有钱有势,大家自然就放大了青梅竹马的作用。我以前从不去刻意澄清什么,清者自清……"

史密特看着何芸芸,情不自禁开口道:"当你深陷被动局面时,清者自清不过是最无力的反抗。"

何芸芸苦笑一声。

米雪白了史密特一眼:"何小姐,我同意你说的,清者自清。"

何芸芸接着说道:"那个……这应该算是我第一次在镜头前澄清这些,其实我和廖宇轩一块儿长大,并没有超过兄妹的感情。"

米雪颇感意外："你们没有交往过？那……你现在的男友冯展怎么看待那些流言？"

"他和我性格一样，不喜欢主动去澄清什么……"

"冯展和廖宇轩是认识的吗？"

"认识，大家毕竟都是一个圈子的——"

这时，一段刺耳的手机铃声响起，打断了何芸芸的话。所有人都皱眉寻找声音的来源，而史密特却淡定地拿出了手机查看。

米雪微怒："史密特，现在在采访！"

史密特说了句抱歉，然后竟然没挂，而是直接接起电话。

"说。"

电话那头廖宇轩的声音传来："袖扣的主人我找到了……有点儿意外，竟然是我认识的朋友——冯展。"

史密特听后一怔，不顾众人的目光，直勾勾盯着何芸芸。

"你刚说，你的男朋友叫什么名字？"

何芸芸有些莫名其妙，但还是老实回答道："他……叫冯展，怎么，你认识吗？"

"他现在在哪儿？"

何芸芸为难地看向经纪人，经纪人刚准备开口，米雪就抢先说道："你够了没有？出去出去！"

她一脸怒色，站起来将史密特推出房间。

"我们现在在工作，如果你觉得你那些乱七八糟的私事更重要，大可以辞去这份工作，私下解决。但请你不要打扰我们！"

史密特眼下问不出个所以然，只好寄希望于廖宇轩，让他稍后去打听。可谁知何芸芸对他也什么都不肯说，还对他突然打听冯展起了戒心。

史密特突然想到，也许可以从米雪那里打听出一点儿眉目。

晚上，米雪正在卧室里对着电脑敲字，突然电脑屏幕黑掉。她一愣，想重新开机，电脑却丝毫没反应。她焦急地走出房间，对正在客厅摆弄相机的小明说："小明，我的电脑没反应了。"

小明专心盯着相机，有些敷衍地说："啊，你重启看看。"

米雪不满地嘟囔："男人两大谎言：多喝儿点水、重启看看。"

小明不好意思地挠挠头："米雪姐，你知道我只会弄相机，不会弄电脑……"

史密特突然插话道："我帮你吧。"

Chapter 07 第七章
冯展的下落

米雪意外地看着史密特，撇撇嘴，自顾自地走回了卧室。

史密特随手拿起一把小起子，跟了进去。他煞有介事地拆起电脑，米雪坐在一旁，双手交叠，不愿意多说话。

史密特突然开口道："米雪，你了解冯展吗？"

"为什么突然对他感兴趣？"

"我有一些私事要问他。"

"这样啊，冯展我还是挺了解的，他有哪些朋友我都知道。"

史密特十分欣喜："快说。"

米雪眯起眼睛笑道："想知道啊？我就不告诉你！"

史密特仿佛被泼了一桶冷水，有些郁闷。

米雪得意地说："现在你体会到我的感觉了吧？"

"米雪，这真的很重要，你就当帮帮我。"

"帮帮你……"米雪看看史密特，表情变得严肃，"史密特，你听过东郭先生和中山狼的故事吗？"

史密特摇头："太久的历史了。"

米雪娓娓道来："很久很久以前，有一只被猎人追杀的狼，在逃亡时遇到了好心人东郭先生。狼求东郭先生帮它躲藏，东郭先生一时心软答应了，将狼的四肢捆绑起来，藏在自己的口袋里。猎人来到后，问东郭先生有没有见过一只狼，他还提醒，说狼是凶残狡猾的动物，让东郭先生小心，可东郭先生仍没有出卖那只狼。等猎人离开后，狼便请求东郭先生放了它，东郭先生心想，我救了它一次，那再救一次好了。于是，他放生了狼。然而，在狼获得自由的时候……"

史密特抢白道："你觉得我会是那头反咬一口的狼？"

米雪冷静地看着史密特："我一直在等，等你告诉我你不是狼，但你什么都没有说，甚至一脸安然地留下，假装什么都没发生。"

史密特垂眸，内心挣扎，却始终没有开口。

"史密特，我不管你有什么苦衷或者秘密，也不在乎你是否瞒着我……我只想告诉你，我不是东郭先生，没有那么好心冒着被反咬一口的危险将你藏起来……你自己离开吧。"

史密特耸耸肩，转动螺丝，把电脑恢复成之前的样子，起身准备离开。

米雪看了一眼依旧黑屏的电脑："喂……不是说修电脑吗？"

史密特背过身，戴戒指的手轻轻叩动，笔记本瞬间又亮了，文档全部恢复。

"已经修好了。"

米雪惊讶地拍拍电脑,喃喃道:"没想到你还有两下子。"

各种途径都行不通之后,史密特决定还是靠自己。次日上班时,他搜索出何芸芸的微博主页,一条条查看有没有可疑的线索。

小明凑过来看他在干吗:"咦,这不是何芸芸的微博吗?啧啧,满满的都是在秀恩爱啊。"

"秀恩爱?什么意思?"

"你自己看嘛,冯展发一条她回一条,两个人隔着微博喊话加油,这不就是明星最爱用的招式吗?"

史密特点进冯展的微博:"冯展这个人,很有名吗?"

"他啊,金砖富二代,又经常和明星来往,曝光率自然比较高。"

"那最近有他的新闻吗?"

"最近?没什么,就是何芸芸的新闻会顺带提到他。"

史密特反复对比着看两个人的微博,陷入了沉思。

此时,米雪正端着咖啡杯站在茶水间里发呆。她回忆起跟失忆史密特相处的点点滴滴,竟发现自己其实也没有想象中那么讨厌他,至少,她并不希望看到他真的锒铛入狱。

突然,一只手伸过来碰碰她的杯子。

"想什么呢?咖啡都凉了。"

米雪反应过来,发现是廖宇轩,有点儿不好意思:"没,没什么……"

廖宇轩拿过米雪的杯子,将手中的热咖啡递给她。

米雪接过咖啡,犹豫着问:"廖总……听说你取消了诉讼?"

"不是取消,只是延迟而已。"

"那……是发现了有什么误会吗?"

廖宇轩慢条斯理地喝了一口米雪杯中的咖啡:"没有误会,我的钱确实被史密特骗走了。只是我还有一些别的疑惑,所以答应和他短期合作。"

米雪还想继续追问,但又不知从何问起。

廖宇轩继续说道:"米雪,我不告诉你,是因为这件事有些棘手,我不想让你卷入。至于史密特,连我都不确定他到底是不是好人,他让人太没有安全感了……"

米雪喃喃说:"他什么都没有跟我说过,可也不肯搬走……"

Chapter 07 第七章
冯展的下落

这时，廖宇轩突然从口袋里拿出一把钥匙："米雪，其实我昨天让Rita找了一套房子。我希望你能搬出来。"

米雪有些不知所措："廖总，你……帮我租的吗？"

廖宇轩笑笑："你别误会，我没有别的意思，你就当是借你一个地方躲避麻烦。"说完，他把钥匙塞进米雪手中，走了出去。

3

米雪拿着钥匙走出茶水间，突然看到了不远处的史密特，不禁自言自语道："说得没错，这种危险分子，当然是离得越远越好……不对，那是我家，干吗我搬？要走也是他走！"

待米雪快要走到座位时，一直盯着电脑的史密特，突然站起身走到电脑主机前蹲下，似乎在等待什么，那可爱的模样就像一只等待主人喂食的小狗。

米雪好奇却又没好气地问："你干吗？厕所在那边。"

史密特目不转睛地盯着主机说："刚打印了一点儿东西，我在等打印稿。"

米雪"噗"地笑出声来："……大哥，这是主机，不是打印机。"

史密特一脸不解："你是说，打印机没有设计在主机里？"

"当然啊。"

"为什么要分开设计？"

"我哪知道！"

史密特站起身，无奈地问："那请问，打印机在哪儿？"

米雪带史密特来到打印机旁，拿出几张纸递给他，还不忘鄙视地翻了几个白眼。史密特却没有伸手接："我已经看过了。这份是给你看的。"

米雪回想起之前的"精子事件"，不由得警觉地退后几步，然后悄悄瞄了一眼打印稿。

"何芸芸和冯展的微博？什么意思？"

"你仔细看看，没发现什么吗？"

米雪盯着打印稿看："都是他们情侣间的互动，冯展帮她宣传电影……没什么特别啊。"

"你看冯展最近的微博客户端，都是iPhone（苹果手机）。你再看看他以前的微博……"史密特说着从底下抽出一张打印稿放在最上面，"他过去一年的微博全都是安卓客户端，只有这几天和何芸芸的互动才换成了iPhone。"

米雪无语了:"这算什么,富二代都是人手几部手机的,很正常吧?"

"我刚刚查过,冯展最近这几条微博和何芸芸的微博是同一个 IP 地址,也就是说,是在同一个地方发的。"

"既然是男女朋友,住在一起也很正常。史密特,你到底想证明什么?"

"我想证明,冯展这几条微博应该都是何芸芸自己发的。米雪,冯展的行踪有问题,他很可能失踪了。"

米雪一脸惊讶。

史密特很快把这个猜测也告诉了小明,小明一副跃跃欲试的样子,想立刻就去采访何芸芸查出真相。

但一直沉默的米雪一把按住他说:"下午我们的任务是把上次的采访稿写出来。而不是去找何芸芸。"

史密特疑惑地看着米雪:"这是大新闻,你不去查真相?"

"我已经说过,你查的这些根本不足以证明什么。"

"所以需要我们深入调查。"

米雪冷冷地盯着史密特:"史密特,你真当我是傻瓜吗?在采访何芸芸的时候你就追问冯展的事情,现在又诱惑我们去调查,你分明就是想借用我们的人力帮你找到冯展!"

史密特沉默了几秒,说:"没错,我是想借你们接近何芸芸询问冯展的事。"

米雪冷笑一声。

"但我并没撒谎,冯展极有可能失踪了。这对你们而言,也确实是值得深挖的大新闻。"

"别跟我来互惠互利那一套,你的底细我们都不清楚,凭什么相信你?万一你又要诈骗,那我们不成了帮凶?"

史密特一时有口难言,难以辩解。

小明还处于懵懂中:"可是,史密特,你为什么要找冯展啊?"

"因为……我要查证一些事。"

米雪挖苦地说:"这还用说,又是史密特的那些小秘密呗。史密特,我给你个建议,既然是秘密,那就烂在肚子里吧,不要来连累我们了!"

看着两个人离开的背影,史密特不禁叹气。又失败了,看来自己注定要栽在这个丫头手上,她什么时候才能不那么要强,不那么好奇呢?

随着廖宇轩对自己的疏远,Flora 不得不偷偷给他的助理 Rita 送奢侈品,以便

第七章
冯展的下落

从她那里打听一些关于廖宇轩的最新动态。当得知廖宇轩竟然帮米雪租了一套房子后，Flora 知道自己决不能再坐以待毙了。既然不能把廖宇轩从米雪身边拉开，那就只有将米雪往史密特身上推了。

这天，Flora 故意安排小明留在公司写稿子，而让米雪和史密特一起去某酒店送某合作项目的合同。尽管三个人都十分诧异，但禁不住 Flora 的强制要求，三个人只好照办。

米雪和史密特按照信封上的地址来到酒店的 1404 号房间，可无论是按门铃还是敲门都没人应答。米雪无奈，只好拿出手机拨打信封上的电话号码。

"您好，我是东宇杂志社来送合同的……不在？嗯？你的意思是让我自己进去放下文件就可以？"米雪疑惑地打开信封，发现里面竟然有一张房卡，"看到了……嗯，好的，那我放下就离开咯……"

米雪挂上电话，嘟囔道："这个人真奇怪。"

她用房卡打开房间门，和史密特一起走进去，把合同放在桌上后，就退了出来。

从酒店出来后，米雪正着急回去检查小明的稿子，却被史密特一把拉住，指着旁边的一栋建筑问："这……是冯展的科技公司对吗？"

米雪看一眼大楼，冷哼一声："是啊，你又打什么主意？"

史密特听完，也不顾米雪的反对，牵起她的手就往大楼里走。

两个人径直来到大楼前台，米雪担心史密特又要闯祸，小声问他："你到底要干什么？"

史密特不理会她，直接对前台说："你好，我们约了冯总明天的会议，但我忘记了时间，可以和你确认一下吗？"

前台带着职业微笑，礼貌地问："请问预约人贵姓？我帮您查一下。"

史密特毫不犹豫地说："姓米。"

米雪瞪了一眼史密特，不知道他葫芦里到底卖的什么药。

前台查看电脑后说："抱歉，没有看到您的预约信息。"

史密特试探着问："可能是我记错了，也许不是明天？"

前台继续查看电脑："抱歉，后天、大后天也没有……"

史密特假装生气："怎么又这样？昨天约了会议临时取消，现在又没有？我们合同都要签了！"

"先生，请少安毋躁，我帮您打电话确认一下。"

前台安抚完史密特，马上拨打电话小声说了些什么，挂上后略带歉意地说："先

生,非常抱歉,这一周冯总的会议确实都临时取消了,我们之后再打电话跟您约其他时间行吗?"

米雪听到这句话,立刻警觉起来,抢在史密特之前问道:"为什么取消,是冯总出差了吗?"

前台为难地说:"这个我不太清楚。"

米雪追问:"那他有说什么时候回来吗?我们可以约下周会议。"

"副总说时间可能还要再确定,我们会打电话给您,非常抱歉。"

米雪深吸一口气看向史密特,史密特露出微笑:"现在你信了吧?"

晚上在公寓内,史密特再一次尝试说服小明和米雪一起查寻冯展的下落。确切地说,他需要说服的只有米雪,因为小明早就对能再次去跟拍何芸芸而雀跃不已。

小明自知肯定没有说服米雪的本事,于是给史密特使了一个"加油"的眼神,假装去上厕所了。

史密特真诚地说:"米雪,跟我一起调查吧,你是记者,有更多得到证据的渠道,而且,你能轻易接近何芸芸质问真相。"

米雪撇撇嘴:"可以啊,除非你先告诉我,你是怎么知道冯展失踪的,之后的计划又是什么。"

史密特纠结:"我……不能说。"

米雪耸耸肩:"那对不起,我没办法相信你,而且我现在就会打电话提醒何芸芸的经纪人,让她们远离你。"

米雪说完准备起身离开,史密特却突然一把拉住了她。

"将狼的四肢捆绑起来。"

米雪不解:"什么?"

"你说过,东郭先生将狼的四肢捆绑起来才敢帮助它,将它藏到口袋里。你既然认定我是狡猾的中山狼,那我就让你捆绑四肢。这样我就算有心,也无力来反咬你,相反,你可以随时将我杀死。"

米雪不明所以:"到底什么意思?"

"我拿我的身家性命,换取你的信任。"

米雪愣了几秒,无奈地冷笑:"身家性命?你让我整天架把刀在你脖子上吗?"

史密特取下自己脖子上的怀表,挂在了米雪脖子上。

米雪有些诧异:"这不是你一天到晚不离身的破表吗……"

"这就是我的身家性命。也许你会觉得它不值钱,但它对我而言,就像我的

第七章
冯展的下落

四肢一样重要。我们合作查冯展失踪的真相，在那之前，怀表交给你保管。你放心，它在你手上，我绝对不敢伤害你。"

米雪想打开怀表，却怎么都打不开。这时，史密特握住米雪的手，将怀表裹在中间，真诚地看着她说："米雪，冯展的事对我很重要，我求你，帮我一次。"

这是米雪第一次如此近距离地跟史密特有意识地对视，她看着那双冰冷却清澈的眼睛，居然有点儿陷进去的感觉。她赶紧摇摇头，把这些奇怪的想法甩出脑袋，又抽出自己的手，不敢跟史密特对视，心慌地说："好啦，你可要记得自己欠我这个人情。"

次日白天，他们先在何芸芸的公寓外潜伏拍照，本来想等何芸芸独处时跟她谈谈，可谁知她的经纪人几乎寸步不离地跟在她的身边。于是米雪决定让小明继续蹲守，而她和史密特去冯展常去的酒吧探探口风。

充斥着重金属音乐的酒吧里，红男绿女们跟随旋律疯狂摇摆着身体，暧昧奢靡的气氛在裙角飞扬，在酒杯里打转。

此时的米雪已经换上了抹胸裙和高跟鞋，散发着扑面而来的性感。而史密特一身韩版西装，也显得帅气潇洒，英气逼人。

两个人并肩走进酒吧，史密特看了一眼面前群魔乱舞的场景，不禁蹙眉："这就是所谓的高档酒吧？"

"你老家没有？"

"我们只有——"

"我知道了，你们只有迪斯科，对吧？我明白，乡下小城市是这样的。"

史密特十分无奈："我们只有 online-party（在线派对），网络互通，想要共享什么，同城快送十分钟就能到。"

米雪一副无法理解的样子："那有什么意义？喝酒不就是为了人多凑一起吗？"

"人多凑一起有什么意义？"

米雪摇摇头，觉得在这个问题上跟史密特是无法沟通了，她指指卡座里一个胖胖的富二代说："就是他了，冯展的狐朋酒友。冯展若有什么消息，他绝对是第一个知情的。"

史密特立刻说："好，我去问问他。"

米雪一把拦住："你就这么去问，人家不轰你出来才怪。"

"那怎么办？"

米雪得意地说："套话这种事，还是交给专业的来。你就先靠边站吧。"

Chapter 08 第八章
史密特二号

∨∨∨

突然一个人影出现在后门走廊处,史密特定睛一看,赫然正是自己的脸。

1

虽然米雪一直自诩为变装高手和金马奖"影后",但并不是她每次出马套话都能一帆风顺,有时甚至可能付出不小的代价。

米雪用手拢了拢酥胸,又在身上洒了点儿酒,然后一副微醉的样子走进胖富二代的卡座区。

"咦,我走错地方了吗?"

胖小开看了眼米雪诱人的身体曲线,笑道:"没走错啊。"他老到地朝米雪挥挥手,身旁的美女很自觉地就让了个位置出来。

米雪晃晃悠悠地一屁股在对方身旁坐下,手直接放到他的大腿上,胖小开也自然地把手搭在米雪肩上。

米雪暧昧地说:"好几天没见你来了。"

胖小开抖着脸上的肥肉,笑道:"那是你没关注我,我昨晚还来过。"

米雪娇嗔:"骗人。"

胖小开:"真的。"

"你们每次来我都有留意的,最近几天一直没看到。"

胖小开想了想,随即显出明白的样子:"得了,你哪是留意我,你光留意冯展那小子了。"

米雪一脸忧郁:"唉,好不容易和他加了微信,结果一句也不回我。"

"我都打不通他电话,何况你。喊,不知一个人跑哪儿潇洒去了。"

"你也没他消息?"

"没有。"

"你们元旦那天不还来了吗?"

"元旦?哪有,我上次跟他来是平安夜,圣诞节叫他就没信了。"

米雪听后若有所思,这时胖小开偷瞄着米雪的乳沟,忍不住色心顿起,将手滑到米雪的腰处,开始乱摸。

米雪敷衍地笑着推开胖小开的手:"我去上个洗手间。"

她刚一起身,就被胖小开拉住:"怎么?冯展不在你都没心思玩?"

"哪有,我是去补个妆嘛。"

"够漂亮了,有什么好补的?来,喝酒。"

胖小开继续搂着米雪,将一杯洋酒放在她面前。

米雪看着洋酒,有些为难。

第八章 史密特二号

胖小开假装生气："不给面子啊？回头让冯展删了你这个好友。"

米雪只好摆出一副委屈的样子，端起酒杯，喝了个精光。谁料胖小开又端出一杯酒，趁米雪不注意往里面放了一颗药。

"好酒量，来，再喝一杯就放你走！"

米雪假笑道："你说的噢，喝完这杯我就去和姐妹们唱歌啦！"她拿起酒杯刚要喝，就被人一把夺去了杯子。她抬头一看，竟然是史密特。

胖小开愠怒地叫道："你是谁？！"

史密特淡定地把酒倒在地上，眼睛却盯着胖小开："有钱有势，却还需要靠药物来辅助吗？"

胖小开的脸已经涨得通红："你说什么呢？"

史密特瞥了他一眼："没什么，我在说你可悲。"

"臭小子，敢砸场子！你们给我上——"

没等胖小开说完，史密特就拉起米雪的手，快步走出卡座。米雪刚才喝的酒开始上头，她晕晕乎乎地跟着史密特开始跑。

胖小开的保镖跟得很紧，史密特边跑边挥舞戒指，让他和米雪所到之处的灯一盏盏连续爆掉。酒吧现场瞬间陷入一片混乱，无意中帮他们拦截了紧追不舍的保镖们。

米雪的鞋跟太高，在奔跑中不慎崴脚，史密特扶起她，两个人继续逃跑。

出了酒吧后，两个人又跑了很久，直到实在没力气了才停下。史密特往后看了看，确定没人追上来。

此时米雪的酒已经醒了大半，气喘吁吁地说："大哥，你好歹打个招呼，这么突然，我都没反应过来！"

史密特也喘着气："你们的酒吧真的毫无意义。"

米雪白了他一眼："逢场作戏嘛。不过看不出来啊，你竟然也有英雄救美的时候。"

"我不知道你刚才那算不算危难。"

"那你怎么会冲过来？"

"我只是在你的眼神里看到了厌恶……就像你经常看我的眼神那样。"

米雪"扑哧"一声笑出来："你倒是看得很准。时间不早了，我们赶紧回去吧。"可她刚迈出一步，就吃痛地叫了起来，差点儿站不稳摔倒在地。

史密特扶她在路边的花坛旁坐下，她脱下高跟鞋，只见脚踝处已经肿起。

"完蛋，刚才跑得太快……"

史密特也看着米雪的脚，半天憋出一句话："穿高跟鞋要前脚掌用力。"

米雪没好气地说："这种时候不是应该爽快点儿把我背起来吗？竟然还有空说风凉话。"

史密特冷淡地说："我去叫车。"可片刻后，他又回来了。

米雪揉着脚踝到处看："车呢？"

史密特突然半蹲了下来，说："没有车。"

米雪先是有些诧异，见史密特一直保持这个姿势看着自己，突然明白过来，反倒有些不好意思："我……我有点儿重哦。"

史密特淡淡地说："看得出来。"

米雪刚才的不好意思立马烟消云散，干脆一口气整个人重重地趴在了史密特背上。史密特的脊背被压弯了一下，但他没说什么，稳稳地站起身，背着米雪往前走。

一个男子经过两个人，频频回头看他们。史密特有些纳闷，当他经过一个有玻璃窗的店铺时，看到映在玻璃上的影子，自己背上的米雪因为裙子太短而露出两条大白腿。他猛地停步，松手让米雪滑了下来。

米雪差点儿摔倒："不会吧，空有一身肌肉，才几步路就不行了？"

史密特脱下自己的外套，扔给米雪说："穿上。"

米雪疑惑地说："我不冷。"

史密特不知如何表达，索性拿过外套直接围在米雪的腰上，又将两个袖子在她的肚子处打结，而西服的长度刚好遮盖了米雪露出的大腿。

米雪明白过来，脸噌地红了，心想幸亏是晚上，史密特看不出来。史密特继续蹲下，米雪乖乖地趴了上去。如水的月光洒在宁静的街道上，两个人一路走着，头贴得很近，一时都没了言语。

米雪轻声在史密特耳边说："刚才谢谢你了。"

史密特脚步停顿了一下，没有说话，又继续往前走。

米雪嘟囔着："我好歹在感谢你，就不能稍微有点儿人情味吗……"

史密特揶揄道："我不是狼吗……"

米雪瘪了瘪嘴，这时她的手机响起，是小明打来的。

"喂……你说什么？何芸芸要单独见我们？"

史密特停下脚步，转头看向米雪，米雪笑着对他做了一个"V"的手势。

第八章 史密特二号

"暖色"咖啡厅的某个角落里，米雪、史密特、何芸芸和小明围桌而坐，何芸芸依旧戴着头巾和墨镜，显然不想被人认出来。

米雪率先开口道："你能主动见我们，我们很高兴。"

何芸芸苦笑道："小明告诉我，你们什么都查出来了，我也只能走这一步，而且我觉得你们不是坏人，刚才小明还为帮我解围受了伤。"

众人都看向小明，只见他鼻子里塞着染了血的卫生纸，有些不好意思地挠挠头，说："那是我应该做的。"

何芸芸接着说："另外，我也有事想求你们。"

米雪似乎明白何芸芸要说什么，叹气道："你这样的情况我见过不少，但是，我们杂志社的规定是不准私下协调的，希望你能理解……"

何芸芸轻笑："我不是想私下协调，我是希望你们能帮我找到我的男友——冯展。"

史密特问道："何小姐，你这么说的意思是，你也不知道他在哪里？"

何芸芸摇头："我已经找他很多天了，但是……"

史密特继续追问："他是什么时候失踪的？你最后见他是什么时候，在哪里？"

小明觉得有些不妥："史密特，你不要像拷问犯人一样啦……"

史密特却固执地说："这种情况，被警察知道了，何小姐确实会被当作嫌疑人的。"

何芸芸看看三个人，仿佛下定了决心："是圣诞节。圣诞节那天他不见了……一开始我只当他贪玩，也没有在意……后来新戏要上，微博需要宣传，我的经纪人联系不到冯展，就做主登录了他的账号来帮我宣传推广……可是接下来几天还是没有他的消息，朋友们也都联系不到，我才开始慌了……"

史密特追问："为什么不报警？"

"因为……"何芸芸有些难堪，不知如何回答。

米雪抢白道："因为还抱着一丝希望，如果胡乱报警，就等于向世人宣布，何芸芸微博自导自演唱双簧。"

何芸芸苦笑一声："我不会否认这一点的，但还有更重要的原因……冯展的公司在融资上市，是他们副总决定把报警一事延后。但我真的很担心，他从来没有这么久不出现过。"

米雪有些无奈："芸芸，我们是记者，不是警察。"

"可你们能查出这么多东西，必然有过人之处，而且……我觉得你们是正义

的人。"

米雪还是很为难："可是——"

史密特自作主张说道："给我两天时间。我帮你查找他的消息，两天过后，如果冯展没有回来，你也不要再自欺欺人了。"

何芸芸眼圈红了，咬着嘴唇点点头。

2

廖宇轩一早上班就看到了不知谁放在他桌上的信封，里面装着很多照片，全是抓拍的史密特和米雪在一起的画面：两个人在公交车上亲密的动作、两个人一起进入酒店，还有两个人拉着手进入冯展的科技公司……这些照片看起来很容易给人造成他们是情侣的错觉。

可当他打电话给米雪时，得知她一整天都在外面跟拍何芸芸和冯展的新闻，后来他再打过去，就没人接听了。

心怀忐忑的廖宇轩下班后直奔米雪的公寓，却碰巧在楼下遇到刚从外面返回的米雪、史密特和小明三个人。

廖宇轩见史密特背着米雪，注意到米雪的一只脚已经肿得不能穿鞋。

他关切地问："你的脚怎么了？"

米雪不在意地说："跟冯展新闻的时候发生了高跟鞋意外，小事。"

廖宇轩心疼地说："我送你上去吧。"

史密特放下米雪，廖宇轩扶着她，一步步走上楼梯。

进入公寓后，廖宇轩把米雪扶到沙发边坐下，然后用小明找来的药油帮她温柔而认真地按摩脚踝。

史密特双手在胸前交叉，靠墙默默地站着，小明则在一旁看得目瞪口呆。

"这……真的是我们总裁吗？"

米雪絮絮叨叨地跟廖宇轩汇报了今天的进展，而廖宇轩的注意力完全在她的脚上。

"廖总，大概的情况就是这样，明天我们会继续跟何芸……"

廖宇轩打断了她："这几天你都不要走路。"他说着小心翼翼地放下米雪的脚。

米雪干笑两声："没这么严重吧？"

"严重。你这几天不要上班，上班扣工资。"

米雪不甘心道："可是我还得——"

Chapter 08 第八章
史密特二号

廖宇轩再次打断她:"听话,好好休息,我明天来看你。"

见廖宇轩起身要走,米雪挣扎着要起身:"廖总,我送你……"

廖宇轩轻轻地把她按回沙发上:"不必了,他送我就行。"

见廖宇轩竟然指了指史密特,米雪和小明都十分诧异。

廖宇轩和史密特走到楼底,两个人隔着一段距离。

廖宇轩突然站定,问道:"为什么不让芸芸报警?"

史密特说:"我还抱着最后一丝希望。"

"什么意思?"

"你不是好奇那颗袖扣究竟意味着什么吗?当时在阳明山发生了一起凶杀案,被害者被推下了悬崖,这颗袖扣就是他的。"

廖宇轩听了,转身看向史密特。

"你和冯展有一个共同点,你们手上都握有一家科技公司,如果没猜错,真凶引诱冯展的手法应该和引诱你的相同。"

"你的意思是,冯展也跟我一样被时空怀表吸引,然后被诈骗?"

"或者没你幸运,他被推下了悬崖,掉落了袖扣。"

廖宇轩沉默片刻,突然冲过来揪住史密特的衣领,凶狠地说:"是不是你干的?是不是你?"

史密特冷静地看着他:"廖宇轩,你既然选择了跟我合作,就不要半途而废。"

廖宇轩慢慢平静下来,松开史密特,问:"那你打算怎么做?"

史密特眼神坚定:"我要直接引凶手出来。如果我没猜错,他现在手上应该没有时空怀表,在他杀人之后他就把怀表和证据埋藏起来了……如果我们让他知道,那块怀表又出现了呢?"

廖宇轩似乎也明白了大概。

史密特继续解释道:"时空怀表是他的筹码,如果他发现自己埋藏的怀表突然出现了,会选择无视还是来亲眼看看?我想用怀表来当诱饵,虽然还没想到要怎么执行。"

廖宇轩踱步,沉思着说:"我可以办一场展览。"

史密特眼前一亮。

"我用智能表的名义来办展览,并把怀表的照片大肆宣传,他一定会看到。"

"用你自己的名义办?"

"还可以用上冯展的名号。冯展加怀表,一定能够吸引到他。"

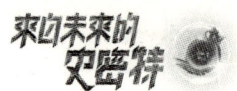

史密特激动起来："那太好了！"

"不过我有一个要求。"廖宇轩冷冷地看着史密特，"我要你离开米雪。"

史密特感到有些意外。

"我已经打电话让 Flora 停掉何芸芸的新闻，这是刑事案件，米雪不应该参与，不要再让我看到她被你牵连。如果不能保证这个，我刚才说的那些话你就当没听到。"

史密特看着廖宇轩坚定而严肃的表情，缓缓地点了点头，说："我知道了。"

在家养伤的米雪对于 Flora 突然暂缓何芸芸新闻的决定感到十分不满，她费尽心思，差点儿被灌迷药，还受了工伤，才好不容易打听出一点儿眉目，怎么能说暂缓就暂缓了呢？不服气的她原本打算对 Flora 夺命连环 call（打电话），直到她收回决定为止，却不料从电视上看到了冯展和廖宇轩即将一起筹办智能表展览的新闻。

小明坐在米雪旁边，诧异地指着电视问："怎么这么突然，不是失踪了吗，怎么这么快就自己回来了？"

米雪摇摇头，目光紧盯着电视，也是一脸茫然。

这时史密特从外面回来，小明赶紧招呼他过去看电视。

史密特走过去瞟了一眼电视，却显得很平静："噢……"

米雪看到史密特的反应，比看到冯展出现还要吃惊："喂，你这是什么反应？你钓的大鱼出现了，你不是应该狂喜吗？"

史密特在两个人对面坐下，严肃地说："米雪、小明，谢谢你们帮我的忙，接下来的事情，就交给我吧。明天的展览会太危险，你们不要去。"

小明着急地看向米雪，米雪眼珠子一转，似乎有了主意，假装不在意地说："既然这样，那随便你吧。"她说着伸了个懒腰，打了个哈欠，"正好明天可以睡个懒觉。"

小明对米雪的话信以为真，无奈地叹了口气。

当晚，在所有人都应该进入梦乡的时候，米雪却悄悄地打开房门，来到客厅。她瞅了一眼史密特，见他戴着耳塞眼罩睡得正香，便放心地去翻他的背包，可谁知竟一无所获。

米雪一转头发现史密特的枕边有一张邀请函，顿时眼前一亮，蹑手蹑脚走过去，想偷拿邀请函。可就在她即将得逞的时候，手臂突然被史密特紧紧抓住了。此时，她和史密特之间的距离非常近，可闻彼此的呼吸。

史密特盯着米雪说："你拿邀请函干什么？"

Chapter 08 第八章
史密特二号

米雪目光坚定地说:"我就知道你参与了这事……史密特,现在追踪冯展不是你一个人的事了,我既然参与了,那他就是我的新闻目标,我不会半途而废的。"

"不可以。"史密特斩钉截铁地拒绝道。

"为什么?"米雪很不满史密特的态度。

史密特语气软下来:"这是为你好。"

米雪并不领情:"喊,你是我的谁,怎么知道什么对我好?"

"你不是想赶我走吗?我答应你,冯展这事过后,我就离开。"

米雪一愣,结结巴巴地说:"我……我也不是真要……"

史密特叹了口气:"天快亮了,去睡吧,说不定睡醒了我就搬走了。"

第一次听到史密特如此温柔地对自己说话,或者说第一次感觉到史密特的言语之间带有感情,这让米雪有些意外和感动。是自己的错觉吗,还是他真的有所改变?米雪更愿意相信是后者。

然而,能轻易被说动就不是米雪了。第二天,她和小明还是乔装改扮,混进了展览会。门口的保安松懈得形同虚设,这也让米雪更加肯定了这场展览会酝酿着什么惊天大阴谋。

史密特早在布展的时候就抵达了会场。他亲自把怀表放进了会场的玻璃展示柜中,又由廖宇轩上了锁。

廖宇轩对史密特说:"如果等会儿没有所谓的真凶出现,那我们的合作就彻底结束,我会继续搜集你诈骗的证据,直到把你送进大牢。"

史密特似乎很自信:"悉听尊便。"

"宇轩。"这时何芸芸朝他们走过来。

廖宇轩蹙眉:"芸芸,你怎么来了?史密特告诉你的?"

何芸芸忙解释道:"别怪他,是我自己要来的。冯展的事情我不想再被动等着了,我要第一时间得到答案。"

廖宇轩只好点点头:"那你一定不要和人群走散,避免不必要的危险。"

何芸芸笑笑,安抚他道:"放心。"

会场外的喧闹声逐渐响起,史密特淡淡地说:"时间到了。"

廖宇轩整了整西装,深吸一口气:"走吧,我们去演一场好戏。"

没过多久,展览会里就聚集了许多人。有人围着玻璃柜参观里面摆放的时空怀表,也有人看着投影仪上放着智能表 Logo(标志)的宣传片,议论纷纷。

廖宇轩举着酒杯,和众人谈笑风生。而史密特一直站在玻璃柜附近,细心观

察着每一个人。

时间一秒秒地过去，眼看还有二十分钟展览会就要结束了，可一切都还正常有序地进行着，没有任何异常。史密特心里开始焦虑，为什么那个人还不出现？难道真是自己判断失误？

这时，史密特眼尖地发现一个鬼鬼祟祟的人影穿过人群，走出了展厅的侧门。他想追上去，突然全场的灯光都熄灭了。

整个现场顿时一片混乱，史密特听到了玻璃被砸碎的声音，于是慌忙挥动戒指，让灯光重新亮了起来。

史密特拨开人群看向玻璃柜，发现玻璃柜已被砸开一个洞，里面的怀表不见了。他紧张地四处观望，在哪里？究竟在哪里？

突然一个人影出现在后门走廊处，史密特定睛一看，赫然正是自己的脸。他惊呆了，这是他第一次跟冒充自己的那个人四目相对，他难以想象这世上还有跟自己如此相似之人。

趁他发呆之际，史密特二号冲他邪魅一笑，迅速从侧门跑出去。

史密特反应过来，立刻拔腿追赶。

展览厅的走廊狭长，灯光昏暗，史密特一路追赶，前方的身影却始终不远不近。眼看史密特二号的身影敏捷地一拐，史密特加快速度，也追到了拐弯处。他见电闸处有一个人影晃动，来不及多想就纵身一跃，猛扑过去，将他按倒。

"哎哟！谁啊？"

被扑倒的人条件反射地大叫，竟是个女人的声音。史密特觉得声音耳熟，连忙翻过她的身子一看，竟是米雪。

史密特质问："你怎么在这儿？"

米雪心虚地说："我为什么不能来？冯展出现了，身为记者，当然要来拍！"

史密特抬头看了一眼电闸："那你碰电闸干吗？"

"现场太暗了，小明又没法开闪光灯，所以我来帮他开底灯，方便偷拍！"

"刚才是你关的电闸？"

米雪丈二和尚摸不着头脑："我是来开灯的，关电闸干吗？不过刚才确实有个人从这里跑出去了……"

史密特再往前看，展览厅的后门已经被打开，史密特二号早就不见了踪影。

他苦恼地握紧拳头，砸在地上："还是被他跑了……"

米雪追问："喂，你们到底在搞什么，你的怀表不是在我这儿吗，怎么还有

第八章
史密特二号

一块拿去展览？"

"那块是假的。"

"假的？一块破表，还分什么真假，有什么区别吗……"米雪说着掏出怀表查看。

史密特看着怀表，突然想到了什么，伸手将怀表取下。

米雪不满地抗议道："喂，你干吗？"

"没时间解释了。"史密特转动怀表指针，时空倒流了10分钟。

展览厅内还是一片井然有序的模样，人们有的三两交谈，有的观赏怀表。

这时一个鬼祟身影走出后门，经过走廊，来到电闸前，正是米雪。

米雪看着一堆开关，正要伸手，突然一只手拦住她。

"别动。"

米雪循声看去，惊讶地发现站在自己身边的竟是史密特。她紧张地说："你怎么知道我进来了？那个……冯展出现了，身为记者，当然——"

史密特打断她："我知道了。等会儿你看到发生的事后，就立刻进去叫廖宇轩来帮忙。"

米雪疑惑地问："发生了什么？"她话音刚落，整个展览厅的灯就全灭了，正厅内不断传来尖叫声。

史密特果断拉米雪藏在角落，只听一阵奔跑的脚步声由远及近从走廊传来。

米雪小声问："这是谁？"

史密特对她做了一个噤声的手势，目不转睛地看着走廊。

随着脚步声越来越近，当一个人影冲进两个人视野里时，史密特突然冲上前，将其按倒。那个人反应很迅速，一个反身亮出手上的匕首，而史密特早有准备直接闪开。

那个人冲上前，还想刺史密特，米雪见状毫不犹豫地推开史密特，大叫："小心！"

匕首划过米雪，割伤了她的手臂。

那个人和史密特都一愣，米雪捂着手臂抬头一看，也愣住了。因为映入她眼帘的是两张一模一样的脸。

史密特怒火中烧，给了史密特二号一拳，而对方也反击一脚，然后逃跑消失在走廊尽头。

3

米雪的手臂鲜血直流，史密特二话不说，拿出她脖子上的怀表又想来一次时光倒流。

米雪看到怀表，似乎想到了什么，喃喃道："我怎么好像见过这一幕……"

史密特转动怀表指针，原以为时光会倒流，却发现整个时空都静止了。

米雪站在他身旁，保持着刚才的表情，手臂上的鲜血也停止了流淌。史密特疑惑不解，无论他怎么在米雪面前挥手，米雪都毫无反应。他只得取下米雪脖子上的怀表，一步一步穿过长长的走廊，走回大厅一探究竟。

他推开展览厅后门进入大厅，惊讶地发现现场所有人都处于静止状态——廖宇轩正在演讲，小明躲在角落里偷拍，他们的动作都是凝固的。

史密特看看自己的怀表，时间也是停止的："怎么会这样……"

就在这时，展览厅的广播突然响起。

"史密特，我们的游戏开始了。"

史密特一惊，四处寻找声音的来源。

"我知道你放的怀表是假的，你以为你引出了我，其实是我引出了你。"

史密特一层层地查看各个展厅，可到处都找不到史密特二号的踪影，只有他的声音始终围绕在史密特的周围。

"史密特，你最好看清楚自己的处境。这块怀表是我发明的，可没想到它最后会到了你手上。当你穿越到我这个时空时，你以为这个时空只剩一块怀表吗？不，如果没有我丢失的那块怀表，你又怎么能因缘际会地进行穿越？史密特，我们要面对这个悖论——这个时空有两块怀表，虽然它们就是同一块。当你使用怀表时，另一块表却没有被使用，时空的悖论让怀表起了副作用，没错，就是你现在看到的：时空静止了。我把它叫作时空黑洞，在黑洞里，只有作为怀表发明者的我，和外时空的你，能够自由活动。随着怀表的使用次数增多，它将越来越不稳定，到最后，我们两个人都会被困在永恒的黑洞里。史密特，你要是够聪明，就不要再碰怀表了，也别妄想再找到我。这是我的时空，你赢不过我。"

待史密特撞开广播间的门，却发现所有的声音都来自一盘已经录好的录音，而史密特二号早已不知去向。

史密特突然暴怒地一拳砸在广播台上，大口喘着气，试图让自己冷静。

这时，风吹进窗口，原本静止的窗帘突然飘动了。时空恢复了原状。

史密特恍惚间突然想起米雪还受着伤，正准备往外跑，忽听窗外传来救护车

第八章
史密特二号

的声音。他走到窗边往下一看，只见廖宇轩抱着手部流血的米雪，将她送上了救护车。

医院大厅里，史密特坐在塑胶座椅上一动不动，低头沉默，仿佛一尊雕像一般。

廖宇轩走到他的身边，充满敌意地看着他："你在这里干什么？"

史密特抬头，迎上廖宇轩的目光，有些懊恼地说："他出现了。我却让他跑了。"

廖宇轩冷冷地说："这事我不关心，我只看到米雪双手流血地冲过来要我去帮你。"

史密特眼中闪过一丝低落："我没想到她会来。"

廖宇轩冷哼一声："史密特，还记得你答应过什么吗？抱歉，现在我们的合作结束了。"

史密特有些不甘心："那个陷害我的人还会回来的，如果你还想捉住他，就要……"

廖宇轩摆摆手，打断他："我不需要。不管你说的是真是假，我都不在乎，也不想再去追究那场骗局。"

"你打算就这么放过他？"

"不如说我打算就这么放过你。我要你现在立刻回公司收拾东西，然后搬出公寓，彻底远离米雪。如果你是真凶，那你在米雪身边始终是隐患。如果你不是真凶，那你们的纠葛同样会伤害到米雪，就像今天一样。"

史密特想说什么，却根本无力反驳，只能沉默地攥紧拳头。

"这就是我的条件，如果你不能做到，我会立刻报警，相信卢川警官应该很高兴见到你。"

史密特的眼神变得锐利，两个人久久对视，呈现出一种剑拔弩张的状态。

"史密特，廖总。"小明向两个人走来。他们马上各自别开眼神，看向小明。

廖宇轩一脸关切地问道："米雪怎么样？"

"伤口缝好针了。"

廖宇轩瞥了史密特一眼，直接走向病房。史密特也站起身，很想跟过去，却十分犹豫。

小明疑惑地问："史密特，你不进去看米雪吗？"

史密特轻描淡写地摇摇头："我还有事，先回一趟公司。"

廖宇轩看到米雪手臂上缠着厚厚的绷带，一阵心疼，强制规定她不许再碰冯展的新闻，老老实实在家休息一周，又反复叮嘱小明要好好照顾她，这才急急忙忙赶回展览厅去处理刚才造成的混乱。

廖宇轩的关心让米雪心里十分温暖，本来她应该趁机好好跟廖宇轩增进一下感情，可不知为什么她此刻满脑子想的都是史密特。

廖宇轩走后，米雪假装随意地问小明："史密特呢？"

"他说有事先回公司了。"

米雪顿时气不打一处来，喃喃道："这家伙，真冷血……"

"米雪姐，肚子饿了吧，我去帮你买饭。"小明说完起身要走，突然被米雪叫住。

米雪神情格外严肃地问道："小明，史密特之前是不是跟你坦白过什么？"

小明有些慌神："怎……怎么又问起这个啦，我都说啦，每个人都有秘密——"

"我看到了两个史密特。快把你知道的都告诉我。"

看到米雪不像开玩笑的样子，小明也惊呆了。他纠结了片刻，终于下定决心把之前史密特告诉他的那些话都转述给了米雪。

米雪听完后，终于证实了自己之前并没眼花，而是真的存在两个一样却又不一样的史密特。难怪她总觉得史密特再次出现时，跟之前给自己的感觉并不一样。

可"一些无法挽回的事"究竟是什么？这两个史密特之间又到底是什么关系呢？

想到这里，米雪突然去摸自己的胸口，又掀开领口查看，不禁皱眉道："完了，怀表不见了。"

心里揣着十万个为什么的米雪根本无法在医院静心休养，而且她已隐约感到了那块怀表对史密特的重要性，眼下她唯一的想法就是赶紧找到史密特，解答自己所有的疑问。于是，她以医院的饭菜不合胃口为由，迅速办好出院手续，直奔杂志社。

然而，当她和小明赶到杂志社时，史密特却已经不知去向，连桌面和抽屉都清理得干干净净。

两个人正在疑惑之时，Flora 朝他们走过来，略带嘲讽地说道："米雪，你还真是身残志坚啊。Will 还没回来呢，看不到你这么勤奋的样子的，别费心了。"

米雪无语地笑笑："主编，你误会了，我回来是找史密特的。"

"史密特？你不知道吗？Will 已经辞退他了。"

米雪和小明吃惊地面面相觑。

Flora 假装同情地说："唉，你也别怪 Will，你和史密特的那点儿事确实让人糟心，Will 眼里容不得沙子的。"

第八章 史密特二号

她刚说完，米雪就转身，跛着脚一步步往外跑去。

小明想跟出去，却被 Flora 叫住："你也受伤了吗？"

小明摇摇头。

"那廖总有放你的假吗？"

小明秒懂 Flora 的意思，乖乖回到自己的位置上坐下，说："没有……"

米雪从杂志社出来，直接打车回家。不出她所料，史密特正独自站在窗边，看着窗外的夜色发呆。

史密特见米雪进来，有些吃惊："你怎么回来了？"

米雪跛着脚走到沙发边坐下："……我不喜欢住医院。"

史密特看着她受伤的手臂，十分内疚："你的伤……"

"这个啊，小事。"米雪一副不在意的样子，史密特和她对视，气氛一下子有些尴尬。

米雪干咳两声："那个，你怎么不告诉我你被辞退了？你得罪了廖总吗？"

史密特淡然地说："算是吧……"

米雪突然想到什么，试探地问："因为……我吗？"

史密特没有说话，表示默认。

米雪义正词严地说："我明天就去公司跟廖总解释，我的伤又不是你弄的，你不需要担负责任。"

史密特摇摇头："不用了。确实是因为我，你才受伤的。"

"是我自己冲上去——"

史密特打断了她："米雪，我明天就去找新的公寓。我还有太多私事需要处理……无论如何，谢谢你和小明这段日子的收留。"

米雪有些震惊，结结巴巴地说："真……真的要……"

史密特从口袋里拿出一张纸，递给米雪，示意她打开看。

米雪念道："常年标榜好男人的演员孙赫行为不检点，与多名女星有染……真的？！"

史密特点点头。米雪继续往下看，下面还有很多其他的明星爆料。

"这……这么多爆料！"

"我所记得的，全都在这里。"

米雪先是很兴奋，随即警觉地看着史密特："你给我这些干什么？"

"这些独家新闻足够你一年的工作量，公平交易，我想换实质的金钱。不用多，两个月的房租钱就够了。"

米雪的脸色渐渐变得难看，最后只能喘着粗气冷笑："就这样？用一笔交易结束一切，拍拍屁股走人？"

史密特不置可否，淡定地看着米雪。

米雪生气地站起身，大声说："既然你都决定好了，我也没什么好说的。"

当晚，米雪在床上辗转反侧，难以入眠。最后她索性翻身下床，来到阳台上看星星。

她下意识地朝一旁的客厅阳台看了看，那里空无一人，不觉心里有些失落。是从什么时候起，她对睡在客厅里的那个男人竟也有了小小的期待？不，这只是一种内疚。虽然他是个冷血的家伙，但自己不能无情无义，如果他是因为自己而走，那自己肯定会内疚一辈子的。

对，肯定是这样。

米雪做好了自己的心理建设，又看了看旁边的空阳台，暗暗下定决心，然后返回了卧室。

Chapter 09 第九章
第一个受害者

∨∨∨

冯展很可能不是我要找的受害人，也许还存在第二受害人。

1

这是一个阳光明媚的早晨，米雪前一晚下定决心后，就时不时醒来看一下闹钟，生怕自己起晚了，让史密特溜掉。

闹钟终于响了，她赶紧揉着惺忪的睡眼来到客厅，见小明和史密特都已经起来了。

小明正擦拭着相机镜头，问："米雪姐，这么早啊。腿也利索了很多嘛，你要回杂志社吗？"

米雪见史密特也在看自己，立马装出很精神的样子："不回，我上午有别的事。"

小明好奇地看着她。

米雪背着手环视了一圈客厅，煞有介事地说："我最近啊，觉得我们这个房子不太好，想换一换。"

小明张大了嘴："换房子？这么突然？"

米雪干咳两声："只是考虑，有好的再说……所以我今天去房屋中介公司看看。对了，史密特，你好像也要去吧？那一起好了。"

史密特没说话，默默地看着她。

米雪一副很自然的样子打开冰箱拿牛奶喝，故意不看史密特，心里暗自偷笑。

吃完早饭，米雪带着史密特来到一家规模尚可的房屋中介公司，表示要分开租两间房。销售经理十分热情，迅速找出几套房源就带他们去看。

可他们接连看了三套房，不是房租太贵，就是米雪嫌弃风水不好，装修太老，硬是帮史密特一一推掉了。

看完最后一套房，米雪赶紧拉着史密特乘电梯离开，生怕那个销售经理再追上来推销。可谁知电梯门一关闭，刚缓缓往下移动了一点儿，就突然"哐当"一声，整个停住了。电梯里的灯闪了几下，也全都灭了，霎时间电梯里小小的空间变得阴暗逼仄。

米雪倒吸了一口冷气，有些害怕地靠近史密特。

史密特淡定地伸出戴戒指的手，说："没事。"

可他挥手刚挥到一半，电梯里的灯就自己重新亮起来，他想说什么安慰一下米雪，灯突然又灭了。

米雪害怕地一把抓住史密特的手，颤抖着说："怎么办，怎么办……电梯闹鬼都是这样的！"

史密特安慰道："没有鬼，恢复电力就好了。"

Chapter 09 第九章
第一个受害者

米雪拼命摇头，死死抓住史密特的手，把他拉到角落里。

"千万别乱动……电梯很容易失重的……那经理就在外面，肯定很快会救我们的……"

此时，他们两个人的身体紧紧地挨在一起，史密特一低头看到米雪娇俏的脸上带着可爱而紧张的表情，不由得出现片刻的失神。

他默默放下了戴着戒指的手，说："哦……那就等等吧。"

然而，那个销售经理全然没有注意到这部电梯的异常，他等到旁边的电梯开门后，直接走掉了。

出了故障的电梯内，米雪和史密特坐在角落里，满怀希望地等人来解救。确切地说，怀有这一想法的只有米雪，而史密特纯属在这里陪她。

米雪抱怨道："幸亏我拦住了你，不然以后你就要住这种破公寓了……"

史密特看了一眼米雪："你不是一直想让我走吗？为什么要捣乱？"

米雪不敢看他："我……我不喜欢别人因为我而做出牺牲。你就这么搬走，我会内疚的。"

"我说过，我要搬走不只是因为你，更是为了我自己的私事。"

"你的私事……就是要找那个跟你长得一模一样的人吗？"

史密特感到有些意外，沉默了。

米雪继续发问："我都看到了，那个人的脸。可如果我没有亲眼看到，你是准备继续骗我吗？"

史密特点点头："……是。"

米雪苦笑一声，冷静地说："我是应该为你一而再再而三的欺骗生气，还是应该对你的厚脸皮表示钦佩呢？"

史密特垂眸，眼神落寞："当你撒了一个谎后，就会用更多的谎言来掩饰第一个谎……对我而言就是这样。从我说自己失忆的那一刻起，就已经没有回头路了。"

米雪看着他，突然微微叹气，而后又有些自嘲地笑了笑："真是奇怪，我竟然没有想象中那么生气。你明明就是个大骗子，明明还有很多事没坦白，我竟然会想：啊，原来你不是之前纠缠我的那个史密特，还真是受了我不少冤枉气呢……"

史密特面带愧疚："没有，我确实一直在利用你。"

"我不也是吗？为了你手上的头条，也算扯平了。"米雪释怀道。

史密特抬头撞上米雪的眼神，这是两个人第一次这样心平气和地谈话，彼此竟都有点儿不适应，反而滋生出一种暧昧的情绪。

"史密特，有句话我一直想问你……"

被米雪如此近距离地凝视，史密特竟莫名地紧张起来："什……什么……"

米雪一脸神秘："你们两个是双胞胎吗？跟TVB八点档一样为了争遗产而相爱相杀吗？啊！再不然他是你的基因克隆人？结果有了自己的思维，决定杀了你取而代之？"

史密特悬着的心突然落地，头靠着电梯壁，直接无视米雪，闭上眼睛假装睡觉。

米雪不甘心地继续自言自语说了一阵，见史密特似乎真的睡着了，这才觉得自己也累了，打个哈欠靠在史密特肩头进入了梦乡。

被米雪靠住的那一刻，史密特睁开眼，他垂眸看了一眼米雪娇憨的睡颜，不觉露出一个微笑。这时，米雪皱眉，调整了一下睡姿，似乎睡得不踏实的样子。

史密特轻轻抬手，挥动戒指，将电梯内的光线调暗。然后他也闭上眼睛，尝试着把头轻靠在米雪的头上，嘴角微微上翘。

当维修工修好电梯的时候，已经是晚上了。

米雪出了电梯，手机恢复信号，就开始不停地响动起来。她拿起一看，见有廖宇轩的十三个未接电话，便赶紧打了过去。

廖宇轩一听说米雪又跟史密特在一起，便马不停蹄地驱车赶去接她。

史密特听到了他们的电话，知道廖宇轩会来接米雪，便打算独自离开。

米雪却一把拉住他："史密特，这事我想好了，必须跟廖总说清楚，你可是预付了我房租的，我不能让别人觉得我言而无信！"

史密特笑笑："我也一样，不能让别人觉得我言而无信。"他轻轻推开米雪的手，再次转身离开。

米雪还想说什么，突然一辆跑车在她面前停下，廖宇轩下车挡在了她的身前。

廖宇轩注意到米雪一直盯着史密特背影的眼神，不觉醋意横生，但他表面上只是绅士地帮米雪打开车门，温柔地说："上车吧，我送你回家。"

米雪收回目光，看了看廖宇轩真诚的眼神，实在不忍心拒绝，只好乖乖上车。

廖宇轩不知不觉把车速飙到了一百码，米雪有些心惊胆战，但又不好说什么，只能紧紧抓住扶手。

"米雪，你这样失联让我很担心。"廖宇轩率先打破了沉默。

"没事的，我和史密特一块儿——"

Chapter 09 第九章
第一个受害者

"就是因为他在，我才格外担心。"

米雪认真地解释道："廖总，你真的误会了，我的伤不是史密特弄的。"

"噢？那是谁？"

"是……一个和他长得一模一样的人，我亲眼看到的。"米雪迟疑片刻，还是说出了看到的事实。

廖宇轩惊讶的表情在脸上转瞬即逝，仍旧沉稳地说："米雪，你被他迷惑了。我不管你到底是被他弄伤，还是被其他人弄伤，总之那些麻烦都是他招惹来的。我跟你说过，他是个危险人物，你今天受小伤，明天保不准就会有生命危险。"

"所以是因为这个，廖总才把他开除，还要求他搬走吗？"

廖宇轩没说话，表示默认。

米雪叹了口气："廖总，谢谢你对我的关心，但是……我觉得你多心了，而且，你这样做让我很内疚，我不希望他因为我而被迫离开……"

听到这里，廖宇轩猛地一脚踩下刹车，米雪则惯性地往前一倒，幸亏被安全带拉住，不然额头不保。她被吓得不轻，小心翼翼地看向廖宇轩。

而廖宇轩此刻正目不转睛地看着她，眼里满是深情和无奈："米雪……你爱上史密特了吗？"

米雪错愕得睁大眼睛，干笑两声："哈哈，廖总，你开什么玩笑呢……"

"就算没有我，你也有一百个理由赶他走，但你没有那么做，为什么？"

米雪一愣，开始认真地思考这些话，半晌终于开口道："你说的话没错，史密特这个人又自私又傲娇，从他出现的第一天起，我就在想着赶他走……但是，有一天我发现，他的过去和我想的并不一样，很多事其实是我对他的偏见。如果就这么让他走掉，我会良心不安。"

廖宇轩听完，紧皱着眉头："米雪，我让史密特走并不是计较他的过去，而是他的未来。他背负的包袱太重，我们谁都不知道接下来会发生什么事情。如果就这么让他留在你身边，我才是最不安的那一个。答应我，和他保持安全的距离。如果不想赶他走，你还有另一个选择……别忘了我给过你一串钥匙。"

米雪十分纠结，不知如何回答。

"如果你觉得我比他更可靠，就搬出来，你的不安和我的不安都会得到平复。"廖宇轩说完勉强扯出一个笑容，"不要着急，我会给你时间考虑。"

他重新发动车子，而米雪一直看向窗外。如果我真的只是对他内疚，那我为什么会一想到要跟他分开住，就那么排斥呢？难道我真的……爱上他了？不，这

不可能，我暗恋了廖总两年，他才是我的男神。史密特只是一个让我产生了负罪感的人，仅此而已。

2

之前精心策划的展览会上，既没有抓住史密特二号，也没有出现冯展。于是，何芸芸听取了史密特的建议，决定不再逃避，直接报警。

明星的一举一动都随时被人监控，更何况是报警男友已失踪两周这种重大的新闻。何芸芸还未走出警局，门口就已经围满了各大杂志社、报社的记者，她和经纪人根本寸步难行，更别说经过这些重重阻碍到达停车场了。

这一回，同样有着采访任务的小明决定再次英雄救美，他拨开人群一口气冲到最前面，让何芸芸和经纪人上他的车。

虽然经纪人觉得小明也心怀叵测，但何芸芸十分信任他，拉着经纪人上了他的车。

一路上，经纪人还是对小明十分戒备，但何芸芸和盘托出自己曾委托米雪和小明帮忙找冯展的事，让经纪人大为吃惊。

为了安抚何芸芸，小明主动提出要帮她写一篇报道，把她不能报警的苦衷和之前拜托他们寻找冯展的消息爆出，以此来缓和一下网络暴力。

经纪人自然十分欢喜，可何芸芸担心会暴露米雪和小明也知情不报的事实，让舆论矛头对准他们。

小明却认为他们身为记者本来就应该报道事实，让何芸芸不要担心。

其实，除此之外，只有小明自己知道，他做这一切更大的原因是出于对何芸芸从她出道起就一直怀揣的那份仰慕之意。他一路见证了她的成长，从默默无闻到光芒初显，他了解她的艰辛，也从心底平添了一份对她的怜爱。

然而在何芸芸报案后仅五个小时，就有渔民在海岸边发现了一具浸泡多天的男性尸体。经过警方鉴定，死者确认为冯氏科技集团公子、何芸芸的失踪男友冯展。一时间街头巷尾到处都是有关此事的报道，而舆论导向主要都是斥责何芸芸为了宣传电影而故意拖延报警时间。

在这么大的爆炸性新闻影响下，米雪不可能还待在家里无动于衷。死者身份被确认为冯展的第二天，她就赶到杂志社要求继续和小明一起跟进何芸芸和冯展的新闻。

尽管 Flora 极力反对，但廖宇轩宁愿自己成为舆论的众矢之的，也要支持米雪

Chapter 09 第九章
第一个受害者

去追踪这条新闻。

连小明都被廖宇轩的贴心和大度打动,而米雪此时心里却还牵挂着昨天一夜未归的史密特。她拍拍自己的脑袋,想把关于史密特的一切都拍出去,又反复对自己说,眼下最重要的事情就是跟好何芸芸、冯展的新闻,才不辜负廖总为我们做出的牺牲。

事实上,他们虽然通过了 Flora 那一关,但同行之间的竞争才是最可怕最让人担心的。在警察局门口早就埋伏了一堆等着何芸芸来停尸间看冯展最后一眼的记者,其中包括彻夜在这里等待的史密特。

史密特认为,冯展尸体已经被发现了十五个小时,某些更重要的人应该要出现了。

不一会儿,一对穿着普通、戴着帽子的年迈夫妇走出警察局,上了一辆轿车。几个蹲守的记者都以为他们只是路人,只有史密特赶紧拦了一辆的士,紧跟在他们后面。

这对夫妇来到"暖色"咖啡厅的一个角落落座,片刻后,何芸芸也走进了这家咖啡厅,径直走到他们对面坐下。

服务生端来三杯咖啡后离开了,何芸芸一直埋着头没有说话,老妇人脸上已经满是泪水,而老先生一脸痛苦,也默不作声。

何芸芸哽咽着说:"伯父伯母,对不起,我没有照顾好他……"

冯展母亲抹去脸上的泪水:"是我不该丢他一个人在台北……"她捂住胸口,不住抽泣着,声音颤抖。

"我早跟他说过贪玩会出事,到底是把他惯坏了……芸芸,我知道你不报警是为了公司,那些网上的流言不必在意。"冯展父亲的声音中透出威严,但仍难掩丧子之痛。

何芸芸也落下泪来:"伯父伯母,这个时候你们还想着我……"

冯父叹了口气:"我本来想着你们今年结婚,好让他彻底收心……现在想来,是他没有福气。"

何芸芸擦擦泪水:"警察跟我说,他失足落水的情况最大,但也不排除是他杀。"

冯母恨恨地说:"到底什么人这么狠心,他那么单纯的孩子……"

冯父一脸憔悴:"人没了就是没了,凶手找出来也没了。"

何芸芸坚定地说:"无论如何,我一定要等出个结果。"

听了冯父和何芸芸的话,冯母越发伤心,忍不住站起身对两个人说:"对不起,

我出去透透气。"

何芸芸也想起身陪她去，但被她一把压住，最终她还是自己离开了。

何芸芸担心地看向冯父，冯父疲惫地说："就让她一个人静一静吧……"

冯母走到咖啡店外的垃圾桶旁，颤抖着拿出一根烟点燃，稍微舒缓了紧绷的神经。

"伯母？您也来台北了？太巧了！"

冯母抬头，见史密特站在面前，但她并不记得这个人。

"你是……"

"我是凯文啊，您不记得了吗？去年您在澳大利亚办的大寿我有去的。"

冯母回忆着，略显尴尬："噢……抱歉，那天人太多……"

"没关系，我昨天才回的台北，真是太巧了，您是来看冯展的吗？正好我和他好久没见了！"

冯母眼神一暗，情绪瞬间低落下来："你没看新闻吗？"

"新闻？我不爱看中文新闻的……发生什么事了？"

冯母叹了一口气："冯展去世了，我们这次回来就是来领他的遗体的。"

史密特装得十分震惊，声音甚至略带哽咽："对不起，伯母，我没想到会发生这种事，上次见他还……"

冯母抽了一口烟："谁又能想到呢，我一把年纪，竟然要白发人送黑发人。"

史密特试探着问："冯展他……是不是得罪了什么人？"

冯母摇摇头："我常年在澳大利亚，怎么可能知道……"

史密特有些失望："太可惜了，他上次还和我说，今年您大寿我们会再聚一次……"

冯母哽咽道："展展很孝顺的……他说过完圣诞节就回澳大利亚看我，机票都买好了……为什么要跑去海边玩……"

史密特一惊，暗自思忖，居然又是圣诞节。

"伯母，您没事吧？"何芸芸的声音从不远处传来。

冯母掐灭了烟，一扭头去看她的工夫，史密特赶紧趁机溜掉。

史密特走到街口，突然一个人影站在他的眼前，他定睛一看，竟是米雪。

米雪将双手挽在胸前，饶有兴致地逗他："真巧啊，凯文。"

史密特有些发窘道："……你什么时候来的？"

"我本来是跟小明在咖啡店里蹲守何芸芸的，没想到居然还等到了冯展的父

Chapter 09 第九章
第一个受害者

母。刚才冯展妈妈一出来，我马上就跟出来了……看不出，你小子还是'影帝'啊，演技真是炉火纯青。"

史密特淡淡地说："谢谢夸奖。"

"你们的话我都听到了，冯展原本打算过完圣诞节就回澳大利亚，机票都订好了……这可都是独家信息！"

"你想用可以拿去，不会影响到我。"史密特说完准备离开，但又被米雪拦住。

"史密特……我在查冯展，你也在查冯展，你不觉得我们双剑合璧，会事半功倍吗？"

史密特冷漠地说："不觉得。"

他说完绕开米雪继续往前走，米雪还是不放弃，紧跟在他身后。

"人多力量大，知道吗？我可是专业记者，找线索能力杠杠的……那个，现在是廖宇轩授权我调查冯展，你别以为又会连累我。就算你不答应，我也照样会参与进来的……我们只是合作找线索而已。最后我爆我的料，你找你的人，互不干涉！"

史密特听到这儿，停下脚步，米雪见他有所动摇，赶紧补充道："史密特，不管你多聪明，一个人的思维总是有限的。多颗头脑，有些想不通的问题说不定就能想通呢？"

史密特看着米雪，微微叹口气，做妥协状："那你觉得，我们接下来该怎么做？"

米雪忍不住露出笑容，但强装严肃："咳咳，我觉得，事情既然进展到这个地步，我们千万不能心急……还是先填饱肚子再说！"

史密特听到最后，瞥了她一眼，十分无奈。

米雪决定去她和小明碰头的老地方吃韩国烤肉，虽然她很聪明地拿了车钥匙，却发现她和史密特竟都不会开车。

米雪纳闷地说："我记得你会的啊，那次追李天后你不是挺上手的吗？"她见史密特还是有些犹豫，马上揶揄道，"噢，果然，我太高估你了，一个生活都不能自理的人，怎么可能会开车呢……"

这句话一针见血，强烈刺激了史密特的自尊心："开车是初中基础课程，有什么难的？我开过飞机、游艇、操控过无人汽车，你觉得我开不了普通汽车？"

史密特说完，上车，坐进正驾驶位，有些陌生地看看手刹，摸摸方向盘。

米雪质疑道："你真的会开？"

史密特不屑地说："我初中汽车理论课程得了A。"他说完拉动手刹，起步，

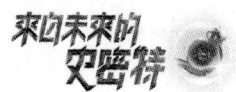

但是没想到刚起步就熄火了。

车身一顿,米雪受惯性作用往前栽了一下,赶紧扶住车窗:"你理论得了A……那实践呢?"

史密特一本正经地说:"理论和实践是统一的。"

他再次尝试起步,虽然动作有些笨拙,但这次汽车缓缓发动了。米雪脸色僵硬,默默地系上了安全带。

最终,史密特以二十码的速度"飙"到了那家韩餐馆,一路上没少被米雪鄙视。

当老板把烤肉和蔬菜端上桌的时候,小明却发来短信,说遇上急事,不能来了。

米雪专心烤起肉,见史密特一副心不在焉的样子,不禁说:"你啊,不要老是装出一副高冷的样子,女人喜欢的高冷男神都是建立在有钱的基础上,你这样没用。"

史密特轻笑一声,可笑完马上又恢复了思虑的神情:"冯展的死,我总觉得有什么地方不对。"

米雪无奈地摇摇头,将烤好的培根和五花肉放到他碗里,说:"别想了,吃吧!"

史密特夹起碗中的培根咬了一口,说:"煳了。"

米雪:"咦?怎么会?两个都煳了?"

"五花肉没有。"

米雪嘟囔着:"我明明一起放的呀……"

"因为肉质和厚度不一样,就算是一起放的,也不代表——"史密特的话戛然而止,他突然顿住,似乎想到了什么。

米雪不解:"也不代表什么?"

史密特陷入沉思,喃喃道:"如果这两个人的动机和目标不同,就算案发地一样,也不代表就是同一个案子……"

对!冯展很可能不是我要找的受害人,也许还存在第二受害人。

史密特的猜测很快就得到了证实。他冒充冯展的助理打电话给中联航空改签机票,可对方告诉他冯展预订的机票已于12月26日下午1点14分被其本人改签过一次,如果他要进行第二次改签,则需要额外增加10%的手续费。

12月26日第一次改签,也就是说冯展在圣诞节那天还活着,他并不是圣诞节杀人案的那位受害人。

Chapter 09 第九章
第一个受害者

3

史密特趁米雪买单的空隙,率先走出了餐馆。米雪焦急地等服务员找来钱,就慌忙跑出店外去追他。

史密特在前面步履匆匆,米雪一边道歉一边推开行人。

"史密特!你等等!"

史密特停下脚步,回头看她:"天不早了,你回去吧。"

米雪喘着气:"那你呢?你不跟我一起吗?"

"我有——"

"别跟我说你有地方住了,天桥啊大街啊那都是公共财产,不是想睡就睡的,而且晚上变态可多了,专门趁人睡得迷糊的时候下手!所以说,穷光蛋啊就别傲娇了……"

史密特没有回答,米雪走到他身边,给他递了个走的眼神,语气也柔和起来:"我们回家吧。"

史密特一愣,"家"?对他来说,这是个多么遥远的词。即使在2045年,他也从未从父亲史东明那里感受过家的温暖,而眼前这个倔强又善良的女孩,却跟他说"回家"。

见史密特傻傻地愣住,米雪笑笑,跨步向前走:"这次宁愿搭'11'路公交车也绝不让你开车了!"

史密特看着米雪的背影,突然笑了一下,快步朝着她的方向走去。

为了回报米雪的邀请,史密特决定帮她换纱布。

"哎呀,轻点儿!你行不行啊?"米雪一脸嫌弃的神情,伤口被史密特弄得很痛。

史密特手拿蘸药的棉签眯起眼睛看她:"你竟然问一个男人行不行?那我回答你,当然不行。这种事本来就不应该人手操作,药的剂量和伤口的接触面积,都只有专业机器才能够弄准确。"

"行行行,我这不是一只手不方便吗?你随便擦擦一包就完事了。"米雪实在懒得听他说教。

见米雪没了耐心,史密特无奈之下只好重新拿起一根棉签,小心翼翼地倾身,给伤口擦药。米雪本来已经皱眉准备忍痛,却发现史密特这次格外温柔。

米雪看着他认真的脸,突然觉得格外俊朗诱人。

史密特并未注意到米雪的目光,只是认真地擦着药:"你这伤口不透气,所

以愈合速度慢了。"

米雪心不在焉地说："是吗？"

"自己的伤还不清楚？"说着史密特抬头和米雪对视，两个人的脸顿时靠得很近。

史密特仍旧不解风情，傻傻地问："你的脸……怎么红了？"

米雪结结巴巴地说："因……因为，近……"

史密特似乎没听清，又靠近了一些："什么？"

米雪终于按捺不住，边说边一掌推开史密特："都说了因为近！"

她站起身，跟史密特拉开距离，不断拿手掌对脸蛋扇风，碎碎念道："我这是怎么了……心慌个什么呀？"

史密特一脸的莫名其妙。

这时，小明从外面进来，看到史密特在，显得很开心："你终于回来了！咦，你们在干吗？"

米雪拿起纱布，随意给自己绑上："那个……他在帮我换药，已经好了。对了，你晚上干什么去了，饭都不吃？"

小明一拍大腿："我赶回来就是为这事！我后来从咖啡店出来，跟了何芸芸一段路，发现她被警察带走了。于是我跟去警局门口和几个同行一起守着，没多久就听到了这个新闻……"

他边说边打开了电视的新闻频道。

"警方对外公开了冯展的验尸结果，死亡时间确定为圣诞节当晚7点至12点间，专家根据尸体发现地点及洋流方向，推断冯展是在阳明山高空坠落入海。目前，涉嫌拖延报警的女星何芸芸已被警方带走询问，本台将持续跟踪报道……"

小明转头看着米雪和史密特，两个人不约而同地皱起眉。

"网络已经炸开锅了，有些人觉得何芸芸是躺枪，就算拖延报警也影响不大，但绝大多数还是坚信冯展的死跟她有关，对她炮轰不停。米雪姐……那现在的新闻该怎么跟？"

米雪思考后坚定地说："当然不能半途而废……我们明天不用回公司了，直接去何芸芸住所守点！"

小明点点头，拿着相机回了房间。米雪瞟了一眼史密特，见他还沉浸在自己的思维里，眉头紧锁。

当晚，米雪起来喝水，见史密特还没休息，独自站在窗边发呆。

Chapter 09 第九章
第一个受害者

她揉着睡眼走过去，问他："你怎么这么晚了还不睡觉？"

"我……在想事，睡不着。"

米雪瘪瘪嘴，走到沙发旁坐下，嘟囔："你脑袋里到底装了多少东西要想……早点儿休息吧，明天我们还得去查冯展的事呢。"

史密特摇摇头："冯展的案子……我已经没什么兴趣了。"

米雪一愣："为什么？"

史密特沉思半晌，终于开口说道："米雪，你知道我为什么要找那个长得跟我一模一样的人吗？"

米雪听他如此问，心里竟有些要知道真相前的小激动，但表面上仍保持平静说："我一直在等你开口说原因的那一天。"

史密特缓缓地说："他……和圣诞节的一宗杀人案有关。"

"杀人？"这可跟米雪猜测过很多次的那些想法大相径庭。

"我要找到圣诞节的受害人，才有机会找到他。"

"这些你跟警察说过吗？"

史密特摇头："我是一个连身份都造假的人，靠近警局，只会让我被动。"

米雪担忧地看着他："你要找圣诞节的受害人……意思是那个人跟冯展的死有关？"

"我曾经一直这么认为，但事实是，他们没有关系……因为冯展根本就不是死在圣诞节那天。"

米雪难以置信："什么？这怎么可能，验尸报告都已经……"

"我问过航空公司，他本人在26日下午打电话改签过他的机票，这证明冯展26日还活着。比起警方，我更相信自己找到的证据。"

米雪瞬间张大了嘴巴。

"总之，冯展不是我要找的人，我不需要再花精力在他身上了。而你，也不要太执着于冯展的事情，这毕竟是刑事案件。我跟你说的那些，已经足够你做头条了。"

米雪听到这儿，反而平静了："史密特，谢谢你告诉我这么重要的线索，但接下来，就算你不参与，我也会调查下去。"

史密特皱眉："你只是个娱乐记者，何必……"

米雪笑了笑，十分自信地说："你知道我为什么当记者吗？因为我想让大家都知道，不管是娱乐记者还是时事记者，我们都不只是信息的传播者，更是真相

的鉴定人。我既然知道了别人不知道的事，就有义务传播，而在那之前，我必须确定这件事是百分百的事实。"

史密特看着米雪说话的表情，忽然觉得她整个人在黑夜中都亮了起来。原来一个人在诉说自己最热爱的事情的时候，竟能如此有魅力。那种从骨子里散发出来的百折不挠的坚持，才是米雪最打动史密特的地方吧。

何芸芸被带回警局后，在律师的建议下，一直跟警方处于对峙状态。由于长时间神经紧绷，何芸芸已被聚光灯照得头晕眼花，脸色惨白。

好不容易有机会接触刑事案件的小警探卢川作为何芸芸的审讯员，也是铆足了劲，打算跟她对抗到底。

然而何芸芸竟当着律师的面爆出了一个令众人震惊的消息——冯展在圣诞节当晚9点多还曾打电话给她，约第二天见面。虽然次日冯展失约，但仍让人给她送了一束花。

律师认为何芸芸情绪不太稳定，让她不要再说这些不考虑后果的话，可何芸芸坚称自己没有说谎。

看着何芸芸坚定的眼神，卢川觉得自己可能发现了这起凶杀案的一个重大疑点，顿时兴奋起来。可没想到他的上级领导看完审讯记录后，竟让他把何芸芸最后说的这段话删除，理由是何芸芸的律师已经提出申请，说她当时精神状况不稳定，回答的问题并不准确，不排除臆想的可能。

卢川没有想到自己的上级会因为担心警局声誉受损而直接删除当事人的口供，无论他怎么坚持，最终还是胳膊拧不过大腿，甚至被领导强制命令不准再跟此案。

卢川纵有满腔不甘，表面上还是不能违逆领导的指示。可这并不代表，他愿意接受这样不明不白的结果。次日，他装病请假没有参与巡逻，而是直奔尸检部。

他用钱向法医买来了第一份尸检结果，发现死亡的原因和对外公布的没有差别，唯独在"推断死亡时间"这一项上，写的却是"12月26日晚上7点到12点间"。这跟警方对外公布的相差整整一天。

卢川拿着这份报告，霎时间感觉自己肩负的是向世人揭示真相的重任，仿佛他即将像超人一样独自拯救地球。

Chapter ⑩ 第十章
史东明的秘密
∨∨∨

盒子底部还有很多封没有寄出的信，信封署名都是『给何芸芸，永远等你的——史东明』。

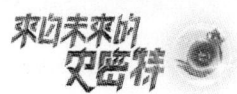

1

为了进一步采访何芸芸，米雪和小明尝试去她的公寓、冯展的公司，甚至去冯展父母的别墅蹲点，可每一处都人满为患，挤满了各家杂志社、报社的同行们。

米雪认为他们这样干等下去纯属浪费时间，必须找个捷径，直接采访何芸芸，于是她想到了跟何芸芸青梅竹马的廖宇轩。

她约廖宇轩在公司的茶水间见面，而廖宇轩接到米雪主动打给自己的电话，也是十分开心。

当米雪来到茶水间时，廖宇轩已经候在那里了。

"廖总，抱歉突然打电话给你。"

廖宇轩摇头笑道："不会，我一直在等呢。"

米雪一怔，干笑一声，不知如何接下去。

廖宇轩会意，转移了话题："到底是什么事支支吾吾的？"

"是这样的，廖总，虽然不太合人情，但我希望你能劝说何芸芸接受一次我们的专访。我明白她现在在特殊时期，但我得到了一些特别的线索，希望能跟她核实。"

廖宇轩皱眉："是什么线索？"

米雪有些犹豫是否要说，廖宇轩见状，补充道："如果你不能劝服我，我又怎么去劝服她？"

米雪缓缓地点点头："好吧……冯展的死亡日期可能有问题。一个知情人给了我线索，冯展应该是死于12月26日，而不是前一天。这条线索太过关键，如果没有何芸芸的证实，我不敢随便传播。"

廖宇轩目光深沉，问："知情人是谁？"

米雪心虚地答道："噢，是我找来的……航空公司的一个工作人员。"

她说完抬头看看廖宇轩，见对方一副完全不信的神情，只好叹了口气，和盘托出："好了，我说……是史密特。廖总，我让他住回来了。你放心，以后绝对不会发生你所担心的事情。"

廖宇轩看米雪的目光变得黯然，他移开视线，勉强地笑笑："那很好啊。你高兴就好……芸芸那边，我会帮你说的。"

米雪感激地说："谢谢廖总！那……我先回去找小明了。"

廖宇轩点点头，见米雪高兴地转身出去了，下意识地端起咖啡喝了一口，不禁皱眉道："真苦啊……"

Chapter 10 第十章
史东明的秘密

然而，米雪对何芸芸的采访还未成行，就因某新闻女主播突然播出的一条爆炸性新闻而让网民们对何芸芸的各种评论瞬间刷爆了网络。

据称，某张姓心理医生向该女主播透露，冯展在去年4月就患上了抑郁症，曾接受长达半年的心理治疗，而他的抑郁症更是在圣诞节前几日复发，因此，他此次死亡为抑郁自杀的可能性最大。

一时间"#向何芸芸道歉#"的话题登上了各大门户网站的头版头条，群众舆论似乎都开始偏向"何芸芸是无辜的"一边。

米雪和小明却都对这条新闻的真实性深感怀疑。那个女主播的名声并不好，随便在微博上私信她一条假消息她都会迫不及待地公开，以此给自己找存在感。因此她的微博经常被官方辟谣，次数一多，大家都叫她"爆料姐"。那个所谓的"张医生"估计正是看中了这一点，才选中她来爆料，而事实证明，他的选择确实达到了很好的效果。

可他为什么会如此急迫地散播这一消息呢？

"我们来想一想，如果冯展是自杀的，那对谁最有好处呢……"

"凶手。"

米雪的自言自语突然被史密特接了茬，惊得她和小明都朝车窗外看去，只见史密特正半倚着副驾驶的车窗看着他俩。

小明推推眼镜："你什么时候来的？"

"看到新闻后就过来了。"他边说边打开车门，自如地坐进后排。

米雪追问："你刚说'凶手'是什么意思？"

"我只是猜测而已。一个人如果被判定是自杀，那凶手就不用再担心被抓获了。"

"啊？你的意思是，那个'张医生'是凶手？"小明一副恍然大悟的模样，"可是……会不会是你想多了？万一他真的是个医生呢？"

"真医生应该找警察，而不是电视台。"

"没错，这么急着传播新闻，这里面肯定有问题……"米雪十分赞同史密特的猜测，她看看远处被记者包围的女主播，准备开门下车。

史密特突然伸手拍在她的肩膀上，说："别去。警察会处理的。我来这不是为了找杀冯展的凶手，而是不想让你再继续调查。"

小明疑惑地看看两个人："为什么不让米雪姐调查？"

史密特看着米雪，眼中透出关切："还记得我跟你说过的吗？冯展的死亡时

间有问题。连警方都混淆了死亡时间，可见这个案子背后牵涉的人不简单。所以你不要再参与了。"

米雪无语地推开他的手，翻了个白眼："史密特，你自己退出就算了，干吗拿这么笨拙的理由来阻拦我？"

"你知道的东西太多了，继续参与可能会牵连自己。"

"我米雪当记者这么多年，什么时候怕过？"

"不是怕不怕的问题，而是这件事已经超出了你的范围。"

"那关你什么事？你这么劝我，是什么目的？"

"我——"

史密特被米雪挑衅的语气噎得说不出话来，两个人都直直地盯着对方，谁都不肯让步。

一旁的小明先是被"冯展的死亡时间有问题"震惊得慌了神，这会儿又看到他们斗嘴，忍不住开口道："你们在争什么啊……什么什么目的，不是很明显吗？史密特，你在关心米雪，担心她遇到危险，所以不想让她继续参与。"

小明说完，史密特和米雪都是一愣，立刻各自收回刚才对峙的目光，变得躲闪。

史密特心虚地说："没有，我只是……分析客观事实。"

米雪也看着别处嘟囔道："喊，他这种人，会懂得关心别人？"

小明看着两个人，无奈地摇摇头，劝道："米雪姐，史密特说得没错，如果警方真有牵扯，那我们就不能贸然行动了。这自杀的新闻今天刚爆出，我们先观察一下情况再作打算也不迟。再说了，你们好歹把秘密先跟我说说吧，这什么死亡时间的事，就我不知情！"

米雪快速看了史密特一眼，思忖片刻后还是点点头，当作妥协。

然而已经十分了解米雪个性的史密特，知道她晚上肯定还是会偷偷地溜去女主播家蹲点，于是直接在客厅拦下她，并答应由他来查出那个心理医生的底细。他知道自己自始至终都拗不过眼前这个时而可爱、时而蛮横的女孩，她就像是他命中注定的克星，逐渐靠近他的心，成为他的软肋，让他迷恋，让他沉沦。

廖宇轩兑现了自己的承诺，帮米雪约到了何芸芸的专访，而作为报答，他提出让米雪请客吃饭。虽然廖宇轩随口说出的"雪港日料"贵得让米雪的心在滴血，可作为一个言而有信的人，她只能忍痛赴约。

当然在那之前，她要做好的首要大事，就是何芸芸的专访。

专访被安排在何芸芸的公寓里，而米雪的开门见山，让何芸芸及其经纪人都

Chapter 10 第十章
史东明的秘密

大吃一惊。

"其实我们今天来，主要是想跟你核实一下冯展的死亡时间问题。经过知情人爆料，他在 12 月 26 日下午还打电话改签过他的机票，因此他的死亡时间肯定不是圣诞节。请问你对此事到底怎么看？"

何芸芸紧锁双眉，一脸严肃："原来不是我的臆想，他在圣诞节那天真的还活着……25 日晚上 9 点多，我还接到了他的电话，约我第二天见面。虽然他第二天没有出现，但我收到了他送我的花。这些话我都跟警察说过，可是他们根本不相信我……"

经纪人不解："你的意思是，警察搞错了时间？"

"或许是有人故意要搅乱时间。"米雪想了想补充道，"其实我也不明白真相，但是这件事既然跟你核实了，我就必须要报道出来。"

经纪人敏感地问："这个新闻不会对芸芸造成什么影响吧？"

"我想不会的，这是警察的失职，芸芸敢公布真相和警方抗衡，这是非常勇敢的事。"

经纪人半信半疑地点点头，米雪一直仔细观察着她的表情，继而问道："其实我还有一个问题，想问问你。"

经纪人一愣，略显紧张："我？你要问我什么？"

"来这里之前，我一直有个问题想不通……那就是冯展自杀的新闻还对谁有利，直到你之前的一句话提醒了我——何芸芸因为冯展自杀的事网络口碑有了转机……我们都看到一个莫名其妙的心理医生蹦出来，告诉大家冯展是自杀的，接下来，何芸芸的舆论风向就变了。很多人觉得冯展的自杀跟何芸芸的拖延报警没关系，开始替一直躺枪的她抱不平，甚至还出现向'何芸芸道歉'这样的话题……而最关心何芸芸的舆论评价的人，应该就是你吧？"

何芸芸听到此，也对经纪人投去质疑的目光。

"什么……你们怀疑那个医生是我找的？"

何芸芸担心地问："姐，我记得那天你说已经找到办法帮我……是指的这个吗？"

经纪人激动地直接站起身来，手舞足蹈地解释道："我怎么可能做这种事呢？这是犯法的啊！我就帮你找了一群'水军'刷好评而已！"

何芸芸想了想说："也是……你不是会乱来的人。"

经纪人愤愤不平地指着米雪说："你们记者没有实在的证据不要血口喷人，

我可以告你们的！"

米雪耸耸肩："这只是私下提问，不是百分百确定，我们不会写进稿子的，你放心。"

经纪人仍然怒气难消，何芸芸夹在中间十分为难，然而谁都没有注意到一旁的小明暗自松了口气。

2

专访结束，小明又安慰了米雪几句，让她别得罪了何芸芸，不如专心等待警方的结果。可米雪并不服气，决定去找史密特，问问他究竟有没有查出有关那个心理医生的蛛丝马迹。

米雪回到家见客厅里没有人在，正在纳闷，忽听有声音从小明的房间内传来，她随手操起阳台上的撑衣竿，蹑手蹑脚地走到小明房间门口。她见房门虚掩着，便轻轻把房门推开，却见史密特正站在小明的书桌前翻看他的笔记本。

米雪松了一口气，扔掉撑衣竿，蹙眉问道："你在干吗？怎么把小明的房间翻得这么乱？"

史密特回头，淡定地看着米雪说："我在找证据。"

米雪坐在小明的床上，不解地看着他。

"我见过那个女主播了，她描述了张医生的特征——应该是小明假扮的。"

米雪张大了嘴，半天没说话。她见史密特又开始翻小明的相册，有些不悦，走上前一把抢过，愤愤地说："你怀疑谁都行，怎么能怀疑小明？"

"我不是怀疑，而是确定是他。"

"那个女主播只是描述了一下特征，那么模糊的概念你怎么能——"

"她描述完后我找了一张小明的照片给她看。"

米雪无话反驳，有些气急败坏："反正不可能是他！我和小明认识这么久，我很了解他！"

"因为熟悉就不愿意质疑？米雪，是你自己说要当真相的鉴定人的。"看着米雪纠结的样子，史密特耸耸肩，"无所谓，冯展的事情本来就是你要查，你不愿意，那就算了。"

史密特说完准备离开房间，米雪一伸手扯住他的衣角。

"如果没有找到证据……我们要跟小明道歉。"

史密特点点头，于是米雪也加入了翻找的队伍。

Chapter 10 第十章
史东明的秘密

然而,两个人找了半天仍旧一无所获。她坐到床边休息,瞥了一眼史密特,说:"看吧,什么都没有,说不定是那个主播故意误导你来分化我们的!"

史密特眉宇间透出担忧,但也没有反驳。米雪见状松了口气:"好了,现在赶紧复原房间吧。"

这时,史密特的脚无意中碰到书桌的底部,竟踢开了一个暗格。他和米雪对视一眼,蹲下身,从暗格里拿出一个盒子。只见盒子里全都是何芸芸的照片和新闻剪报,也有一两张冯展的照片,但都被红色记号笔画得乱七八糟。盒子底部还有很多封没有寄出的信,信封署名都是"给何芸芸,永远等你的——史东明"。

两个人翻完盒子,大概看了一下那些新闻剪报和信里的内容,又赶紧把盒子和整个房间都复原了。当一切都做得不露痕迹后,他们对坐在沙发上,沉默了。

米雪有些焦虑,喃喃道:"这里面一定有什么误会。"

史密特淡淡地说:"那些报纸中最早的日期是去年,说明他喜欢何芸芸很久了。"

"你难道认为……他因为嫉妒而杀了冯展?不可能的,他就算真的喜欢,也不可能去杀人,小明不是那样的人!虽然他有时候笨笨的,也会来点儿恶作剧,但心地其实很善良的!他——"

见米雪急得说话都开始结巴,史密特突然身体前倾,伸出手,用大拇指轻轻抚开米雪紧皱的眉头。

"米雪,我也相信史东明,我们等他回来问清楚。"

米雪在史密特的安抚下,总算放松了一些,她点点头,还想说什么,却见史密特突然用手扶住额头,一副站不稳的样子。

米雪连忙扶住他,关切地问:"你怎么了?"

史密特笑笑,故作轻松状:"没事,可能这几天没睡好。"

米雪打算再教育他几句,别整天没事就胡思乱想,却听得此时有人开门进来了。

两个人朝门口看去,只见小明和何芸芸先后进入了客厅。

"芸芸?"米雪有些惊讶。

何芸芸腼腆地笑笑:"不好意思,打扰了。"

小明解释道:"今天有人给芸芸送了一个包裹,里面装着一张被黑色相框框住的冯展的黑白照片,上面还用红笔写了三个字'贱女人'。刚好她的经纪人又不在,我担心那人再折回来,就把她接到这里来了。"

米雪愤愤不平地说:"竟然有这种变态?"

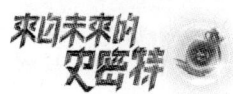

小明无奈地摇摇头:"有些人就是这么极端的。"

何芸芸面含歉意地说:"我的经纪人在片场,手机关了。抱歉,打搅你们了,我等会儿再找人带我回去……"

史密特看着何芸芸,面露关心:"他已经盯上你了,一个人在家始终有危险,不如今晚住这儿吧,等明天经纪人来接。"

何芸芸一愣,看看米雪,米雪也点头说:"我们这儿好歹有两个汉子,你要不介意的话,今晚就跟我将就睡一张床。"

何芸芸感激地点点头,小明见状转过身,悄悄做了一个兴奋的手势。然而米雪和史密特都看到了他的这一反应,彼此会意地交换了一个眼神。

是夜,史密特和米雪分别去打探了小明和何芸芸对对方的看法,可小明口风很紧,说自己只是把何芸芸当成"范冰冰""刘亦菲"那样的女神来看,并没有特别关注。而何芸芸在此之前并不认识小明,只是感觉他有点儿眼熟。

次日清晨,小明早早就爬起来,亲自送何芸芸回公寓。米雪和史密特商量,继续拐弯抹角也没什么意思,反正跟小明这么熟了,不如开诚布公地谈谈。

小明送芸芸回来后,依旧一脸的失魂落魄,他还是担心那个变态再去骚扰,便打算继续去何芸芸家楼下守着,以备不时之需。

见小明起身,又准备出发,米雪直接一掌将他按坐在沙发上,目光炯炯地说:"史东明,那个张医生是你假扮的,对吗?"

史密特也盯着他:"你喜欢何芸芸?"

听到两个人的质问,小明的脸色陡变,但他并不打算轻易承认:"你……你们在说什么啊,我都听不懂……"

史密特一笑:"听不懂?那我把你收藏何芸芸的新闻剪报、迷恋她一年的真相全都告诉她。到时候,你觉得在她眼里,你和那个送快递的变态有什么区别?"

米雪焦急地说:"小明,你究竟做了什么?冯展的死跟你有关系吗……"

小明开始还垂头不语,此时猛地抬头看向他们,激动地说:"没有!我只是单纯喜欢何芸芸而已,绝对不敢对冯展怎么样!"

"那你为什么要假扮医生捏造假新闻?"

"因为我……不想看到她的努力全都白费……"

米雪和史密特对视一眼,知道小明的心理防线已经崩溃,都静静地等待他下面的解答。

"那时候她刚出道,我被朋友拉着去当一个歌友会的工作人员……然后看到

Chapter 10 第十章
史东明的秘密

了她，一个人等在台下，默不作声……我知道虽然她的父母不在了，但她还有着名媛的身份，没想到会愿意来当伴舞人员……后来我每天都在网络上搜索她的名字，她那么不受欢迎，我却傻傻地觉得自己捡到了宝，甚至为了她当记者……我从没有过异想天开的想法，我只是想用我的方式来保护她……"

米雪恨铁不成钢地说："但你也不能编造假新闻啊，你知道这样会有多大的影响吗？"

"我知道……但是喜欢一个人，不就是会不计得失地去关心她吗？这就是我的秘密。我不指望你们帮我隐瞒，但我求你们，不要告诉芸芸好不好？我不想让她觉得我是一个图谋不轨的人……"

米雪纠结地看向史密特，史密特此时却长长地松了一口气。

小明心虚地问："你这是对我失望吗……"

史密特摇头："不是，只是觉得，凶手不是你，这件事很好。"

米雪也苦笑一声："好了，我答应你不告诉她，但前提是你要发一篇声明辟谣冯展自杀的传闻。"

小明见得到两个人的谅解，十分开心，赶紧点头允诺。他看看手表，表情又焦急起来："米雪姐，那个……我看离上班还有一点儿时间……"

"唉，男大不中留！你去她家楼下吧，有什么动静记得通知我。"

米雪刚说完，小明就高兴地冲出了门。

米雪看着他的背影，突然觉得能找到一个自己真心喜欢的人来守护，其实也是一件很幸运的事情。不知为何，下一秒她的脑子里出现的竟是史密特的脸。她有些心虚地看看史密特，却见他一副垂眸没精神的样子。

"你怎么了？"

"没什么，松了一口气，有些疲惫。"

"我早就想说你了，真当自己是机器人啊？赶紧休息吧。"

史密特点点头，站起身，突然眼前一黑，直接晕倒在了沙发上。

他这一晕可吓坏了米雪，她手忙脚乱地费了九牛二虎之力才把史密特挪到自己的床上，又叫来医生给他看病，开了一些药。

见史密特表情安详地睡着，米雪不禁嘟囔："一个大男人，沦落到让我来照顾……"

这时，史密特的头突然动了一下，米雪马上紧张地盯着他。可不一会儿，史密特继续睡了过去。

米雪松了口气,看着史密特那轮廓分明、英俊性感的侧颜,不知不觉慢慢靠了过去,最后将目光聚焦在他的嘴唇上。

"男人的嘴唇这么薄,肯定寡情。"她一边不屑地吐槽,一边伸出手,轻轻触碰着那两片有型的嘴唇。

然而,米雪居然越看越摸就越有一种亲下去的冲动。她回想起之前跟史密特共同经历的点点滴滴,一时情难自己,忍不住闭上双眼轻轻吻了史密特一下。

可当她吻完后慢慢睁开眼睛,竟发现史密特正呆呆地看着自己。

她的脸"噌"地红了,烫得简直可以煮熟鸡蛋,但幸亏她还有一颗十分强大的心脏,于是故作镇静地突然在史密特的头顶上空拍了一下,一本正经地说:"哎呀!这只蚊子,看你还跑!"

她站起身,假装追蚊子,边追边拍,好不容易逃出了房间。这时候如果给她一把刀,估计她肯定有马上自刎的勇气。

史密特眼看米雪连蹦带跳地出了房间,忍不住露出一个微笑。他默默地伸出手指,轻触自己的嘴唇。原来被女孩亲吻是如此美妙的感觉,柔软、温暖,还有一种从心底泛起的甜蜜直冲大脑。如果再给史密特一次机会,恐怕他会努力忍住不睁开眼睛,也许这样就能多体会一会儿这种妙不可言的感觉。

3

这对米雪和史密特来说是具有重要意义的一天,碰巧也是米雪跟廖宇轩约好,要请他吃雪港日料的日子。

米雪一想到自己瘪瘪的钱包,就觉得心在滴血。而廖宇轩还专门拿里面最贵的料理,可怜米雪自己只敢吃点儿黄瓜小卷之类的便宜小菜。

见米雪一脸委屈,吃得差点儿哭出来,廖宇轩决定不再逗她,忍住笑意说:"啊,我想起来了,好像上次有人送了一张卡,可以抵价两万元呢。都快过期了,不如今天用了吧。"

米雪眼睛一亮,顿时来了精神:"廖总,今天可是我请客!唉,不过既然快过期了,就用了吧,回头我请你吃我们楼下的牛肉面,味道可好了!"

廖宇轩宠溺地看着她,点点头说:"好啊。"

米雪马上充分释放战斗力,专挑最贵的小碟拿,吃完还不住地发出十分享受的声音,完全没注意到廖宇轩正全神贯注地看着自己。

廖宇轩用一只手撑住头专注地看着米雪吃东西,不禁喃喃地说:"米雪,如

Chapter 10 第十章
史东明的秘密

果我们能多一些这样在一起的画面，就好了。"

米雪一怔，意识到他话中的意思，却没有作答。

"米雪，其实我真的想跟你在一起……"廖宇轩想去拉米雪的手，却被一个突然出现的人打断了。

"Will！"只见Flora身着盛装出现在餐厅里，高兴地朝廖宇轩走过来。

"久等了……"Flora突然看到嘴里塞满了三文鱼的米雪，整张脸顿时僵硬起来，"她怎么在这儿？"

廖宇轩蹙眉："应该问你怎么在这儿才对。"

"你不是让Rita订了两个位置吗？难道不是为了来这里庆祝我们的相识纪念日？"Flora气急败坏地看着米雪，吼道，"米雪，你是什么意思？你这个女人怎么这么不知足？连别人的纪念日也要插足？"

Flora尖刻的声音引得其他顾客纷纷侧目，米雪尴尬地站起身，说："抱歉，我不知道你们……我这就走！"

她正准备离开，却被廖宇轩一把拉住。

廖宇轩不悦地看着Flora，难掩怒气："不知足的是你吧？我自始至终约的都不是你。"

Flora难以置信地说："你约别的女人在我们纪念相识的餐馆吃饭？Will，我不明白，我到底做错了什么？需要你这么践踏我？！"

廖宇轩冷酷地说："我跟你说过，那些都是过去。"

"那是你的过去，不是我的！一直以来，我都没有改变过心意，你凭什么用两个字就否决了我的一切？"

廖宇轩摆摆手："我不想跟你吵，你走吧。"

Flora气极反笑，愤恨地看着廖宇轩和米雪："好，我走。但是米雪，你千万要记住他刚刚说的话，因为总有一天，他也会原封不动地说给你听！"

Flora离开后，廖宇轩随意地从钱包里拿出一张黑卡扔在桌上，也牵着米雪离开了。

廖宇轩没想到一次原本十分愉悦的约会结局竟会如此让人不快，在送米雪回去的路上，他将车开得很快，而米雪也似有心事，坐在一旁没出声。

"米雪，Flora的事情我不想过多解释……我只想你知道，其实我——"

米雪抢白道："我知道。就算再笨的女人，也能明白你的意思的。"

"我很后悔没有早一点儿知道你喜欢我这件事，我一直活得很痛苦……米雪，你愿意相信我吗？"

米雪抿了抿嘴没有说话。

廖宇轩将车停在路旁，含情脉脉地看着米雪，说："我是认真的。以前我一直觉得女人不过是束缚，所以把她们当作一个个过客对待，就算是和 Flora 的婚约，也不过是搪塞父母的借口罢了。但是，当我遇见你、了解你，并喜欢上你时，我才明白，原来一个人会心甘情愿地停下脚步，只为被另一个人束缚。米雪，那暗恋的两年时光，只要你愿意，我会用一辈子来交换。"

面对廖宇轩的深情款款，米雪却慢慢低下了头。她做了个深呼吸，说道："廖总……世界上最幸福的事应该就是当你发现，你喜欢的人也喜欢你吧……可是，我却好像没有这种感觉。"

"是因为 Flora 吗？"

"不是。廖总，我想了很久，或许我之前对你的喜欢，并不是我们想的那样……而更多的是一种下属对总裁的跟风崇拜。"说到这里，米雪的脑海中突然闪现出自己轻吻史密特的画面，让她不觉充满了勇气，"又或许……是因为我喜欢上了另一个人。"

廖宇轩目光敏锐地看着她："是史密特吗？"

米雪没有作答，只是松开安全带，回给他一个礼貌而疏远的微笑："对不起，廖总，你的心意，我相信，会有更好的女孩来接受的。"

看着米雪毅然离开的背影，廖宇轩悲从中起，觉得嗓子似乎被什么堵住。他不明白为什么自己这么努力，跟米雪又有很深的感情基础，可最后还是输给了一个凭空出现只几天的男人。他不会也不能就这么放弃，否则他之前所做的一切牺牲，全都失去了意义。

今天对米雪来说，绝对是峰回路转的一天，简直比坐过山车还刺激。先是自己主动吻了史密特那个奇葩男，然后又拒绝了自己暗恋两年的完美男神廖宇轩。

米雪，你今天是不是吃错药了？

米雪看着镜中的自己，做了一个无比抓狂的动作。

她耷拉着脑袋拉开洗手间的门，正碰上史密特迎面走来。两个人都是一愣，互相回避着眼神。

史密特问："洗手间用完了吗？"

"呃，你要用啊？"

"我要洗澡。"

Chapter 10 第十章
史东明的秘密

"哦。"

米雪本想出去,却和史密特走向同一个方向,两个人撞了个正着。接着他们又同时往另一边走,结果还是面对面,气氛更加尴尬了。

最后还是史密特停住,侧身让开,才让米雪走了出去。

米雪回到房间,嘟囔道:"搞什么嘛,尴尬死了……"这时她突然发现了床头柜上的怀表。

"我还以为丢了呢!这家伙……"

她拿起怀表,仔细观察,回想起在展览会上史密特使用怀表的方法,前三下,后两下,按这个顺序一拧,怀表果然打开了。

米雪看着表盘,感觉并没什么特别,她的手摸到发条,轻轻转动,将分针往回拨10分钟,然后表停住了。

"咦,坏了吗?"米雪一抬头,发现自己竟站在洗手间里,手上的怀表也不见了。

水龙头里的水哗啦啦地流着,米雪惊讶地看着镜子里的自己,难以置信:"这是怎么回事……"

她打开洗手间的门,史密特正好走过来,两个人都是一愣。

史密特回避她的眼神,问:"洗手间用完了吗?"

"什么?"

"我要洗澡。"

为什么史密特刚才说的话,现在又重复了一遍?米雪的整个脑袋陷入一片混乱。

史密特见她表情不对,问:"怎么了?"

米雪欲言又止,摇摇头:"你用吧。"

和刚才一样,米雪和史密特同时移动,两个人面对面撞上两次,最后还是史密特停步侧身,才让米雪走了出去。

米雪心情复杂地回到房间,径直走向床头柜,拿起怀表,打开表盖,还是显示着刚才的时间。

她看到年份的发条,想了想准备尝试转动。

"我忘记拿——"史密特走过来,见米雪打开了怀表,十分吃惊,"你……怎么打开的?"

米雪已经放在发条上的手又放了下来,她疑惑地看着史密特问:"这块表是怎么回事?刚刚,我好像重复过了一次之前的十分钟。"

史密特紧张地走上前，拿过怀表合上："那是你的幻觉而已。"

米雪拦住他的去路："这块表到底有什么问题？如果我转动年份的发条呢？"

史密特的身体僵住，不敢看米雪的眼神。

米雪继续追问："如果我刚刚转动了，会发生什么事？"

史密特闭上眼，深吸一口气，然后直视着米雪说："那你就会回到那个年份的跨年夜。"

米雪难以置信："什……什么……"

史密特面无表情，一步步逼近米雪："如果你转动发条到2045这个数字，你会发现，你去了未来，也就是我来的地方。"

该来的总会来吧，只是史密特没有想到这一天会来得这样快。如果她知道了他是来自未来的人，会害怕？会好奇？还是会把他当成怪物，从这个家里赶出去？也许，可以趁此机会让她远离自己这个大麻烦。尽管他还想更多一点儿，更多一点儿地陪在她的身旁，可比起她的安全，自己的一己私欲又算得了什么呢？

Chapter 11 第十一章
拯救何芸芸
∨∨∨

何芸芸,你要是跳下去,我也会跟着你跳的。我曾亲眼看到你死在我面前,这种事,我不想经历第二次。

1

做出决定的史密特拿着怀表，站在米雪的房间里，居高临下地看着她，神情严肃。

米雪却一脸茫然地问他："你说什么？2045……你来的地方？"

史密特苦笑一下："我知道有一天会瞒不住，但没想到这么快……"

"你的话我怎么一个字都听不懂？"

"你已经亲自试验过了，还不懂？"

米雪看看怀表，表情纠结："刚才我就转动了它，好像突然，突然就重复过了十分钟……"

"那不是重复，是时光倒流。这是一块可以操纵时空的怀表，我用它从2045年来到这里。"看着米雪呆滞的样子，史密特接着说，"米雪，我……是未来人。"

说完后，他不敢看米雪，内心紧张地等待着米雪的审判。

米雪眨巴了几下眼睛，慢慢伸出手，将手背贴在史密特的额头上："果然还有点儿烫呀，睡眠不好确实会出现胡言乱语的状况，你赶紧再睡一会儿吧。"

她强装镇定地赶紧说完，点点头，向房间门口走去，连大气都不敢出。

这时，房内的灯光突然开始闪烁，从暗到明、从明到暗来回不停交替，米雪因为惊恐而微微颤抖起来。她慢慢转头，见史密特正轻轻地来回挥舞着戒指。

"你……你想干什么？"

"只是证明我没有撒谎而已。"

米雪努力克制住恐惧，脸色渐渐变得惨白。

史密特回想起米雪在电梯里害怕的样子，知道她此刻不是装的，不由得有些心疼，停止控制灯光，往前走了一步："米——"

"别过来！"谁料米雪突然做出很大的反应，边说边往后退了几步，半蹲着倚住房间门，仍抬着手阻止史密特靠近自己，"别过来……"

史密特见状，想起自己刚才做的决定，不禁把心一横，脸色一沉，又继续往前走了一步，冷漠地说："怕了吗？"

米雪用双手扶住双肩，浑身颤抖。

史密特慢慢靠近米雪，声音越来越冷酷："你不是一直好奇我的身份吗？这就是真相。现在……你还敢再让我待在这个家里吗？"

终于，米雪再也听不下去了，她一把推开史密特，夺门而出，落荒而逃。

史密特站在原地，听到客厅门匆忙打开又关上的声音，不禁垂眸，露出失落

Chapter 11 第十一章
拯救何芸芸

的表情。这种令人心痛的感觉就是因为伤害了自己在乎的那个人吗?

他看着手中的怀表,有那么一刻突然想把时间倒回米雪发现这个秘密之前,可他最终还是放弃了。他也想知道,当米雪知道了自己的秘密之后,会不会为之前的那个吻感到后悔。

米雪匆匆赶到杂志社,慌乱的内心这才稍微平静下来。她回想起史密特说自己是"未来人",还是觉得难以置信。她懊恼地挠挠头,自言自语地说:"这算什么嘛……好不容易才喜欢上,却给我一个这样的答案……"

米雪边说边打开网页搜索"未来人",只见某网页显示:"未来人的进化趋势:毛发变少,肤色变黑,四肢变长……"她撑着头,脑中开始幻想史密特"真实"的模样——像长臂秃头的黑人,像ET(外星人),还是像《骇客帝国》里的基努里维斯?在这些乱七八糟的幻想中,米雪竟趴在桌上慢慢进入了梦乡。

另一边,小明信守承诺,以"张姓医生"的名义在网络上发布了文章,改口称自己只是恶作剧的网友,并不是冯展的心理医生,与此同时,警方也在查验后确定冯展生前并未看过任何心理医生。可谁知此新闻一出,整个舆论导向马上转为冯展自杀的新闻是何芸芸团队所做的应急公关。网友们对何芸芸的愤怒再度升级,并向她发起了网络声讨,要求何芸芸滚出娱乐圈……

小明没有想到自己明明想帮忙,却让何芸芸陷入了更大的危机。而比网络舆论危机更紧急的是,卢川竟前来质问何芸芸用一千万元贿赂高级警官,蔑视司法的事。

原来卢川无意中发现他曾经无比崇拜的上级警官突然变得出手阔绰,还买了一块十分名贵的手表。怀疑之下他找到一个网络黑客查了该警官及其夫人的银行账单,发现警官夫人的账上最近多了一千万元的进账。而这笔钱的来源,正是何芸芸的私人账户。

卢川拿着打印出来的账户资料找上级警官对质,谁料对方威逼利诱让他不准说出真相。卢川知道此时的自己只是一个名不见经传的小巡警,是无论如何也不可能跟上级作对的,只好暂时忍气吞声,准备伺机而动。

他私下找到何芸芸,告诉她自己已经知道了她和高级警官之间的肮脏交易,并劝她回头是岸,不要再试图干扰司法,否则她的刑期只会继续往上增加。

虽然这次卢川只是做了口头警告,但何芸芸深知自己已经被卷入了一场巨大的阴谋之中,被警察带走只是早晚的事情。于是她用一些狠心的话赶走了合作多年情同姐妹的经纪人,决心独自面对这一切即将到来的变故。

尽管对何芸芸很失望，但经纪人临走前还是告诉她，冯展的父母今天就要回澳大利亚。何芸芸匆忙赶去送行，却遭到曾视自己为亲生女儿的冯展父母的冷漠对待。何芸芸从小无父无母，早就把冯展父母当成双亲来孝敬，如今却被他们误解，甚至连个解释的机会都不给她。所谓众叛亲离，也不过如此了吧。

米雪虽然在公司凑合了一晚，但她不可能一直都不回家。小明又去保护何芸芸了，她回去后势必要跟史密特独处。一想到这里，米雪就觉得头大。可她又转念一想，那里毕竟是她家，要走也是赶史密特走，自己干吗要像做贼一样。于是，她还是强打精神，战战兢兢地回了家。

米雪轻手轻脚地开门，小心翼翼地走进客厅，发现史密特不在，顿时松了一口气。

"你回来了？"

米雪一回头，见史密特正站在自己身后，不禁惊恐地退后几步："你怎么出现的？瞬间转移吗？！"

史密特干咳两声："我刚从洗手间出来。"

米雪尴尬地点点头，指指自己的房间，说："那……我先回房了。"

史密特看着她胆战心惊的样子，突然开口道："你在害怕什么？怕我杀你灭口吗？"

米雪咽了口唾沫，盯着史密特，不说话。

"你彻夜不归，刚刚又在楼下徘徊了半个小时，都是为了躲我？"

米雪结结巴巴地说："你……都看到了？好吧，其实我……并不是担心你灭口，只是不知道怎么面对你。"

史密特冷冷地看她一眼："如果这件事传开，我会被科研人员带走，除了永无宁日的试验，就是被关起来，像动物园的猴子一样任人参观……所以，你最好担心我会被人灭口。"

米雪心虚地看他一眼说："我知道你有超能力，杀我很容易，但我警告你，现在的警察也不是盖的！"

史密特有些无语："超能力？不过三十年的差距，科技发展也没你想得那么快。"

"那你的戒指怎么回事？"

"这只是简单的电力改造而已，在科学范围内。"

米雪半信半疑，靠近一步，紧盯着史密特的脸问："那你……是你的样子吗？

Chapter 11 第十一章
拯救何芸芸

你的样貌，不会也是改造的吧？"

史密特冷哼一声："说实话，2045年的人对样貌的改动还没有现在的人多。"

米雪似乎松了一口气，自言自语道："不是秃头黑人就好……"她看向史密特，对他不再那么警惕，"那你，从2045年跑到这里干什么？"

"找人。"

"哦……你是说那个人……原来你以前说的不是在开玩笑啊……那他到底是谁？"

"他是你们时代的人，也是这块怀表的发明者。"

米雪瘪瘪嘴，还想再问什么，却被史密特打断："不要再问了，知道的越多，你会越害怕。"

米雪倔强地说："谁说我怕了！我只是……只是一下子没办法接受。"

史密特轻叹了一口气："不管你接不接受，这就是事实。"

米雪的情绪瞬间低落下来："我知道……我们不是一个世界的人。"她想了想，又真诚地说，"你放心，我不会跟别人说的。我……也不会打扰你们未来人的。"

史密特点点头："谢谢。"

"不过，那块怀表能让我再看看吗？别担心，我只是觉得好奇，我一直都以为它被我弄丢了。"

史密特只犹豫了一秒，就取下怀表递给米雪。

米雪小心接过："这么重要的东西，你当时竟然敢给我……"

史密特淡淡地说："我那时说过要把身家性命交给你，我没有对你撒谎。"

米雪的心被这句话触动，两个人对上目光，似乎有千言万语，却又不知从何说起。

这时，米雪的手机响起，是小明打来的。

米雪接起，还未说话，就听小明带着哭腔的声音从话筒里传来："米雪姐，你们快来！何芸芸要自杀！"

米雪一边让小明一定要设法拖住何芸芸，一边和史密特匆忙出了门。

他们打车来到何芸芸的公寓，史密特率先下车，米雪在后面付钱。由于电梯一时半会儿都下不到一楼，米雪只好一咬牙去爬楼梯。

此时，史密特已经赶到了天台，和小明一起站在何芸芸的面前。

何芸芸的情绪非常不稳定，颤颤巍巍地站起身，对他们说："你们别过来……"

小明声音哽咽："芸芸，我求你别冲动，快下来……"

史密特往前走了一步:"何芸芸,你要是跳下去,我也会跟着你跳的。我曾亲眼看到你死在我面前,这种事,我不想经历第二次。"

何芸芸不理解史密特的话,迷茫地看着他想问什么,却突然一脚踩空,整个身体往后倒去。

史密特在内心大喊:妈妈!

他毫不犹豫地冲上前一跃,紧紧抓住了何芸芸的手,可两个人还是一起掉了下去。

2

在他们掉落的一瞬间,米雪刚好冲到天台。她瞪大双眼,完全不敢相信眼前的一幕。

她跑到天台边缘往下看,只见史密特和何芸芸手牵手躺在不断扩散的血迹上,附近还有行人靠近拍照和报警。

小明哭号着跟门卫跑出天台,而米雪一下瘫坐在地上,不断地颤抖,流泪。

"史密特……史密特……"

她用右手去擦眼泪,突然看到自己手中抓着的怀表。她眼前一亮,马上颤抖着打开怀表。

"十分钟……时空倒流……一定可以……"

米雪将分针往回拨了十分钟,然后闭上双眼,双手捏住怀表不断祈祷。

等她睁开眼时,发现自己已经回到了出租车的副驾驶位置。她看了一眼怀表,知道自己成功了。

这次米雪提前从包里翻出钱,出租车刚停下,她就直接给钱,没有浪费一秒钟。

米雪和史密特冲到一楼,只见电梯门即将关上。米雪直接冲过去,如会功夫般伸腿挡住电梯,然后拉史密特一起进去。

当他们赶到天台时,小明还在劝何芸芸。他见米雪和史密特赶到,心里悬着的石头总算放下一半。

史密特看着何芸芸,揪心地说:"你要是跳下去,我也会跟着——"

米雪突然一拍史密特的头:"跳你个头!谁都不准跳!"

何芸芸难过地说:"你们不明白,事情已经无法挽回了……"

米雪激愤地说:"你就算跳下去我也能挽回!但是何芸芸,你甘心吗?冯展的死你都挺过来了,现在却败给这些流言蜚语?"

第十一章 拯救何芸芸

何芸芸抽泣起来:"事情没有这么简单……等到贿赂警方的证据出来,我就要坐牢了……与其那样,不如一死了之。"

小明惊讶地说:"贿赂?!你不可能做这样的事!"

"我是没有,但是他们……"

米雪继续劝道:"如果你这么跳下去,没有也变成了有,有用也变成了没用!"

见何芸芸似乎有些动摇,史密特坚定地说:"何芸芸,我帮你找到凶手,还你清白。"

米雪马上附和道:"对!史密特!他很有本事,一定能帮你找到凶手,我和小明也帮忙!"

小明连连点头:"对对,我们一定能行,只要你下来!"

史密特目光诚恳:"相信我。"

何芸芸看着几个人,感激地流下泪来。终于,她缓缓走下了天台,但随即一晕,被小明上前一把抱住。史密特脱下外套给何芸芸披上。

米雪看到这一幕,终于松了一口气。史密特看到她的反应,若有所思。

将何芸芸送到医院后,经纪人也闻讯赶来。看到何芸芸憔悴的模样,经纪人不禁痛心疾首,这才明白原来何芸芸将自己赶走,是为了自杀。经过商议,史密特决定由小明继续照顾何芸芸,而他和米雪负责去调查陷害何芸芸的罪魁祸首。

经过白天险象环生的一番折腾,米雪尽管很累,可还是满腹心事,根本睡不着。她索性下床,走到阳台上,看着手中的怀表,刚准备叹气,就听到隔壁传来叹气声。

米雪循声看过去,只见史密特正站在客厅阳台,也转头看着她。

两个人尴尬地对视几秒后,米雪把手中的怀表递给他:"你的怀表,还你。"

史密特接过,问:"你是不是动过怀表?"

米雪有些吃惊:"你怎么知道?"

"我用过很多次了,今天看到你反常的表现,差不多能猜到。"

米雪点点头,有些忧虑地看着他:"史密特,除了来自未来这一点,你……和我们有什么区别?"

史密特摇摇头:"三十年时间,人体并没有阶段性进化。"

米雪听后,苦笑一下:"当你说你来自未来时,我确实很害怕……你知道我们的一切,我却对你什么都不了解。我之前转动怀表,是因为你跟着何芸芸一起跳下去了……那一刻,我才明白,其实你跟我们也没什么区别,也需要吃饭睡觉,发生意外也会死掉……"

史密特听了米雪的这番话,内心竟有些被理解的感动。他沉默几秒,将怀表收了起来。

"谢谢你救了我。"

"是我谢谢你才对,我第一次觉得'后悔'这两个字没有那么可怕……如果真的看到你死,我……我会很难过的。"

米雪说到最后,声音越来越小,可史密特还是听得一清二楚。如果我死去,她会为我难过吗?之前我甚至认为我的父亲都不会因为我不在了而有丝毫心痛,如今,在这世上,也有了会牵挂我的人吗?这种感觉真好,也真的会让人有继续好好活下去的动力。

见史密特一直盯着自己看,米雪有些不好意思地移开目光,去看星星。

"总之,当救世主的感觉真好。"

看到米雪仰头露出一个甜甜的微笑,史密特也转头看向星星,嘴角不易察觉地向上翘起。

次日,米雪和史密特打算变装去银行查一查到底是谁以何芸芸的名义汇出了一千万元给警察。史密特倒也没有特别着装,就是找小明借了一套西服穿,显得英姿飒爽,帅气干练。而米雪则是一副俗气的贵妇派头,将长发盘成发髻,化了浓妆,戴了墨镜和一对很闪的耳环,还穿着皮草和高跟鞋。

史密特看到米雪夸张的造型备感无语:"你这是……"

米雪摆了一个霸气十足的姿势:"当你看上去不差钱时,就会深切感受到什么叫办事效率。"

史密特还是有些忐忑:"会不会太夸张?"

米雪胸有成竹地说:"这你就不懂了,我越是夸张,越少人注意你。"

史密特点点头,觉得这次米雪说的似乎有点儿道理。

他们打车来到银行,直奔VIP(贵宾)通道。

"你好,何女士委托我代办业务,请问她之前有没有在你们这里开通过账户?"米雪将经纪人快递给他们的何芸芸的身份证交给柜台人员。

对方核查过后,说:"您代办的这位何女士确实是在我们网点开通的账户,开户时间是1月10日。"

史密特小声在米雪耳边说:"冯展的尸体被发现的第二天。"

米雪不动声色地点点头,继续问柜台人员:"我想知道当时帮何女士代开账户的人是谁。"

Chapter 11 第十一章
拯救何芸芸

"不好意思,代办人的信息只在原始资料上,是不会输入电脑存档的,我们这边没办法查到。"

米雪故作蛮横状:"那怎么行!她的账号从来都是我代办的,现在冒出一个我不认识的,我当然要查!把你们的主管叫来,调那天的监控视频,我今天一定要看!"

柜台人员十分为难,主管走过来说:"抱歉,女士,没有官方文件我们不能随意为客户调取监控。"

米雪吃瘪,看了看史密特,史密特给她一个去旁边商量的眼神。

两个人来到大厅的角落,米雪焦急地说:"怎么办?这样查不到啊。"

史密特沉思了一会儿说:"我有一个办法,不过有点儿冒险。"

"别废话了,快说。"

"你自己的账户里有二十万元台币吗?"

"我……存款差不多就这些。"

史密特点点头,将怀表交给米雪,严肃地说:"你一定要记住我接下来说的每句话。"

片刻后,米雪重新坐到 VIP 通道前,拿出自己的卡,傲娇地说:"取二十万元现金。"

柜台人员熟练地将每两万元扎成一捆,一共扎了十捆现金,刚要点数,就听米雪说:"不用数了,我赶时间。"

她将现金装进包里,转身离开,然后偷偷塞了一捆在胸前,再装成一副急匆匆的样子回到柜台前,将包里的现金都抖落出来。

"你少给了我两万元块!哎呀真是,业务怎么这么不熟?"

柜台人员惊讶地说:"啊?您刚刚是取走的十捆现金……"

米雪做撒泼状:"你的意思是我污蔑你咯?你自己看看!只有九捆!难道我藏起来一捆故意陷害你不成?"

主管再次朝他们走过来,米雪马上说:"主管,你来得正好,我要求看监控录像对峙!"

主管面露难色,似乎并不想妥协。

米雪故意更大声地说:"怎么,你们就这么对 VIP 客户?那以后大家都不要来你们银行好了。"

主管见其他顾客都在往这边看,担心真的造成什么不好的影响,只得无奈地说:

"我让安保人员陪同您进来确认吧。"

米雪瞟了一眼身边的史密特,说:"这种小事,你进去确认就行了。"

史密特恭敬地点点头。

安保人员走过来,礼貌地帮他检查了随身携带的物品,确认安全后,带他进入了营业间。

米雪这时一脸紧张地打开怀表,上面显示的时间是10:12。

史密特跟着主管和安保人员进入监控室,里面有工作人员正在查看监控。主管让工作人员调出VIP通道的录像给史密特看,而史密特留心观察的是所有监控文件夹。

主管确认过录像后,对史密特说:"先生您好,我们的工作人员是取的二十万元现金没错。"

史密特点点头,看了一眼墙上的钟,显示10:21。

当时间走到10:22时,坐在VIP通道的米雪将怀表往前拨了10分钟。

时间回到10分钟前,安保人员礼貌地帮史密特检查了随身携带的物品,确认安全后,带他进入了营业间。

此时米雪的怀表显示的时间仍是10:12。然后,她一动不动地紧盯着怀表,直到时间走到10:22时,她再次将分针往前拨了10分钟。顿时,整个时空静止了。

监控室内,安保人员和主管正围拢着看监控录像。史密特发现他们都进入静止状态后,不禁一笑:"成功了。"

他拿过鼠标,开始翻阅之前的监控资料。找到1月10日的文件夹后,他拿出手机摆在桌上,又用戒指对准监控屏幕,然后直线挥舞到手机屏幕上,顿时手机屏幕上出现"传输中"的字样。

然而在史密特焦急等待的时候,刚才被定格的几个人突然都恢复过来。

安保人员看着他,喊道:"你在干什么!"然后直接拿警棍对着他的头一击,史密特晕倒在地。

VIP通道前,米雪见怀表已经走到10:23,不禁有些惊喜,因为史密特之前说让她不停重复转动怀表,直到当她转了怀表时空也没有改变时,就等史密特出来。

她兴奋地左顾右盼,喃喃道:"是不是成功了?"

这时,银行的警报声突然响起,几个安保人员全部冲进了营业间。

米雪倒吸一口凉气,看来是发生了史密特说的第二种情况:如果发生警报,不要犹豫,重复之前的步骤。

米雪没有犹豫，再次转动了怀表。

第二次时空静止时，史密特终于有足够的时间将1月10日的监控记录传输到手机上。他迅速收回手机，将电脑屏幕复原，又将鼠标放回到工作人员的手中。

他刚一完成这些动作，时间就恢复了。

主管回头看他，说："先生您好，我们的工作人员是取的二十万元现金没错。"

史密特一脸淡定地点点头："监控我确认了没问题，麻烦你们了。"

3

大厅里，米雪正焦急地等待着，见史密特从营业间走出来，冲她点点头，她悬着的心这才放下。她低头看了看怀表，发现表盘上突然"啪"地出现了一道裂痕。与此同时，朝她走来的史密特突然捂住胸口，一副很痛苦的样子，差点儿栽倒。

米雪赶紧上前扶住史密特，两个人走出银行，搭上出租车。

他们坐在后排，史密特依旧大口喘着气，看起来很虚弱的样子。

米雪担忧地说："你还好吧？"

史密特倔强地摇摇头："没事。"

米雪叹气，将怀表挂回史密特的脖子上："我觉得，这个东西你还是尽量少用吧。"

看着米雪关切的眼神，史密特情不自禁地点点头。他拿出手机递给米雪："VIP通道的人并不多，你看看是否有可疑面孔。"

米雪接过手机，快进播放，突然愣住了，说："还真有……"

史密特眼前一亮："是谁？"

米雪把放大后的定格画面递给他看："……是你。"

史密特看着画面上的"自己"，不禁陷入了沉思。另一个史密特……以你的本领，一定比我更早拿到身份证明，但你为什么要陷害何芸芸？还是说……想贿赂警方的根本就是你，何芸芸不过是个幌子？贿赂一千万元，只为了让警方模糊冯展的死亡时间，将原本26日死亡的人安排到25日。难道你从廖宇轩那里骗来一大笔钱，就是为了贿赂警察，混淆视听，让人以为冯展是监控视频的受害者？对！你这么做只有一个原因，那就是——其实两个凶手都是你！

史密特又将这个逻辑重新理了一遍，确定应该没有问题，于是松了一口气："断掉的线索终于连起来了。米雪，我现在已经想明白了。"

米雪刚才见他不说话，就明白他又开始思考一些只有他自己明白的事情，便

不去打扰,只是看着窗外发呆。现在听他这么一说,竟也十分平静,只是点点头说:"噢……既然想明白了,那就去做吧。"

原来米雪也有不好奇的时候?史密特十分意外:"你不好奇真相?"

"好奇啊,不过我就算问,你也不一定会回答;就算回答,也不过就那么一个答案。"

史密特反倒好奇起来:"什么答案?"

米雪模仿他的语气说:"我是无辜的,这事是另一个史密特干的!没错吧?你别看我经常犯二,关键时刻,我可是很聪明的。"

史密特有些哭笑不得:"那……你信吗?"

米雪自然地说:"信啊。比起那个人,我信任你的时间比较长,现在反悔,等于啪啪啪打自己的脸嘛!"

史密特有一种想掐她脸的冲动:"这么离奇的事,你就如此随意断定,真的好吗?"

米雪耸耸肩:"反正接下来的事情你会自己解决,我怎么断定都无所谓啦。再说,连操纵时空这种离奇事我都能接受,这种小事算得了什么?"

看到米雪露出一个轻松的笑颜,史密特也不禁浅笑,感觉整个人放松了不少。这个女孩,让他继心动和牵挂之后,又体会了信任。他甚至想,如果让他用自己的一切去换取跟她在一起的时间,恐怕他也会毫不犹豫吧。

米雪因为跟踪何芸芸的新闻,已多日未去杂志社报到。她并不知道她不在的这几天里,杂志社内已经发生了翻天覆地的变化。

这天,她回到杂志社位置上一坐下,Amy 和 Lisa 就凑过来对她大献殷勤,不是夸她越来越漂亮、有品位,就是夸她年轻有为、前途无量。

米雪不是一个一听奉承话就摸不清东南西北的人,加上 Amy 和 Lisa 跟她的关系本来也不错,于是开门见山地问道:"你们怎么了?有啥事要求我?"

Amy 娇滴滴地说:"没怎么呀,人家本来就跟你关系好嘛。"

Lisa 亲热地搂住米雪的肩:"就是,等你当上了主编,千万不要忘记我们!"

米雪横了她们一眼:"说什么傻话呢,一会儿让 Flora 听到你们就惨了!"

Amy 和 Lisa 一愣,对视一眼。

"你不知道吗? Flora 被廖总辞退了!根据 Rita 透露,你是新主编的唯一人选!"

"是呀,咱们的小米雪终于发达啦,咱们也能跟着沾光咯!"

米雪刚喝了一口水,差点儿全喷出来。

"米雪,你过来一下。"

米雪循声望去,见Flora手上抱着一个纸箱,正看着自己。

她预感有些不妙,但还是小心翼翼地走到Flora面前:"主编,你叫我?"

Flora说:"这一箱都是历年珍藏的杂志初稿,我知道你一直喜欢,送给你吧。"

米雪有些意外,随即十分开心地点点头:"谢谢主编!"然而在她即将碰到箱子的刹那,Flora却突然松手,致使整个箱子掉落,里面的杂志散落了一地。

米雪讶异地看了看面无表情的Flora,还是蹲下身帮忙捡回杂志。

"感受到了吗?"Flora居高临下地看着米雪,一脸冷漠地说,"你满心欢喜地接受,却在即将到手的时候落空……这种感觉,就是我现在的体会。"

米雪抬头看她,心里突然泛起一股同情:"主编……"

"我让你也提前感受一下,有个心理准备。"Flora说着蹲下身,捏着米雪的下巴,靠近她的脸说,"因为很快,你就会陷入这种无尽的痛苦之中……米雪,我们回头见。"

她说完后,直起身子,踏着地上的杂志,潇洒离去。

此时的米雪内心对Flora却没有一点儿恨意,因为她深知爱一个人得不到回应时的痛苦。无论一个女人在工作上多么强大,在真爱面前,却永远是愿意为其倾尽所有的傻瓜。

米雪认为,Flora的离开跟自己可能不无关系,先是史密特,再是她,都是因为跟自己扯上了关系而受到牵连。她迫切地想找那个人聊聊,因为她真的不想一直在内疚中生活。

她来到茶水间等廖宇轩,也许一段从茶水间开始的情缘,最好也从这里结束。

"又站在这里发愣?"果然廖宇轩在她进入茶水间不久后,也走了进来。

米雪笑笑:"其实,我是在等你。"

廖宇轩疑惑地看着她。

"关于主编……你真的把她开除了?"

"嗯,正常的人事变动而已。"

米雪犹豫着,不知该如何继续说下去:"那个……这么问可能有点儿不要脸,但是……你,主编她……"

"放心,不是因为你。"廖宇轩放下咖啡,一副对米雪的想法了然于胸的样子,"虽然我和她有很多矛盾是起源于你,但这次的决定,只是针对我和她。我以前

对她承诺过一些事,后来反悔了。我一直对她有愧疚,所以很多方面都忍着没有出声,但是这样的结果只是引发更多的烦恼和纠缠……在你拒绝我的那一晚,我也想明白了,如果真的确定一段关系是不可能的,那就不应该再给对方希望。于公于私,我最后做出了这个选择。"

米雪听后,似乎深受触动:"不应该再给希望吗……"

"是啊,有时候,越是感性的事,越需要理性的判断。看来,我得赶紧离开这里了。"

沉思中的米雪,不解地抬头看他。

廖宇轩温柔地一笑:"这样你就来不及彻底拒绝我了。"

看着廖宇轩离开的背影,米雪有些苦恼地挠了挠头。

一整天,米雪都在回味廖宇轩的这句话,直到下班后她还在琢磨到底应该如何面对廖宇轩的温柔攻势。不知不觉间,她已走到公寓楼下,电梯门打开,她正准备走进去,却撞见史密特从里面走了出来。

"咦?你去哪儿?"

史密特用一种特别的眼神上下打量了一下米雪,浅笑道:"你瘦了。"

米雪欣喜地说:"真的吗?不对,才半天而已,你骗谁呢!"

史密特并不反驳,只是保持着微笑:"先上去吧,等会儿见。"

米雪嘟囔一句:"古里古怪。"然后进入了电梯。

她走到家门口,想开门却遍寻不着钥匙。这时门从里面被打开,只见史密特竟穿着便服,盯着她看。

米雪被吓了一跳:"我了个去!你这个'等会儿见'也太快了吧!"

史密特纳闷:"什么?"

"你刚从电梯出去后又从楼梯跑上来的吗?居然比我坐电梯还快啊!"

史密特马上察觉出不对劲,脸色一沉,直接冲出门,按开电梯跑了进去。

米雪看着史密特这一系列动作,开始还有些不解,但随即反应过来,惊讶地捂住嘴巴——原来刚才在楼下看到的,是另一个史密特!

史密特从单元口一直跑到小区门口,可一路上都没有任何发现。他正郁闷时,突然看到站在马路对面双手插兜,正对着他坏笑的史密特二号。

这时,一辆公交车停在对面,挡住了史密特二号,当车再开走时,史密特二号也不见了。

史密特立马夺路狂奔,追赶公交车。当公交车在下一站停靠时,史密特立马

Chapter 11 第十一章
拯救何芸芸

从打开的车门进入了公交车。他站在车内四处查看,却并没有发现史密特二号的踪影。

司机不耐烦地说:"你上不上啊?"

史密特问:"在前一站上车的人呢?"

"前一站没人上车啊!"

史密特只好皱眉走下公交车,与此同时他的手机也响了起来,是一个陌生的号码。

史密特接起,愤恨地说:"你又赢了。"

电话那头传来史密特二号的笑声:"你还真是天真啊,我就站在原地看着你越跑越远,那画面太美,我都不忍心看呢。"

史密特冷冷地说:"你到底想干什么?"

"没什么,好不容易拿到你的电话号码,打个招呼。"

史密特警觉起来,默默地拿出怀表,准备打开,可这时史密特二号似乎洞察了他的想法,说道:"我劝你不要再碰怀表了。你难道没发现上面已经出现裂缝了吗?这是你过度使用的结果。史密特,你太调皮了,因为你,怀表的寿命已经开始倒计时。"

史密特一惊,开始拔腿往回跑。

"从现在开始,每一次使用,它都会有更多的裂缝,我们也会越来越虚弱,直到最后表盘破碎,停止走动,把我们两个人都困在黑洞里。"

史密特边跑边说:"那样不更好吗?在静止的时空里,我更容易抓到你!"

史密特二号冷冷一笑:"呵呵,你太不懂得珍惜了,史密特。我不会再纵容你,这块怀表,我决定收回。"他说完后直接挂断了电话。

当史密特狂奔回米雪公寓门口时,发现不远处的公用电话亭里没有人,而电话听筒却垂落在半空中,来回晃动。

他气愤地挥出一拳狠狠打在公用电话亭上,喃喃说道:"下一次,我一定不会再让你跑掉!"

Chapter 第十二章
优盘提前暴露

∨∨∨

优盘里的监控录像自是更加让他大吃一惊，里面不光记录了一宗故意杀人案的过程，还清楚记录了杀人凶手的脸——正是史密特。

1

米雪得知另一个史密特竟然大摇大摆地从自己眼皮底下溜走,不禁为自己的后知后觉感到内疚。天知道她比任何人都更想帮上史密特的忙,她实在不忍心看到他一人背负那么多秘密,独自行走于世上。她也说不清是从什么时候起,跟史密特斗嘴成了一种习惯,哪天没有看到他就会情不自禁地胡思乱想,她把他当成了自己的羁绊,深深地被那张不苟言笑的脸吸引。她有时想,他就是她的黑洞,即使知道会万劫不复,却也义无反顾。

看到史密特闷闷不乐地回来,米雪就知道他肯定没有抓到史密特二号。见他一直站在阳台沉思,一脸落寞,米雪端着两杯刚冲泡好的咖啡,小心翼翼地走进阳台,站到他的身旁。

她递给史密特一杯,笑笑:"天有点儿冷,喝点儿暖和一下吧。"

可史密特既不看她,也不做声,只是定定地看着前方,米雪只能尴尬地收回咖啡,一只手拿着一个杯子,来来回回地轻轻碰撞,仿佛自己在跟自己干杯。

"抱歉啊,我要是早一点儿发现就好了。"

史密特摇摇头,语气温柔:"不关你的事。"

米雪看着他好看的侧脸:"他又一次现身,我想,你应该很快就能抓到他了吧?"

史密特目光坚毅:"不会太久的。"

米雪收回目光,低头小声地说:"你来这里的目的就是找到他,那……找到他之后呢?"

史密特想了想说:"我……会回去。"

两个杯子因为碰撞的力度过大而飞溅出咖啡,落在米雪手上,烫得她一个激灵。史密特见状,拿走了其中一杯咖啡。

米雪拿着剩下的那杯咖啡,鼓起勇气,正视史密特,问:"回到2045年吗?"

史密特慢慢地点了点头。

米雪的鼻子一酸,但还是强装欢笑:"哈,你说,2045年跟我们这会儿怎么联系呢?会不会有种异地的感觉?一个在2015年,一个在2045年,无法见面,只能通过脑电波发短信,然后一年一次坐个什么时空穿梭机见面叙旧之类的?"

史密特呆呆地看着米雪,但眼神仿佛失去了焦点,轻轻地说:"不会的。"

米雪的眼眶顿时红了,她赶紧仰头假装看星星。

史密特伤感地说:"回去了,就再也联系不上了……就算在2045年遇见,那时候,你应该已经快60岁了吧,也应该有了跟现在截然不同的生活。"

第十二章
优盘提前暴露

米雪实在忍不住,别过头默默流下了一滴眼泪,但还是努力保持声音的平静:"这样啊,真遗憾。虽然我60岁肯定也保养得很好,跟现在没什么差别,但是我还是不想别人看到我脸上有皱纹的样子,所以啊……你要是见到我,千万不要认出我……这样我就不会抱着希望了。"

史密特看着米雪微耸的肩膀,多么想冲上去将她抱入怀中,但他知道自己不能,一个随时有入狱危险的杀人嫌犯,凭什么奢求幸福?他现在能做的,也就是守护她的平安和幸福吧。

史密特已经伸出的手停在了半空,然后又默默地收了回去,只淡淡说了声:"……好。"

米雪一闭眼,另一滴泪也顺着脸颊滑落。她不想多愁善感,她只是不知道该如何面对跟史密特分离的那一刻。

小明一直在何芸芸的公寓里睡沙发,保护她的安全。虽然经纪人觉得他多此一举,但何芸芸并不排斥,甚至打算让他以后睡在客房。然而这几日难得的平静与安宁,却被阳明山一间民宿的老板娘的电话打破了。

老板娘告诉何芸芸,冯展圣诞节那晚就住在她家民宿,今天她打扫房间时,发现了冯展遗落的一件物品,她觉得应该亲手交给何芸芸。

经纪人和米雪都认为何芸芸不应该去拿这件物品,因为台风"奇拉"即将席卷阳明山,冒着生命危险去取一件未知的遗物,万一出了问题,实在得不偿失。但何芸芸十分执着地想亲自去取,一是她信不过警察,二是她希望冯展的遗物最后可以留在自己手上,好歹也是一个念想。

小明自然是坚定地站在何芸芸一边,承诺等今晚台风一过,明天转为暴雨天时他就送何芸芸去阳明山,毕竟他对自己的车技还是很有信心的。而史密特也提出同去,一来可以多个帮手,二来他也很迫切地想知道冯展到底留下了什么。

米雪见史密特要去,马上话锋一转,也打算跟去,但史密特说什么都不带她,让她老老实实待在家里。

如果真的就这么乖乖就范了,那肯定不是米雪的作风。这次米雪的作战计划是,用迷香迷倒史密特,让他一觉睡到第二天晚上,那样可就不是史密特不带米雪去,而是米雪把他扔在家里了。

晚上趁史密特洗澡的时候,米雪把丝巾系在头上,挡住鼻子,然后不停地把点燃的薰香往洗手间里扇。没想到真的效果显著,史密特一走出来就已经头晕了。

米雪把他扶到自己的床上,还好心地给他盖上被子,然后得意地拍拍手说:"哼,

乖乖地等我护送何芸芸回来吧！"

她刚转身欲走，忽觉手被人拉住，于是整个人惯性地一后仰，瞬间倒在了床上。

史密特顺势一个翻身，将她压在了身下，淡淡地说："这就是你的目的？让我睡死？"

米雪眨巴着大眼睛看向史密特，纳闷地说："怎么没用啊？"

"拿安神薰香当迷药用，你还真是够笨的。"

米雪心里懊恼，但脸上还是装着笑："你想多了，我只是想让你睡个好觉而已啦。"

"哦？"史密特突然想捉弄她一下，嘴角浮起一抹坏笑，"你是说，在你的床上睡个好觉吗？"

米雪的小心脏先是停顿了一秒，然后开始怦怦乱跳。

"既然你这么诚意邀请，那我就不客气了。"史密特说着慢慢靠近米雪，米雪感觉自己的耳朵都可以往外喷气了，心脏也快要跳出嗓子，但她还是情不自禁地闭上双眼，噘起了嘴巴。如果真的要发生，那不如就来得猛烈些吧。

然而，下一秒，米雪却被无情地一推，直接滚下了床。

史密特盖好被子，背对米雪，惬意地说："果然还是床舒服。"

米雪又羞又气，一骨碌从地上爬起来，本想骂史密特几句，可发现根本找不到理由。明明是自己把他拖到床上来的，而且刚才人家也没说要亲她。她站在原地生了半天闷气，这才憋出一句话："你到底为什么不让我一起去啊？"

史密特依旧背对着她，没有说话。

米雪双手叉腰："别说什么累赘的话，我才不信，你肯定有别的原因！"

史密特叹了口气："一定要说原因的话，大概是关心吧。那个人会来找我，我不希望看到他再出现在你面前。你是我们这些人中唯一和他有过纠葛的，而我，连他对你有什么目的都不清楚。"

米雪有些惊讶和感动，低声问："你……真的关心我？"

"嗯……"史密特犹豫了片刻，补充道，"你帮过我那么多，关心是应该的。"

米雪期待的脸上立刻露出一丝失望。

"就这样吧，晚安。"史密特闭上眼睛不再说话。米雪看着他的背影欲言又止，最终还是默默地离开了房间。

米雪躺在沙发上，半天都难以入睡。

一句"关心"就把人拒之千里，哪有史密特这么蛮横的人？再说了，那个史

Chapter 12 第十二章
优盘提前暴露

密特那么厉害，万一你斗不过怎么办？你关心我，我难道就不能关心你？！哼，反正明天我去定了！

想到这里，米雪才迷迷糊糊进入了梦乡。

2

第二天一早，米雪虽然定了闹钟，可还是睡过头了。她急急忙忙赶到何芸芸的公寓，总算在他们出发前赶上了。

米雪径直钻进采访车里坐定，说什么都不肯下来，史密特无奈，只好随她去。

何芸芸的经纪人因为要去签合同抽不开身，只得对史密特三个人千叮咛万嘱咐，让他们无论如何一定要保证何芸芸的安全。虽然一路上风雨交加，电闪雷鸣，但小明的车技确实了得，把车开得又快又稳。毕竟女神坐在车上，他怎么能掉以轻心。

几个人闲聊中得知昨夜的台风将阳明山才竣工的凉亭吹倒了。史密特顿时有一种不祥的预感，当初记录了圣诞节杀人案件的监控录像就是在凉亭的废墟中被发现的，如今这个凉亭已经倒塌，那岂不是意味着监控录像将提前三十年被人发现？史密特不禁催促小明把车开得更快一些，希望自己能赶在别人发现之前先找到那个优盘，否则他将在这个年代再次成为史密特二号的替罪羊。

可令史密特始料未及的是，已经有人先他一步拿到了优盘。

卢川虽然之前已被上级领导明令禁止再插手何芸芸的案子，可他绝不是个容易妥协、放弃原则的人。他一直以各种理由请假，去何芸芸公寓附近蹲守，却无意中发现史密特也在那里出现，还跟何芸芸关系不浅。于是他断定史密特肯定也参与了冯展的案件，如果自己追查下去，说不定还能一石二鸟。

卢川曾趁史密特和米雪不在，偷偷去他们的公寓"拜访"了小明，虽然最后并没有从小明那里得到什么有帮助的线索，但他在史密特的枕头下发现了冯展的袖扣。为了查出袖扣的来源，他赶到阳明山的监控室，从1月1日起仔细检查每一天的录像，终于被他发现，史密特曾经来过阳明山，而且偷偷跑到悬崖下面去过。至此，卢川对史密特的怀疑又加深了一层。

原本，他查完监控录像已准备打道回府，谁知有人差快递给他送来一张字条，上面写着："To：卢川警官，你要的真相在凉亭C号柱。From：热心群众"。于是，他就在凉亭的C号柱下挖出了一个装着优盘的木盒。优盘里的监控录像自是更加让他大吃一惊，里面不光记录了一宗故意杀人案的过程，还清楚记录了杀人

凶手的脸——正是史密特。

这下冯展杀人案的物证也有了，卢川觉得既兴奋又激动。他更加想赶紧赶回警局报告这件事，可台风"奇拉"却将他暂时困在了阳明山的一家小小的民宿。

所谓不是冤家不聚头，他没想到第二天史密特、米雪、何芸芸和小明四个人竟也来到了这家民宿。卢川想，既然暂时回不去，那就先留在这里观察一下史密特的目的和行踪吧。

当初打电话给何芸芸的民宿老板娘因为台风今天无法来见何芸芸，只能明天一早过来。为了安全起见，四个人决定在民宿住一晚等她。入住后，史密特迫不及待地想去凉亭找优盘，外出时刚好碰到在前台跟老板娘儿子说话的米雪。

史密特本不想多说，径直走出门去，可还是被米雪叫住。

"喂，你去哪儿？"

"我有点儿事。"

"雨这么大，天又要黑了，你确定要一个人出去？"

史密特点点头，转身欲走，米雪再次追上，坚定地说："那我跟你一起去！"

史密特停下脚步："你跟来干什么？"

"你关心我，我就不能关心你？你的关心是远离，我正好相反，我关心谁，就喜欢缠着谁。"

听到此话，史密特心里很暖，但这种温暖已经足够，他不可能让米雪跟自己去冒险，更不想让她看到优盘里的内容。他顿了顿，刚想说什么，却见廖宇轩迎面走了过来。

"米雪？"

米雪扭头，见廖宇轩浑身带着湿气，走进了民宿。

"廖总？你……你怎么来了？"

廖宇轩脸色有些苍白，看了一眼史密特，说："我……我有个商务会议。你呢？怎么也在这儿？"

米雪结结巴巴地说："那个……我们查到演员关凯在这密会名媛，所以跟过来查了！"

"这样啊。"廖宇轩嘴唇发白，轻咳了两声。

米雪担心地问："廖总，你没事吧？"

廖宇轩摆摆手："没事，出门急了，淋了点儿雨。"他走了两步，突然脚步踉跄，向前倒在了米雪怀里。

第十二章
优盘提前暴露

"廖总！"米雪一把扶住他，伸手去摸他的额头，"这么烫，发烧了啊！"

老板娘的儿子，即前台小哥，也过来帮忙扶住廖宇轩，说："我有间备用房，先让他进去躺着休息！"

米雪点头，准备跟他一起扶廖宇轩进去。她不放心地回头看了一眼史密特，见他果然默不作声地往外走。

"史密特，你……"

史密特淡淡地说："有你照顾，肯定没问题。"说罢打伞离开了。

米雪很想跟上去，无奈又不能放开廖宇轩，只得眼睁睁看史密特消失在渐暗的夜色里。

史密特来到倒塌的凉亭附近，一顿翻找，竟真的在断裂的柱子里的镂空位置找到了一个木盒，可他打开一看，里面却是空的。他抓住附近一个巡逻的民工询问，这才得知昨天曾有一名年轻警察也来这里挖过。

又是警察！为什么即使我穿越时空来到2015年，却还是无法逃脱这魔咒一般的命运？之前半年的监禁生涯我至今仍历历在目，难道在这里还是必须面对锒铛入狱的结局？也许，结局会比坐牢更坏，因为在2045年警方根本找不到受害人和受害地点，而在这里，所有条件都已经暴露，只差那一个杀人犯而已。又有谁会相信录像上的史密特另有其人呢？

史密特举步维艰地回到民宿，只觉得浑身的力气都被抽干了，似乎已经找不到继续支撑下去的勇气。

然而还未等他走进民宿，一直坐在门口等他的米雪就冲到他的面前，略带惊喜和责备地说："你终于回来了，还以为你被台风刮走了！"

史密特撑着伞没有回应。米雪凑近看他，发现他一脸茫然低落。

"你……怎么了？"

史密特慢慢抬起头，看着眼前这个唯一能在寒夜里给他温暖的女孩，情不自禁地丢掉雨伞，上前抱住了她。他将自己的头靠在她的肩上，失去了往日的桀骜，仿佛一个受伤的孩童。

米雪先是一愣，随即想挣扎。但史密特轻声在她耳边说："别动。一下……一下就好……"

米雪停下了动作，这是她第一次看到史密特如此无助，心里不禁柔软起来："史密特，你怎么了？"

史密特紧紧地抱着她："突然很害怕。"

"怕什么？"

"再一次失去一切。"

米雪本想继续问，但最终没有开口，只是静静地站着，给史密特依靠。雨水打湿了两个人的头发和衣衫，但也掩盖了史密特脸上的泪痕和米雪狂乱的心跳。

史密特回房间前，前台小哥跟他说廖宇轩要见他，史密特便要他带路。途中，他们路过卢川住的房间，史密特回想之前似乎总有人把这扇门打开一条小缝偷看他和小明，就问前台小哥这里住的是谁。小哥答说是一位警官，至于姓名不便透露。史密特回想起之前凉亭废墟处的民工说的警察，不禁怀疑是同一个人。

史密特进入廖宇轩的房间，只见他正在闭目养神。

廖宇轩听到动静，睁开眼说："你终于来了。"

"你找我有事？"

"你自己心里清楚。"

史密特有些疲惫地看着廖宇轩："我并不清楚，你既然叫我来，还是由你来开口吧。"

"好，我就想问你，你放在我办公室的信是什么意思？"

史密特不解："什么信？"

"史密特，你算错了。悲伤、愤怒、憎恨，这些人类最原始的负面情绪，我都可以努力克制。只有威胁，我忍不了，也不想忍。"廖宇轩说着指指床沿，只见上面放着一封信。

史密特拿起打开一看，上面写着："To：廖宇轩先生，见证米雪幸福的时刻快到了，不过，男主角好像不是你呢。From：史密特"

廖宇轩冷笑道："米雪的幸福？你这是在故意刺激我吗？"

史密特将信叠好，收回自己的口袋，然后淡然地说："这封信不是我写的。"

"呵，又是什么两个史密特的把戏？"

"不管你信不信，事实就是这样。我想我们现在更应该考虑的是，为什么他要写这封信把你引到这里来。如果他现在就在附近，那我们真的应该提高警惕了。"

"别来这套了，史密特。我不会让你轻易得逞的，你若是利用米雪来对付我，我一定让你尝到苦果。"

史密特微微叹气："廖宇轩，我现在要对付的敌人够多了，不想再多你一个。"

此时的米雪正端着咖啡坐在民宿的公共休息间发呆，她满脑子都是刚才史密特那个突如其来的拥抱。那个拥抱到底是什么意思呢？他说的那些话又是什么意思？怕再一次失去一切，这个一切也包括我吗？

这时一个人影走到她面前，她抬头一看，只见史密特正对着自己微笑。

米雪顿觉有些脸红："你……没事啦？"

史密特保持着笑容说："这么关心我？"

米雪别开眼神："谁关心你了！"

史密特挨着米雪坐下，拿起她的咖啡，自然地喝了一口，皱眉道："都凉了呢。"

米雪突然感觉这一幕似曾相识，最喜欢关心她的咖啡凉不凉的，不是只有廖宇轩吗？然而她此刻并没有多想，只是略带害羞地问道："你……刚刚那个拥抱……是什么意思？"

史密特坏笑道："只是一个拥抱而已，需要想那么多吗？如果你想要，我现在就可以给你。"

米雪不悦，皱眉看着他："史密特，你在说什么胡话？"

史密特无所谓地说："拥抱、亲吻，甚至更亲密的举动，对我而言，不过像吃饭喝水一样简单。你应该明白，比起谈无聊的恋爱，我还有更重要的事要做。"

米雪真的有些生气了，胸膛不断起伏："是吗？那我不打扰你干重要的事了，史密特先生！"她说完便头也不回地起身离开。

史密特看着她离去的背影，端起咖啡杯，不禁露出一个坏笑："史密特，接下来，我看你还怎么继续演这出戏。"

3

卢川外出归来，上楼后猛然发现史密特就站在楼梯拐角。他没想到史密特敢如此张狂地跟自己直接打照面，不禁有些惊讶，同时全身都进入了戒备状态："史密特？"

史密特面无表情地说："原来是卢川警官，真巧。"

"这个世界，说大很大，说小很小，巧合也许是必然。"

史密特一愣，笑笑："呵，我只是打个招呼，不需要这么剑拔弩张吧。"

卢川也轻笑："你误会了，我也只是凑巧在这住一晚，明天就走了。"他从史密特面前走过，来到自己房间门口开门，从腰间掏钥匙的时候，故意露出了他别着的警枪。

"那有机会再见了。"卢川朝史密特点点头，进入了房间。

史密特几乎肯定那个优盘就在卢川手里，也只有他会对跟自己有关的事如此

上心。可是他刚才趁卢川不在时已经潜入过他的房间,并没有找到优盘,这说明卢川肯定二十四个小时都把优盘带在身上。

对方有枪,史密特是不能硬来的,他只能坐在自己的房间里,透过门缝悄悄观察卢川房间的动静。

史密特不知不觉在门边坐了一夜。次日,小明起床去找何芸芸之前告诉他,米雪昨天一直没有吃饭,就把自己关在房间里生闷气。

史密特突然想到是不是因为自己昨天那个拥抱搞得米雪不高兴了,便打算去解释一下,只得暂时中止了监视卢川。

可米雪打开房间门,一看到是史密特,就立刻又把门关上了。幸亏史密特眼疾手快一把顶住了门,跟米雪较起劲,不让她关。

米雪翻着白眼:"你要干吗?"

"我有话要跟你说。"

"可我不想听。"她加大了推门的力度,但无奈还是拼不过史密特,只得赌气松开手,回到自己的床边坐下。

"好,我给你五分钟,说完快走。"

史密特走到米雪面前,面带歉意:"小明说你昨天很生气……如果是因为那个拥抱,我道歉。我并不是有意的,只是……"

米雪不耐烦地抢白道:"只是在你看来,拥抱就像吃饭喝水一样简单。史密特,同样的话有必要重复第二遍?你以为你是谁?凭什么把我当个皮球一样踢来踢去?"

史密特对米雪的话有些疑惑,微微蹙眉。

米雪继续气愤地说道:"史密特,我都厚着脸皮自己跟着跑来了,你就不能稍微做做样子,假装不那么讨厌我,不那么急着把我踢开吗?先是给我一个拥抱,然后又说出那样的话……是啊,你不是这个世界的人,你有更重要的事情要做,所以在你眼里,我什么都不是!"

史密特的眉头越皱越紧:"我昨天跟你说了这种话?"

"不然还有谁?"

史密特想了几秒,明白肯定又是另一个史密特在捣鬼,刚准备开口解释,不料又被米雪打断了:"我知道你一直都讨厌我。"

史密特一愣:"我没有讨厌过你。"

"面对自己喜欢的人,他的不喜欢,就是讨厌。"

第十二章
优盘提前暴露

"我……"一个"喜"字的嘴形凝固在史密特的嘴角,但他始终没有说出口,因为他突然反应过来,刚才米雪是在承认自己对他的感情。

他有些难以置信地看着米雪:"你是说……喜欢?"

米雪索性豁出去了,坦然地跟史密特对视:"是啊,喜欢……过,已经是过去式了。动心真的是一件很简单的事情,一个动作、一句话,甚至一个眼神,都可能让你掉落进一个踩不到底的深渊……但是,当理智、现实以及对方的阻隔相继而来时,你会慢慢清醒,到头来,宁肯放弃这虚无缥缈的感觉,去接受一段能真正给你回应的感情。"

史密特始终定定地看着米雪:"所以,你是要放弃了吗?"

"是啊,不可能的事情何必要执着?像廖宇轩那样的人才是我应该选择的,不是吗?"

史密特欲言又止,他多么想大声告诉米雪:不是!廖宇轩当然不是你应该选择的人,我才是!然而,他即将面对的又是什么呢?一段杀人视频的曝光,一段前途未卜的人生。也许,廖宇轩真的才是最适合米雪的避风港,而自己只能不断带给她危险和悲伤。

见史密特陷入沉默,米雪的心彻底凉了。她深吸了一口气,问:"你说完了吗?"

史密特点点头:"说完了。等何芸芸的事解决,你们就先离开这儿吧。"

米雪苦笑:"到最后一秒,都怕我们耽误你的重要事吗?"

"米雪,如果真的是我,是不会伤害你的。"史密特说罢,垂下眼眸,转身落寞地离开了。

米雪眼中含泪,虽然她不理解史密特最后这句话的意思,但她实在无心多想。一直以来,她真的太累了,此时她只想放下这份感情,让心放个假。

民宿的老板娘在一大早就如约赶了过来。她交给何芸芸的冯展的遗物竟是装着一枚钻戒的戒指盒。

这让何芸芸十分震惊和不知所措,她没想到冯展竟是打算在圣诞节第二天向自己求婚的。在那之前他们已经冷战很长一段时间了,因为冯展看不惯她在戏里跟男演员卿卿我我,而她又认为冯展一点儿都不支持自己的工作。在圣诞节的晚上,冯展忍不住打电话给她,约她第二天下午 2 点在老地方见面。

她没想到那一通电话,竟成了永别,更没想到冯展约自己,竟是为了求婚。

想到这些,何芸芸禁不住泪如雨下。

老板娘离开后,小明走到何芸芸身旁坐下,轻轻拍了拍她的肩膀。

何芸芸抹去泪水，喃喃说道："自从冯展死后，我常常会做一个梦。梦里的我在游泳，而他则在水里抓着我的腿，把我使劲往下拉，还说不会放过我。我心里一直不安，直到看到这枚戒指，我才明白自己错得有多厉害。我不过是因为心虚，才不愿意承认，他其实对我是真心的。"

她又哭了几声，突然想起了什么，强忍住泪水，说道："不，我不能哭，他说过，我笑起来最好看。"

小明一怔，定定地看着她。

何芸芸脸上泪痕未干，却强颜欢笑地对小明说："这枚戒指没有送出，是因为那天他根本就没有出现。但是，他让人送了一束花给我，对我说，不要哭，你笑起来最好看……这是他最后给我的话，所以我不能哭……"

此时的小明感觉心越来越痛，因为送花给何芸芸的人是自己啊！自从他迷恋上她，就经常去她和冯展约会的咖啡馆偷看她。他从未上前打招呼或要签名，只是远远地，远远地看着她能开心幸福，就已经心满意足。

他亲眼见证过何芸芸和冯展谈恋爱时的甜蜜和争吵，但他从来没想过要出现在她面前，直到12月26日那天，他实在不忍心看她独自坐在咖啡厅里等了冯展一天，却一无所获。于是他鼓起勇气，以冯展的名义送了一束花给她，还告诉她"不要哭，你笑起来最好看"。

"芸芸，其实……"小明心中万分纠结，到底要不要在此时说出真相，看着何芸芸信任的眼神，他最终只是叹了口气说，"其实不完美也是一种美，有遗憾才会有更多的可能。不管之前你们怎样，只要留下的回忆是美好的，这就够了。虽然晚了很多天，但他对你的心意，你知道就好了。"

何芸芸努力吸了吸鼻子，对小明点点头，露出一个明媚的笑容。

是啊，只要能再次看到你笑就好了。至于这个笑容是不是因为我，又有什么关系呢？

小明深吸了一口气，抬头看到不远处的史密特正看着自己，不觉露出一个苦笑。

史密特买了两杯咖啡，跟小明一起坐在民宿的公共休息间里。

史密特把咖啡递给小明，问："后悔吗？"

小明摇摇头："冯展虽然脾气不好，但在生命的最后一刻，他是爱着她的。芸芸只要知道这一点，就足够坚强地笑着挺过这一关了。"

"那你呢？你明明喜欢她，却没有让她知道。"

小明不好意思地说："我算什么身份，怎么敢去贪图她这样的女孩？"

Chapter 12 第十二章
优盘提前暴露

史密特微微一笑："还记得我曾说过，你跟何芸芸最终会在一起吗？"

小明哭笑不得："你那玩笑话——"

史密特突然严肃地说："我不是开玩笑的。史东明，重要的不是你现在是什么身份，你只要记住，你未来会成为何芸芸的丈夫，她最大的依靠。给自己一点儿信心！"

小明似懂非懂，迷糊地挠挠头："好啦，谢谢你的预言。其实，你也一样，既然喜欢，就应该让对方知道。"说着搭住他的肩，"别以为我是瞎子！"

史密特一愣，喝了一口咖啡，没有回答，而是看看窗外说："雨要停了。"

小明起身伸了一个懒腰，高兴地说："终于要停了，真好，一切都雨过天晴！"

史密特苦笑，喃喃自语道："我的晴天还早着呢。"

眼看雨越来越小，卢川匆忙去前台退房。史密特一直暗中注意着他的一举一动，见他要离开民宿，刚打算紧紧跟上，却发现史密特二号正站在走廊的尽头冲自己坏笑着挥手。

史密特看了一眼卢川的背影，一咬牙决定先去追史密特二号。他一口气跑到史密特二号跟前，对方却并没有要逃的意思，始终笑着看他。

史密特并不客气，直接挥拳打在史密特二号的脸上，让他瞬间倒地，又上前揪住他的衣领，愤怒地问："你究竟有什么目的？"

史密特二号依旧笑着："这么生气干吗？"

"为什么引诱廖宇轩来？为什么在米雪面前假扮我？"

"没什么，只是想考验考验你。当卢川、廖宇轩以及我同时对你产生威胁时，你会选择谁，又会放弃谁？"

史密特双目都能喷出火来："你是故意耍我吗？"

史密特二号笑笑："无伤大雅的玩笑罢了。不过结果真让我失望啊，你最在乎的，原来还是你自己的清白。"

"呵，既然你这么爱玩儿，那我们去警局玩儿好了。"

"警局？你确定你能走进警局？卢川两个小时后就能把监控视频送到警局，正式通缉逮捕你了。"

"凶手是你！你跑不了的！"

史密特二号幸灾乐祸地说："是吗？但是他好像只认识一个史密特吧？"

"我把你抓到警局，自然就有两个了。"

史密特二号大笑起来："你真是天真啊。你觉得，作为怀表的发明者，我会

真的被你抓住吗？"

史密特皱眉，往旁边一看，原来史密特二号伸出的手正握着怀表，他的两根手指已经捏住了旋转扭。

史密特一惊，也掏出了自己的怀表。

史密特二号不屑地说："你没我快的。只要我轻轻一转，时间就会倒流10分钟，我直接离开，你甚至连我出现过都不知道，更别说抓到我了。"他见史密特正紧盯着自己，不禁也上下打量了史密特一番，笑道，"真有意思，感觉自己像在照镜子一样。我们就像一人拿着一把枪，只是你的枪没有上膛，而我的，却已经将枪口对准了你。这个时候你会怎么选呢？浪费时间跟我较劲儿，还是去追那个警察？"

看到史密特二号轻蔑的微笑，史密特很不甘心，仍用手揪住他的领子不放。两个人对视了片刻后，史密特最终还是松了手，咬牙切齿地说："你不会得意太久的。"然后转身离开，去追卢川。

史密特二号整理了一下自己被史密特弄乱的衣衫，慢慢收敛笑容，冷冷地说："应该是我，不会让你嚣张太久。"

Chapter 13 第十三章
米雪受伤

∨∨∨

卢川以为史密特是要逃跑,将枪对准他扣动了扳机。米雪看到这一幕,毫不犹豫地冲上前挡在史密特身前。

1

台风过后,雨势也渐小,廖宇轩的身体已无大碍。何芸芸拿到冯展的钻戒后,来跟他聊了几句。他俩一个是直到失去才发现是真爱,一个是深陷情网却得不到回应,倒也算是同病相怜。这时,门外响起了敲门声,米雪推门进来。

廖宇轩看到她,马上露出笑容。

米雪不好意思地说:"没打扰你们吧?"

何芸芸摇头,起身说:"正好。你们聊,我要去打个电话。"

房间里只剩下米雪和廖宇轩两个人,米雪反倒有些尴尬,。

廖宇轩转头看看窗外,说:"雨快停了,我也准备走了。"

米雪疑惑:"咦?不是有商务会议吗?果然是假的啊。"

廖宇轩笑笑:"你不也一样,演员关凯在国外拍戏,根本不可能来这儿。"

米雪不好意思地挠挠头,嘿嘿一笑:"那廖总你来这儿,是为了什么?"

廖宇轩目光真诚:"其实我来,是想将你也接走的。"

米雪有些惊讶,惶然地低下了头。

"只是纯粹的关心而已,你不要有负担……不过,好像接走你没我想象的容易。所以,我还是先走吧。"廖宇轩语气轻松,起身开始往箱子里整理自己的衣服。

米雪看着廖宇轩忙碌的背影,又想起史密特的冷漠,不禁一咬牙,说道:"廖总,我跟你一起走吧。反正这里也没我什么事了,多待一秒都觉得心烦,不如回去工作呢。"

廖宇轩有些意外:"真的?"

米雪眼神坚定地点点头。

廖宇轩温柔地一笑:"好,那你去收拾行李吧,我等你。"

米雪回到房间三下五除二收拾好了行李。小明劝说了几句未果,米雪还是在生史密特的气,执意要离开,小明只好和何芸芸两个人继续留在民宿等史密特。

米雪和廖宇轩放好行李,坐进车内。车子发动前,廖宇轩担忧地看了一眼米雪,说:"如果你没想好的话,我们可以等天黑了,和他们一起走。"

"不用了廖总,你已经为我浪费了这么多时间……"

"对我而言,不是浪费,只是等待而已。"

米雪看着廖宇轩苦笑:"谢谢你。"

廖宇轩宠溺地拍拍她的头:"干吗一副愁眉苦脸的样子,我又没有要你报答什么。我也不会打听你和他的事,我只希望,你的每一个决定,都不会后悔。"

Chapter 13 第十三章
米雪受伤

米雪没有回答,只是勉强笑笑,抬头看向前方:"……我们走吧。"

后悔?谁知道呢。也许从坐上廖宇轩的车的那一刻起,米雪就已经后悔了。也说不定,多年之后,她会感激自己今天的决定。不管怎么说,现在的她对史密特还是有期望的,她不相信他对自己真的一点儿感觉都没有。可她又毕竟是个女子,不可能始终笑着面对史密特那些喜怒无常和冷酷的拒绝。

脑子里一团乱麻的米雪一直看着窗外发呆,突然,她发现了在路边匆匆赶路的卢川,以及偷偷跟随在他身后的史密特。

米雪顿时又气又急,史密特这个麻烦精,怎么敢去跟踪警察?她还想继续伸长脖子去看,可车已经拐弯,看不到那条路的情况。

开车的廖宇轩似乎没有注意到这一幕,自顾自地说:"你今天回去后不要工作了,好好睡一觉……"

米雪抿嘴想了想,还是说道:"廖总,能停下车吗?"

廖宇轩将车慢慢靠边停下。

米雪鼓起勇气说:"廖总,我——"

"就不能假装没看到吗。"廖宇轩的脸色沉了下来,"不是已经做好了决定吗,为什么只一眼,就改变心意?"

米雪自嘲地笑了笑,是啊,为什么只看了一眼就改变心意?米雪,你到底还有没有点儿自尊?但是,如果她能控制,那还是爱情吗?

米雪叹了口气,愧疚地说:"廖总,对不起……我不想后悔。"说完她解开安全带下车,焦急地朝后面跑去。

廖宇轩独自坐在车内,眼圈竟有些红了,他脚踩油门,继续朝前开去。

原本卢川退房后,想直接买车票回市区,谁知阳明山的公交站还没有开始售票,因为现在还不能保证天气完全好转。万般焦急中,他又发现了跟随自己而来的史密特,只好一路将史密特引到阳明山的悬崖处,做好准备跟他来一场正面较量。

史密特追到悬崖边发现卢川不见了,正在纳闷,突然有人从背后偷袭他,正是卢川。他下意识地躲闪,顿时跟卢川缠斗起来。

几个回合后,两个人总算分开,史密特气喘吁吁地看着卢川,一脸警惕。

卢川也做出自卫姿势,说:"你还真有胆,敢单独跟踪警察。"

"你把我引来这里,是要跟我决斗吗?"

"你认为一个警察会害怕单打独斗吗?在民宿里你有同伙,在车站又有那么多无辜者,这里才是我们解决问题的最佳地点。怎么样,这个地方你再熟悉不过

了吧？"

史密特看看悬崖："你看过视频了？"

"我已经知道真相，你在这里杀了人。"

"我很好奇，你是怎么知道盒子埋在那里的？"

"有人给我送了一张字条，说凉亭的C号柱那里，有我要的真相。"

史密特冷笑一声："果然是他告诉你的。"

"史密特，我一直觉得你来路不明，没想到，你竟然是个杀人犯！而且串通何芸芸贿赂警方，还有那两个记者以及廖宇轩都是你的同伙。"

史密特叹了口气："我知道每个嫌疑犯都会这么说，但我还是要告诉你，你抓错人了。有时候，眼睛看到的东西未必就是真的。"

卢川轻蔑地看了他一眼："眼睛看到的不一定是事实，但杀人犯嘴里的肯定不是真相。"

"真相？你这么急切，是真的想要一个真相，还是为了证明自己，以此作为升职加薪的筹码？卢川，你如果把我抓进警局，真相才会被埋没。"

"与其巧舌如簧地洗脱罪名，我劝你还是老老实实自首。你是逃不掉的，史密特。"卢川说着掏出优盘，示威般地朝史密特晃了晃。

史密特心中一沉，眼睛死死盯住卢川捏着优盘的手，嘴上却说："有件事我很早就想告诉你了。"他边说边慢慢靠近卢川，"其实我很早就认识你了，那个时候的你已经是高级警官。"

卢川一愣："你说什么？"

史密特趁他恍惚之际，突然飞起一脚踢在他的手上，将优盘踢落，然后迅速捡起。卢川反应过来，从腰间拔出配枪，对准史密特。

史密特马上说："你冷静一点儿，我不想伤害你。"

卢川冷笑："你对自己倒是很自信，把东西还给我，不然我就开枪了！"

卢川说着将子弹上膛，史密特冲上来试图抢枪。两个人缠斗中，手枪走火，子弹擦过史密特的脸，顿时留下一道血痕。

"啊！"好不容易追着两个人来到悬崖边的米雪，听到这一声枪响差点儿晕过去，她以为史密特中枪了。

史密特回头看到米雪，焦急地对她大喊："你快离开这里！"他推开卢川，边叫边冲米雪跑去。

卢川以为史密特是要逃跑，将枪对准他扣动了扳机。米雪看到这一幕，毫不

Chapter 13 第十三章
米雪受伤

犹豫地冲上前挡在史密特身前。

枪声再次响起，米雪应声而倒。她的腹部中弹，鲜血汩汩地流出。

史密特惊呆了，立刻跪在地上，抱起米雪，浑身颤抖，脑子一片空白。

"怎么会这样，怎么会这样……米雪！"

米雪的意识开始模糊，声音也越来越低："史密特……"

一旁的卢川双手打战，抱着脑袋，完全不知所措："我……我不是要杀她……"

这时，乌压压的天空竟又开始下起暴雨，史密特赶紧脱下自己的衣服紧紧裹住米雪腹部的伤口。而他好不容易抢到的优盘此时从衣服里被甩出，他也根本无暇顾及。

卢川小心地将优盘捡起，然后迅速退后。

"史密特，我……"米雪浑身都被淋湿，已经气若游丝。

"你不要说话！"史密特拿出怀表，开始转动。

然而时空并没有倒转，而是静止了。

史密特在内心狂吼：不要！

他用手挥开眼前的雨滴，再次转动怀表，时空还是静止。他又粗鲁地转动了一次，却仍旧没有反应。而表盘此时"咔嚓"一声出现了一道新的裂缝。

史密特有些抓狂地看着怀中的米雪，自言自语道："不能等了！时间随时会恢复，医院，必须马上去医院……"

他一咬牙，抱起米雪，往阳明山外狂奔。

由于长时间在静止的空间里高强度地奔跑，时空对史密特造成的强压导致他的身体越来越虚弱，动作也越来越缓慢。

当史密特跑到街道上时，已经筋疲力尽，每走一步都伴随着剧烈的喘息。这时，他突然感觉到雨落在脸上，身边的行人也恢复了行动。米雪的伤口再次开始冒血，她的脸因疼痛而表情扭曲。

史密特深吸一口气，抱着米雪在街道上冲刺。

终于，他跑到了医院，拼尽全力地冲进急诊室，虚弱地喊："救救她……"

几位医护人员从他怀里接过米雪，放到病床上，推进了急救室。

看到急救室的门关上的刹那，史密特眼前一黑，晕倒在了地上。

2

当史密特再次睁开眼时,已经是一天之后。他迷茫地看着白色的天花板,脑中闪过的第一个画面就是卢川开枪,米雪挡在自己身前的情景。

米雪!

他猛地坐起来,但手被输液管牵扯住。

"你正在输营养液,不要乱动!"查房的护士走过来,检查他手背上的输液管。

"我要去见米雪。"

"你送来的那个女孩吗?放心,她已经脱离危险了,等麻醉过了就会醒来!"

史密特却完全不管护士的劝慰,直接拔掉手上的针头,下床跟跟跄跄地朝外面走去。

他扶着墙壁走到重症监护室外,见小明跟何芸芸正坐在外面的椅子上等待,便也走了过去。

何芸芸站起来想去扶他,关切地问:"史密特,你没事吧?"

史密特摇摇头,看了看监护室,问:"她怎么样?"

"昨天很危险,失血过多,不过好在有救星赶到。你们怎么会搞成这样?是遇到歹徒了吗?"

史密特刚想说什么,却被一旁面色如霜的小明打断了。

"是不是你害的?"

史密特低头垂眸,面带愧色。

小明气愤地站起身,冲过来揪住史密特的领子,恨恨地说:"第几次了?!让她为了你陷入危险,这种事是第几次了?!你自己说!"

何芸芸急忙劝道:"小明,你冷静一点儿!他们碰到歹徒了,不是史密特的错!"

"是我的错。"史密特喉头滚动,努力控制自己的情绪,一字一顿地说,"因为我,她才会中枪。"

如果可以重来,他多么希望此刻躺在那里面的是自己!米雪身体上所受的伤痛,正以数百倍加还于他的心上。

小明对史密特做出挥拳的动作,而史密特不躲不闪,只是低低地垂着头,一副任他处置的模样。最终,小明还是下不去手,只是重重地推了史密特一把。

"她明明已经跟廖总走了,却又跑去找你,而你给她的就是再一次受伤……我真替她不值!"

Chapter 13 第十三章
米雪受伤

这时，一位护士循声走过来，对三个人说："她醒了。你们可以进去了。"

小明跟何芸芸都十分欣喜，立刻冲进病房。史密特也想跟进去，但犹豫片刻，还是留在了外面。

米雪躺在病床上，面色苍白，十分憔悴，她见小明跟何芸芸跑进来，瘪瘪嘴，费力地朝她们做了一个鬼脸。

"米雪姐！"小明一下子扑到床前，眼看就要哭出来。

米雪轻声说："喂喂，我还没死呢，哭丧还早了几十年！"

何芸芸笑道："那你是没有看到他昨晚的样子，一副你死了他就陪葬的烈士模样。"

小明带着哭腔："我这是关心你嘛，万一你出什么事，我怎么跟伯父伯母交代……"

"好啦好啦，你别看我现在躺着，不出三天，我保证下床旋转跳跃不停歇！"

小明跟何芸芸顿时被逗笑了。米雪的视线越过两个人，看到站在门口的史密特，见他一脸愧疚，便努力扯出一个笑容，想告诉他自己没事。

何芸芸留意到两个人的眼神交流，问："米雪，当时到底怎么回事？"

米雪解释道："其实，也……也没那么严重啦，意外而已……"

小明质疑地看着她："意外？你是说你走在路上，不小心中了一枪？米雪姐，你不要再为史密特开脱了。刚刚他已经承认是他害你中枪的……"

米雪无奈地说："其实也不完全怪他。他在跟人搏斗，我也跑了进去，混乱中那个人开了一枪，打中了我。"

何芸芸惊讶地说："那得赶紧报警，把开枪的人抓起来！"

米雪激动地说："不行！千万不能报警！开枪的那个人就是警察啊。"

米雪将整个事情的经过向小明和何芸芸复述了一遍，又提醒道："现在冯展的案子已经将我们都套牢在一起了，被卢川盯上的不光是史密特，还有我们，所以在真相揭开前，我们还是离警察越远越好。"

何芸芸内疚地说："都是因为我……"

小明劝道："芸芸，你千万不要这么想！那个卢警官本来就爱找史密特的麻烦！"

"总之，这事我们就不要再追究了。"米雪看向小明，"你也不要怪史密特……"

小明撇撇嘴，点头。

何芸芸扭头看了一眼还站在门口的史密特，拉拉小明说："那个……我跟小

明去超市帮你们买点儿日用品。"

两个人离开后,史密特才慢慢走了进来,他看着米雪,犹豫半天,开口道:"你——"

"'你当时不应该去的''你不应该挡子弹的''你怎么能那么冲动'……你又要说这种话了对吧?"米雪不等他说下去,抢白道。

史密特愣了几秒,又说:"我——"

米雪再次打断他:"我知道,你不想我干预你的重要事,你别以为我是关心你才跟过去的,我只是碰巧看见了好奇而已。还有,你更不需要有愧疚感,你不欠我什么,也不需要给我任何回应。"

米雪一口气说完这些,低落地别开目光,手按遥控将床头降下,拉开了与史密特的距离。

"对不起。"史密特最后只轻轻地说了这三个字。

米雪侧着头看向窗外:"你永远只会说这三个字吗?"

"再让我说一次吧,因为不知道什么时候会再没有机会说了。"

米雪一怔,忍不住再次回头看他。

"我还记得你说过,如果回到了2045年见到老年的你,千万不要认出你,因为你不想让别人看到你的皱纹。那我也想说,如果下一次,你看到被警察抓住的我,也千万要装作不认识我,因为我不想你看到我那么狼狈的样子。"

这是米雪第一次听到史密特说出这么多感性的话,心里百感交集。可她还没想好要怎么回应,就感觉床头又开始缓缓上升,离史密特越来越近。

史密特一直温柔地看着她,脸上带着微笑。当床头停下时,史密特慢慢前倾,在米雪额头留下一个轻吻,然后起身离开了。

米雪呆呆地看着他的背影,感觉这个吻与其说甜蜜,不如说更多的是苦涩和无奈。史密特,为什么你的眼里全都是悲伤和绝望,为什么我们这么近,却又感觉那么远……

史密特回到自己的病房,重新打上了营养针。护士再三叮嘱他,可别再拔了。

小明和何芸芸也坐在这里陪了他一会儿,虽然开始有些尴尬,但小明还是很快跟他恢复了原来打打闹闹的状态。

史密特多么希望这一天永远继续下去啊。年轻时候的爸妈像朋友一样陪着自己,他能暂时什么都不想,去吻自己心爱的姑娘,这一切对史密特来说就像做梦一样。套用一句《脑海中的橡皮擦》里女主角的一句话:这里是天堂吗?

Chapter 13 第十三章
米雪受伤

小明和何芸芸走后，史密特正准备躺下休息，忽然接到了米雪的电话。

她虚弱的声音从电话那头传来："救命……"

史密特再次慌张地拔下针头，冲到了米雪的病房，只见她坐在病床上，用手捂着肚子，异常痛苦的样子。

"你怎么了？我去叫医生。"

米雪慌忙摆手："不要！"

史密特疑惑，蹲下身看着米雪："到底怎么回事？"

米雪的五官都扭到一起，说："我……我……我尿急。都憋了一天了，快扶我去……"

史密特无奈地扶起米雪，朝洗手间走去。

米雪一边走一边哼："轻点儿……晃动太大……哎呀，要出来了……"

等她小解完，史密特又将她重新扶回病床，帮她挂好吊瓶。

米雪眨巴了几下大眼睛，不好意思地说："人有三急，麻烦你了。"

史密特叹了口气，转身准备离开。

"哎，等下！"米雪见他要走，连忙左顾右盼地想话题，突然她发现了桌上的橙子，便故作可怜地说，"我想吃橙子，你好心帮个忙呗。"

史密特无语地看了看钟："现在？半夜两点？"

米雪卖萌地点点头，一脸无辜的样子。

史密特只好坐在米雪床边，认真地剥起了橙子。米雪则躺在病床上，满眼幸福地看着史密特傻笑。

史密特剥完两个橙子后，停下手说："好了，就这么多了。你再吃下去，又要三急了。"他说着将餐盘收好，又挥一挥手指帮米雪调整好床的位置。

"那我回去睡觉了。你有事再叫我。"

"史密特，"米雪突然叫住他，用一种依恋的眼神看着他问，"你会一直陪我，直到出院吗？"

史密特一愣，没有立即回答，米雪有些忐忑地解释道："我……一个人怕弄不来，很多事不方便，我——"

"我会的，你快睡吧。"

史密特温柔的回答让米雪的内心泛起一阵甜蜜，她满意地点点头，带着笑容闭上了眼睛。

接下来的一天，应该是米雪觉得有生以来过得最幸福的一天。

一早，史密特就过来帮她举着吊瓶，让她方便洗漱；吃饭时，史密特一口口喂她，还帮她耐心地挑出菜里面的葱；无聊了，史密特就读言情小说给她听；想出去活动，史密特专门负责给她打伞遮阳……

傍晚时分，史密特用轮椅推着米雪在医院的草坪上散步，两个人打打闹闹，俨然一对甜蜜期的小情侣。

米雪正对着史密特的脸吹肥皂泡，却见他原本笑着的表情忽然凝固了。米雪循着他的视线望去，只见廖宇轩手捧一束鲜花，朝他们走了过来。

廖宇轩自然地从史密特手中接过轮椅把手，温柔地对米雪说："时间不早了，回去吧？"

米雪有些尴尬地笑笑，点了点头，又忍不住回头看了一眼史密特。

廖宇轩将米雪抱到床上，又将花插进花瓶，叹气道："那天我不应该让你下车……"

米雪摇摇头："不关你的事，是我自己的选择……抱歉，我又让你失望了。"

廖宇轩笑笑："我的愿望不过是你平安，看到你现在气色这么好，我又怎么会失望。"

米雪听到这话，心里却更加内疚，一时间，两个人相对无言。

廖宇轩苦笑了一下，解围道："你休息吧，我先走了。周刊今天印刷。"

"那我这周的报道——"

"你就不要操心这个了，好好养病才是。米雪，你保重好身体，我就满足了。"廖宇轩给米雪盖好被子，便离开了病房。

3

晚上，何芸芸和小明分别来给米雪和史密特送汤，可米雪此时根本没有心思喝汤，满脑子都想着史密特。

何芸芸看着心乱如麻的米雪，不禁劝道："那种明明是受对方牵连，却又不忍责备的感觉……我明白。"

米雪看着窗外，喃喃地说："也许是他牵连了我，但也是因为他……我才能死里逃生。病危那天晚上，我感觉到他在呼喊我，整整一晚……他叫我不要放弃，叫我醒过来。如果不是那个声音，也许，我就会一直睡下去……"

何芸芸听米雪说完，惊讶地半张嘴巴："米雪……你搞错了。救你的其实不是史密特，是宇轩……"

第十三章
米雪受伤

米雪一愣，不明所以。

"你是熊猫血记得吗？当时血库告急，是宇轩开车赶回来，给你输了800毫升的血……这个血量已经超过身体的负荷，输完血他就休克了……不过到了晚上，他还是跑到你的病床边，陪了你整整一晚……"

米雪难以置信地看着何芸芸："什么？廖……廖总？！"

"就是他。第二天他就回去工作了，还嘱咐让我们好好照顾你。我都担心他的身体……"

米雪回想起之前跟廖宇轩的那些对话，眼圈不由得红了。虽然我总是骂史密特冷酷无情，可我自己又何尝不是呢？廖总默默地为我付出了这么多，可我还对他那么冷漠。米雪啊米雪，你难道就不愧疚吗？

何芸芸走后，米雪看着花瓶里娇艳欲滴的花朵，忍不住给廖宇轩打了电话。

廖宇轩很快就接了起来："喂，米雪。"

米雪结结巴巴地说："廖……廖总……谢谢你。"

"呵，一束花而已，小事。"

"我是说，输血的事。"

"……也是小事。米雪，我早就说过，我心甘情愿，不需要你报答。"

"廖总……"米雪不停抠着被子，内心纠结。

"如果你实在觉得内疚，那就帮我做一件事吧。"

米雪振奋起来："你说！上刀山下火海我都做到！"

"那倒不用。以后别再叫我廖总了，怪生疏的。"

米雪一愣，有些不好意思地说："嗯，宇轩，谢谢你。"

"既然不生疏了，那我等会儿还能再去看望你吗？"

"当然可以！"

"不会又像之前那样没话说吧？"

米雪的心里涌起一股暖流，用力地摇摇头："绝对不会，我来负责暖场！"

如果说史密特像冰山，那廖宇轩肯定算是温泉。史密特锋利的棱角会让米雪受伤流血，可又不得不敲碎那些冰冷的伪装，才能看到他跳动的心脏。而廖宇轩始终用涓涓细流般的关怀滋润着米雪，甚至让她感觉不到自己置身其中，等回过神来时才发现暖流已经席卷了全身。

廖宇轩的好让米雪很感动，而他强大到足以包容一切的温柔，又让米雪根本无从拒绝。她知道自己已经伤害过他很多次，可他为什么不退缩呢？反倒对她越来越好，让她越来越愧疚，而难以再对他说"不"。面对这两份截然不同的感情，米雪只觉得心乱如麻，头痛欲裂。

为了让自己未来的老爸史东明，早日追到未来的老妈何芸芸，史密特决定推波助澜一把。他回想起儿时母亲曾跟自己聊起同父亲的相识，都是从一只身上有心形胎记的西高地白梗宠物犬开始的。于是，他根据自己的印象在网上找了一只最类似的狗狗的图片，又在它身上画了心形胎记，并打印成照片放进小明的钱包。

何芸芸无意中看到了小明钱包里的狗狗照片，果然十分惊喜，说自己以前养过一只一模一样的狗，叫"小笼包"，跟照片上这只连胎记都一样，只是后来落水了就再没找回来。小明想起史密特的嘱咐，就告诉何芸芸，这只狗是他在老家捡到的西高地白梗，等下次回去就带何芸芸去见它。何芸芸果然把小明当成了救"小笼包"的贵人，激动地给了他一个大大的拥抱。这幸福简直来得太突然了，可小明还没来得及回味就被人拉回了现实。

"史东明！我家米雪还在养伤，你竟然就耐不住寂寞，和别的女人在这儿搂搂抱抱的？"小明循声望去，只见米雪的妈妈和弟弟气势汹汹地站在不远处看着他们。

小明心想，看来自己帮米雪苦心经营了两年的谎言，在今天就要被彻底揭穿了。

米雪和小明说出真相后，自然免不了被米雪的老妈一顿训斥。无论米雪如何真诚道歉或卖萌撒娇，都无法缓解老妈和弟弟心中的不满。

最后，她只好开始转移话题，讨好地说："妈，你们怎么知道我在这儿啊……"

"姐，妈妈联系不上你，可着急了，就打了电话去公司，他们说你受伤住院了……"

听了弟弟的回答，米雪侧过脸暗暗叹了口气。

米雪老妈捕捉到米雪的这一表情，更加生气了："怎么？不高兴我来？我怎么有你这么不孝顺的女儿啊！受伤也不告诉我，连男朋友都是编造出来骗我的！"

米雪马上赔着笑脸说："妈，我这不都是怕您担心吗……"

米雪妈妈声音里带着哭腔："说得比唱得还好听呢！你做娱乐记者这种不正经的职业，对得起你死去的爸吗？"

米雪无奈地说："妈，对不起，是我骗了您……但您相信我，娱乐记者是个正当职业，至于男朋友，我也有了更好的人选，这次绝对不让您失望！"

米雪妈妈收住哭声，怀疑地看着米雪："有多好？"

"呃……他是……"米雪正想着如何编下去，这时史密特推门走了进来。

Chapter 13 第十三章
米雪受伤

米雪妈妈和弟弟都紧盯着他，同时又看看米雪，期待她的介绍。

米雪刚准备说，史密特就拿出一本言情小说对她说："喏，你要的书。"

米雪妈妈探头看了看封面，见上面写着《霸道外星人爱上我》，瞬间泄了气："原来是送书的啊。"

小明忙解释道："伯母，他是史密特，我们的室友……"

"哦，还要跟人分摊房租的……"米雪妈妈说着瞟了米雪一眼，低声说，"别跟我说就是这个，我饶不了你！"

米雪吓得连忙摆手："不是不是，不是他！其实我的男朋友呢，呃……那个……其实呢，是——"

米雪还没说完，廖宇轩就敲门走了进来，米雪妈妈和弟弟看过去，再次向米雪投去疑惑的眼神。

"米雪，这位是……"

小明看到机会，赶紧站起来介绍道："他是米雪的上司，杂志社的总裁！"

何芸芸也会意地补充道："他爸爸是廖盛世，廖氏集团的大股东……"

米雪妈妈和弟弟瞬间崇拜地看着廖宇轩，在心底呐喊：这才是真总裁！

米雪妈妈的脸上掩饰不住笑意，悄声问米雪："就是他？"

米雪求助地看向廖宇轩："呃……那个……是的！这是我的新男朋友。"

廖宇轩接收到米雪的眼神，瞬间明白过来，大方地对他们说："你们好，我叫廖宇轩，你们一定是米雪的亲人吧，没有亲自拜访真是失礼了。"

他说完绅士地伸出手跟米雪妈妈握手，米雪妈妈已经笑开了花："真是有礼貌啊！"

米雪弟弟情不自禁地摸摸廖宇轩的西装，谄媚地说："姐夫好！"

此刻米雪的心情是复杂的，她简直无法直视这一幕。而史密特不动声色，只是默默坐到窗边看杂志。

廖宇轩笑道："两位远道而来，一定饿了吧，这附近有家不错的鹅肝餐厅，我开车带你们去。"

"鹅肝喔！"米雪妈妈拍拍廖宇轩的肩膀，"这孩子怎么就这么懂事呢！"

廖宇轩又对米雪说："你先好好休息。"随即做了个"放心"的口型，这才带着米雪妈妈和弟弟离开。

三个人离开，几个人都松一口气。

小明有些懊恼："米雪姐，抱歉，露馅了……"

"早晚的事……唉，现在又要麻烦宇轩，真是过意不去。"

史密特听到"宇轩"两个字，下意识地抬头看了一眼米雪。

何芸芸见状，干咳一声，拉着小明离开了。

米雪看着史密特，竟有些愧疚："那个，我妈就是这个性格，你别介意……"

史密特却淡淡一笑："不会，我更放心才是。不管是你妈还是廖宇轩，都可以比我更好地照顾你。"

米雪一愣，有些低落："是吗……"

史密特放下杂志，起身说："书送到了，我先出去了。"

见史密特走出门去，米雪不禁喃喃地说："史密特，你说的真的都是心里话吗？"

米雪妈妈和弟弟吃完饭回来后，对廖宇轩更加赞不绝口，恨不得米雪马上出院跟他成亲，好牢牢抓住这个金龟婿。

米雪内心纠结，一直苦着脸，米雪妈妈见状故意支开了弟弟和廖宇轩，想好好给米雪上上课，洗洗脑。

"米雪，你这次可一定要把握住了，宇轩真是个好女婿啊！"

米雪一咬牙，决心和盘托出："妈，我不想再骗您了，其实——"

"其实你们联合起来忽悠我嘛。你当妈妈是傻瓜，会第二次上当呢？"

米雪愧疚地拉住妈妈的手："妈，对不起……"

米雪妈妈叹了口气，也握住米雪的手："你以为我跟您弟弟来这是要看你的男朋友吗？你这个孩子，怎么就那么不小心受伤？知道妈妈多担心吗？"

米雪有些哽咽："妈，我错了，以后会照顾好自己的……"

"妈妈知道，就算你粗心，廖宇轩也会好好照顾你的。虽然他是假装的，但妈妈看得出，他真的很喜欢你，一个劲儿地解释娱乐记者的工作，把你夸得天上有地上没的……你是没看到，一说起你，他的眼睛都是亮的！"

米雪有些为难："其实我们没什么的……"

"我老了，是管不了你了，但看男人，妈妈还是有点儿眼力的。米雪，这世上有一种男人，很擅长在一些边角细节上做得完美到位，给人爱情的错觉，但其实他在大节上根本就没有真心。你以后一定要看清楚，究竟哪些人是动了真心，哪些人只是在一味地给错觉。要将真心托付给对的人。"

"对的人……"米雪咀嚼着妈妈的这些话，脑子里浮现出史密特和廖宇轩的脸。只有动了真心的人，才是对的人，可如果我没有动心，那不就代表我并不是对方"对

Chapter 13 第十三章
米雪受伤

的人"吗?爱情的魅力在于你只要为心中的人付出就会感觉快乐,可对一个自己并没有动心的人一味地索取,是不是太自私了呢?

她不知道自己到底算不算史密特那个"对的人",她只是知道,只要能为他付出,她就会快乐。

Chapter 14 第十四章
一分钟逃亡

∨∨∨

史密特，我不能像我父亲一样失职，所以我给你一次机会，为你制造一分钟的逃脱时间，至于其他的，你就自求多福吧。

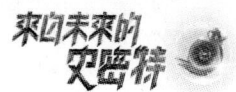

1

廖宇轩是个很聪明的人。他知道米雪母亲和弟弟对自己的喜爱,也知道米雪和家人的羁绊,便想提前接米雪出院和母亲、弟弟一起回家,再为她安排最好的私人医生。如此一来,既能体现他的价值,更加博得米雪家人的喜爱,又能让米雪远离史密特。

米雪一想到妈妈焦急担心的眼神,和廖宇轩毫不犹豫为自己献了血,就忍不住答应了他的提议。明天,就要出院了,今晚还是去跟史密特告个别吧。

米雪推开史密特的病房门,只见灯关着,月光洒进窗棂,而史密特正站在窗边发呆。

"你也没睡啊。"米雪说着走了进来,在床边坐下。

史密特默默地看着她,可光线太暗,米雪根本看不清他的表情。

"我……明早就出院了。谢谢你这段时间照顾我。"米雪揪着床单,眼睛四处乱瞟。

史密特淡淡地说:"……应该的。"

"史密特,"米雪突然直直地看着史密特的方向,问,"我病危的那天晚上……你,有没有来过我的病房?就算是做梦也好……在梦里,你有没有对我,说过什么话?"

史密特沉吟了几秒,眼中滑过失落:"没有。"

米雪苦笑:"果然……救我的人是廖宇轩……如果没有他输血,我可能已经死了吧。"

"他的确为你做了很多。"

米雪一时不知道怎么回应,两个人陷入短暂的尴尬,突然米雪笑了一声,有些泄气地说:"真奇怪啊,明明知道是他……但心里想着的,还是你。"

史密特的心中一紧,心跳越来越剧烈,他甚至能在这寂静的夜里听到那狂乱的"怦怦"声。

米雪的眼圈已经红了,但声音还是努力平静:"2045年也好,2015年也罢,其实最大的隔阂并不是时空,而是明明两个人面对着面,一个说喜欢,另一个却始终沉默不出声。很多时候她都会有错觉,也许他们其实一样,一样喜欢着对方。这种错觉有时近有时远,但一直存在着,她能感觉到。"

米雪鼓起勇气,走到史密特身旁,仰起头和他对视。窗外的月光照出她光洁的脸庞,以及在她眼眶里打转的晶莹。

Chapter 14 第十四章
一分钟逃亡

"可是为什么……为什么那个人不愿意开口呢？他告诉了她那么多秘密，他关心她，他亲了她，甚至将比生命更重要的怀表都交给她……可是为什么……为什么他不愿意告诉她，他也一样喜欢着她？那些到底是真心，还是错觉？"

一滴泪珠顺着米雪的脸颊滑落，她的眼里缀满了星光。

"史密特，你喜欢我吗？"

史密特再也无法控制自己的情感，直接上前一手环过米雪的肩膀，紧紧搂住她，闭着眼睛开始深吻。

米雪看着史密特近在咫尺的脸庞，感受着他的温度，体味着他的气息，同样将双手回应地搂住他宽阔的胸膛。米雪也慢慢闭上双眼，霎时间无数的星光在她的脸庞洒落，美丽得不可方物。

史密特慢慢松开嘴唇，两个人都微微喘着气，轻轻地将额头靠了在一起。

史密特呢喃着："喜欢，我喜欢你……"

米雪和史密特相拥站在如水的月光里，她笑着笑着又哭了，哭着哭着又笑了。这一刻，她已经等得太久，她真的再也不想放开。

史密特吻了吻米雪的头发，声音哽咽："……可是当她知道之后的一切，她会失望，会伤心，会陷入更深的牵连，会……等待一个永远无法兑现的承诺。"

听到这些，米雪有些疑惑，想抬头看史密特，却被抱得太死不能动弹。

史密特静静地看着前方："喜欢，所以不能对她说……米雪，对不起。"

此时他的右手已经握着一块不知何时打开的怀表，他痛苦地转动了指针。顿时，时空回到了十分钟之前。

米雪站在窗前，眼中含泪，看着史密特问："可是为什么……为什么他不愿意告诉她，他也一样喜欢着她？那些到底是真心，还是错觉？"

史密特手上握着怀表，有些失神。

一滴泪珠顺着米雪的脸颊滑落，她满含希望地问："史密特，你喜欢我吗？"

史密特抬头看向米雪，冷漠地说："不喜欢。米雪，我从来没有喜欢过你。"

米雪眼中的泪水夺眶而出，但她没有崩溃，只是慢慢转过身，背对史密特，茫然地说："她说，谢谢他的回答。"然后脚步踉跄地走出了病房。

月光将史密特孤独的身影拉长，他的手松开，怀表重重地砸在了地上，犹如砸在他千疮百孔的心上。

在她和他都昏迷的那个晚上，他真的没有梦到她吗？那他为何会一晚上都在梦境中喊她的名字，吻她，呼唤她，直到她睁开双眼？他也曾以为那不过是个梦，

但是谁能想到她竟然感受到了这股力量。

史密特多希望自己能一直在梦中啊，可惜是梦总要醒来。而叫醒他的，是拿着杀人视频将他逮捕的警察。

对于被"热心群众"寄到警察局的那个记录了杀人录像的优盘，卢川也是百思不得其解。当初在阳明山他明明弄丢了优盘，现在怎么会又被寄了回来？难道那时拿走优盘的不是史密特？可在那种情况下，还有谁会在台风天出现在阳明山呢？此外，卢川通过当时的监控录像，发现史密特和米雪又是在一秒内就消失不见的，正如史密特当初突然出现在街道中一样。

带着如此多的谜团，卢川决定跟史密特谈谈。他假装义愤填膺，着急将史密特绳之于法，果然因此得到了上级的信任，可以亲自审讯史密特。

卢川让同事关闭了审讯室内的所有摄影和收音，直截了当地问史密特，到底为什么要把优盘寄回警局，而没有自行销毁？

史密特不解，他一直认为在自己救米雪时，优盘被卢川捡了起来，此后就一直在他手中，可卢川却说他虽然捡起了优盘，但一秒钟后就消失了。

卢川目光炯炯地盯着史密特："那一秒钟到底发生了什么事情？"

史密特沉思了几秒说："被他拿走了……我以为优盘在你手上，你以为在我手上，到头来，赢的还是他。"

"你到底在说些什么？"

史密特抬头看卢川："你不是想知道真相吗？希望你不会被我接下来说的话刺激到。"

卢川冷哼一声："你的大变活人我已经见过两次了，没有什么能再刺激到我！"

于是，史密特将自己为了查明真相从2045年回到2015年，又发现了另一个跟自己长得一模一样，连名字也一样的人，最后还不断被他玩弄于股掌之间的所有经过都告诉了卢川。为了使他信服，史密特甚至让他亲自试验了怀表。

卢川只觉得自己的三观都要被颠覆了，史密特的这些解释已经完全超出了他的想象。

"所以……你不是这个年代的人，另外一个跟你长得一模一样的人才是凶手？你们俩能在时空黑洞里自由行走，当你送米雪去医院的时候，那个人抢走了我手上的优盘？不仅如此，寄邮件给我、寄优盘给警局的都是他？"

史密特点点头："他是个疯子，我们都是他的棋子。"

卢川站起身来，来回踱步，显得十分焦虑："这种天方夜谭，让我一下子怎

Chapter 14 第十四章
一分钟逃亡

么接受？"

史密特淡定地说："你只要接受一件事——我是无辜的。如果我是真凶，不会把自己送进警局；如果你是个好警察，不会眼睁睁看着我被诬陷。"

卢川的眼神中闪过一丝动摇。

"卢川，我需要你帮我逃走。这不是逃避，我要逃走，让满世界都来抓我。"

看着史密特坚定的眼神，卢川一惊："你疯了？"

"我的脑子很清醒。他太聪明了，我根本抓不到他，但如果全世界都在通缉我们相同的这张脸呢？我陷入被动，他也一样，只有这样，你们才有可能抓到他。而现在，在这个警局里，只有你相信我，也只有你能帮我。"

卢川内心万分纠结，摇摇头，失神地坐回椅子上，说："不可能。我不可能帮你，这是犯法的。我好不容易才熬到今天，不能犯错。史密特，我会跟我的上级警官说明一切，警察有警察的方法来调查真相。"

史密特哼了一声："你是说那个受贿的警官？"

卢川一时语塞，不敢看史密特："总之，警局会保护你的，你就在这儿等消息吧。"

"卢警官，还记得我说过，我在未来见过你吗？三十年后，2045年，你是最有威望的警官，也是因为这个优盘将我抓了起来。虽然我恨透了你，但我必须要说，未来的那个你，才真正让我敬畏。"

卢川心中一紧，但还是默默地握紧拳头，一低头走出了审讯室。

卢川出了审讯室才知道，上级已经直接把史密特是杀害冯展的犯罪嫌疑人的消息公之于众了，他冲进警官办公室，蹙眉问："头儿，外面的新闻是怎么回事？"

警官坦然自若地说："我们抓到了嫌犯，对外公开，有什么问题？"

"他杀冯展？监控视频是12月25日！"

"对啊，冯展也是死在那一天，不是吗？"

"头儿……你不能这样，他根本不是杀冯展的凶手！"

"噢？那凶手是谁？"

"这正是我们应该调查的！史密特那儿有些特别的信息，我们可以继续查下去！你是警察，你不能这样……"

警官目光冰冷地审视着卢川："你觉得我不正直？"

卢川鼓起勇气，点点头。

警官冷笑一声："那你告诉我，你正直吗？你从阳明山回来后，配枪里少了两颗子弹，你以为这件事没人知道？"

卢川大惊,紧张地攥紧了拳头,一滴冷汗从额上滑下。

"卢川,你、我,还有你死去的老爸,我们都是一样的。警察也是人,你给我留一线,我也给你留一线。你若不识趣,那我们日后就很难相见了。"警官拍了拍卢川的肩膀,"别跟你爸一样做错事,记住,错一步,就什么都挽回不了了。"

看着上级警官笑里藏刀的表情,卢川深深地感到一种无力感。他既为自己不能理直气壮地回应而感到羞愧,也为父亲过去犯下的错误感到迷茫。

2

卢川浑浑噩噩地离开警官办公室,来到监控室,同事见他一副愁眉苦脸的样子不禁调侃了他几句。

谁料卢川并不回应,而是万分严肃地问同事:"你觉得……我是个好警察吗?"

同事有些莫名其妙,但还是答道:"当然好啦,没见过比你更执着的警察了……不对,比起你爸,你还差了点儿。"

卢川苦笑道:"执着有什么用,还不是落得身败名裂。"

同事见他的情绪如此低落,不禁劝道:"卢川,你爸确实因为失职而毁了一辈子的声誉,但是,你爸是你爸,你是你,你不需要一辈子活在他的阴影下。"

"如果……我也做错了事呢?"

"错?对错太难分辨了,再说警察做事没有对错,只有守职与失职。别忘了,你爸不是做错了事,他是失职。"

卢川听到此处,心猛地被触动了,失职……一个警察的职责究竟是什么?不正是除暴安良,维护社会秩序吗?如果他跟上级同流合污,明知道史密特是被冤枉的,还要装作不知道,甚至眼睁睁看他当替死鬼,这才叫失职!

想到这里,卢川慢慢看向监控屏幕中的史密特,在心里暗暗说:史密特,我不能像我父亲一样失职,所以我给你一次机会,为你制造一分钟的逃脱时间,至于其他的,你就自求多福吧。

卢川来到警察局门卫处泡面,又给了门卫一些小费,让他帮忙去买一些比萨回来给兄弟们的午餐换换花样,然后趁没人注意,悄悄将一串钥匙挂在了角落盆栽的花枝上。

他端着泡好的泡面来到监控室,让同事休息一下吃午餐,同时以不要弄脏监控为由,将面直接放在了监控屏对面的桌上,如此一来,同事吃泡面时就只能背对着监控。卢川抬头看了看时间,显示14:09。他走到审讯室门口,偷偷打开了

Chapter 14 第十四章
一分钟逃亡

门锁，然后来到警局大厅的偏僻角落，突然捂住肚子，蹲下身。

"啊！好痛！救命啊！"卢川痛苦的号叫声顿时吸引了正在大厅午休的其他警察们的注意。大家纷纷围拢过来，询问他怎么了。

卢川表情扭曲地说："胃……胃好痛啊！"

他偷偷瞟了一眼手表，时间显示14：10，于是他慢慢扶着墙站起来，说："哎哟，我还是去看医生吧。"

其中一位警察热心地上前扶住他，说："走，我送你去。"

可突然，监控室的警报大响，所有的警察立刻奔向监控室，只剩下卢川一人面无表情地站在大厅看向警局门口，自言自语道："史密特，你一定要证明你是对的。"

卢川的"一分钟逃亡计划"成功了，史密特按照他们提前说好的，在14：09，打开审讯室的门，安全地通过监控，又借助警察们被卢川吸引的视线死角淡定地穿过了大厅，从门卫处角落的盆栽上取下钥匙，打开手铐，并脱下外套遮住自己的脸，径直走出了警局。

警局门口，史密特看到大量记者正围在小明和何芸芸所在的采访车周围，便赶紧一低头，趁机溜进了停车场。他用钥匙打开卢川的车，迅速开车逃离了。

米雪被廖宇轩送到家后，发现茶几上放着一个黄色的信封，封面上写着"给米雪的惊喜"，里面只装了一个优盘。她趁廖宇轩出门买食材之际，查看了优盘里的内容，竟是在圣诞节那天史密特将一个男人推下悬崖的监控录像。史密特怎么会是一个杀人犯？这难道就是他总是把自己推开的原因？米雪被诸多乱七八糟的想法弄得快要爆炸了，她不断去拨史密特的手机，可对方一直提示无人接听，最后直接关机了。

当廖宇轩买菜回来，又煮好了粥和菜，米雪仍旧处于心不在焉的震惊状态。这时，电视上播出了史密特因涉嫌杀害冯展而被警方拘留审讯的新闻，米雪终于有些崩溃了。

廖宇轩拉米雪去警局，但她死活不肯去。除了当初曾答应过史密特不要去看他被抓的狼狈模样外，米雪还清楚地知道自己包里装着的那个优盘此时绝对不能落在警察手里。

就算已经亲眼看到了那段视频，可米雪在内心深处还是觉得录像里那个杀人犯不是史密特，至少不是自己爱上的那个男人。

在各种情绪的交叉冲击下，米雪疲惫地躺在沙发上睡着了。不知睡了多久，

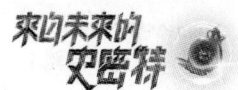

她被一阵门铃声唤醒。而此时廖宇轩已经不知去向。

她揉揉惺忪的睡眼，打开门，发现站在门口的竟然是史密特。

米雪惊讶得张大了嘴："你……你不是……已经被警察扣押接受审讯了吗？怎么会……"

史密特一副若无其事的样子走进客厅，说："我刚从审讯室跑出来。"

米雪难以置信地看着他："你……就这样跑出来了？"

史密特四处翻找着："对，但我必须马上离开。我的怀表，你看到了吗？"

米雪犹豫着问："史密特，你真的杀了人吗？"

"警局马上就会通缉我，你觉得呢？"

"我不相信，我想听你亲口告诉我事实的真相。"

史密特慢慢地靠近米雪，一字一顿地说："真相就是，我真的杀了人……"

米雪震惊得往后退了几步，腿一软坐在沙发上。

史密特露出一个坏笑："怎么样？和一个杀人犯独处一室，可是很难得的经验。"

米雪努力让自己平静下来："那你接近我，跟着我进杂志社，到底是为什么？"

"你真是我见过的最蠢的女人，我不过是想要利用你和小明帮我掩盖身份罢了。现在我没空陪你玩十万个为什么的游戏，快告诉我怀表在哪里？"

米雪回忆起史密特对她说过的话，怀表是他的身家性命，怎么可能这么轻易地就弄丢了，还来质问刚从医院回来的自己？

她边思索，边默默地往沙发一侧挪，眼睛瞟向身后的透明玻璃花瓶。

"你不是史密特！"她拿起花瓶用力往桌上一砸，但花瓶竟然没有碎。她只好顺手拿起立在墙边的手柄伞，用伞尖对着这个假冒的史密特。

史密特二号带着一抹坏笑，一步步走近米雪："我不是史密特是谁呢？乖，告诉我，怀表有没有被留在这里？"

"不要过来！"米雪突然闭上眼睛，发疯般拿着伞朝史密特二号戳了过去。

可史密特二号眼都不眨，一把就抓住了伞头，远远甩开了雨伞。米雪露出害怕的眼神，忍不住尖声大叫起来。

这时门铃声响起，史密特二号哼了一声，自信地对米雪说："我们很快就会再见的。"说完他冲向阳台，跳窗离开了。

米雪总算松了一口气，整个人差点儿虚脱，她拍了拍胸脯，说："吓死我了！该死的史密特，你要赔我精神损失费。"

米雪打开门，见门口站着卢川和另一名警察，还有一脸担忧的廖宇轩。

米雪将他们让进屋，廖宇轩见她的精神有些恍惚，关切地问："你没事吧？是不是不舒服？你的样子看起来很不好，要不要我陪你去医院看一看？"

米雪摇了摇头。

廖宇轩内疚地说："刚才公司有急事把我叫走了，不然我应该一直在这里陪你的。我处理完工作赶回来的时候又在楼下碰到了卢警官，就跟他们一起上来了。"

卢川的同事问米雪："史密特有没有回来过？"

米雪又茫然地摇了摇头。

"总之，这个史密特现在是一个极端危险的人物。如果他出现，请马上联系我们。"

廖宇轩替米雪回答道："我们会的，希望你们能够尽快将他缉拿归案。"

米雪趁着廖宇轩和卢川的同事在门口说话的间隙，偷偷问卢川："卢警官，在阳明山的时候，你就看过那个杀人录像吗？也就是说，这个举报人提前将录像送到了你手上，所以你才会想要抓史密特，然后不小心误伤了我？"

卢川面带愧色地点了点头："那次的事我很抱歉……还有，冯展的死和他无关。"

米雪听后有些恍惚，在心里思忖着，所以这个寄录像的人就是另一个史密特，他想嫁祸史密特，然后趁机夺回怀表？

恍惚间，廖宇轩已经送走了两位警察，又走过来握住了她的手，安慰道："我本来以为他只是个骗子，没想到他还是个杀人犯。最可恶的是这个人还欺骗了你的感情。我眼睁睁地看着你越陷越深，却无法拉你一把……"

米雪脸色一沉，把手抽了出来："史密特不是杀人犯，在事实未明之前，我不想再听到这三个字。"

米雪以自己想休息为由，支走了廖宇轩。她孤零零地坐在客厅里，满脑子都是对史密特的牵挂和担心。

"史密特，你这个大笨蛋，现在到底在哪里？你的身上背负着这么大的秘密，为什么不告诉我呢？"米雪一边操心史密特的安危，一边又觉得有些不甘心，"米雪，他都已经明明白白说不喜欢你了，你还替他担心个鬼啊，跟你有半毛钱关系吗……"

想到这里，米雪又自欺欺人地说："谁说我担心他，放不下他，我是个记者，是正义的化身，怎么能因为一个告白就拒绝去揭露真相呢？为了这个我也得往下查啊……对，一定是因为这样。"

米雪拍拍自己的脑袋："不能再一个人在这里胡思乱想了，明天我必须去上班，不然都要变成神经病了。"

3

次日,米雪来到杂志社,见门口聚集了很多记者。她正在纳闷,结果还没等她反应过来,就一下子被这些记者包围了。

"你是这间杂志社的职员吗?对于你们杂志社聘用了一个杀人犯你有什么想说的?"

"你们在平时跟史密特的相处中,发现过他有什么和普通人不一样的地方吗?"

米雪本来已经准备推开人群进杂志社了,忍不住又回头,对着众记者大声说道:"你们确定这是真相吗?拿出证据来啊……警察都还没确定的事情,你们凭什么认为他就是杀人犯,就给他定罪。作为新闻从业人员,基本的守则不是应该以客观事实为准来报道新闻吗?如果不懂,就回学校好好补补课再来。"

记者们顿时被米雪的霸气凛然震慑住,纷纷住嘴,没人再敢提问。米雪瞥了他们一眼,气势汹汹地走进了杂志社。

谁料米雪一走进办公室,又被 Amy 和 Lisa 给围住了。

"米雪,史密特被通缉了,没想到他竟然是那种人。"

"你每天和他住在一起,他有没有对你做过什么……"

米雪不耐烦地说:"有什么好问的,烦死了!"

Amy 和 Lisa 对视一眼,吐吐舌头,知趣地散开了。

这时,小明站起身,鬼鬼祟祟地拿着包想离开办公室。可他刚走到门口,就被米雪叫住了。他马上心虚地说:"我……我……我去找我那几个线人,问问看最近有没有什么料。"

米雪走到他面前,一副审视的样子,看得小明心里直发毛:"米雪姐,您……你看什么,我是真的约了线人,绝对没骗你。"

"你紧张个毛线?我只是想问你,有没有看到我标红的稿子。"

小明松了一口气:"没……没有啊。"

这时小明的手机响了,他拿起手机左顾右盼,躲到角落里接听电话,小声说了几句后挂上电话,又转头对米雪说:"米雪姐,那没事我先走了。"

看着小明做贼似的滑稽样子,米雪知道他肯定有事瞒着自己,便偷偷跟踪在后,看他究竟要什么花样。

小明小心翼翼地来到街道上,径直走到一辆车旁。车窗摇下,里面坐着的竟是乔装打扮的史密特。

Chapter 14 第十四章
一分钟逃亡

小明将包里的一个文件夹递给他,说:"史密特,你不要担心,我相信你没有杀人,很快就会真相大白的。这包东西你先拿着,不够再告诉我。哥儿们,我所有积蓄都在里面了,你省着点儿花。"

看着小明真诚的眼神,史密特不禁想起在2045年,年老的史东明说相信他没杀人时那种冷漠敷衍的表情,觉得感慨万千。原来人和人之间的情感羁绊真的可以改变,而能得到年轻时的父亲的信任和支持,不得不说是一件很奇妙又很令人振奋的事情。

史密特笑笑说:"放心吧,我一定会认真花的。还有……谢谢你,相信我。"

小明有些不好意思地挠挠头,正准备说什么,忽听米雪的声音在两个人身后响起。

"好啊,你们合伙骗我!"

小明张大了嘴:"米雪姐?你怎么会……"

史密特解释道:"是我让小明不要告诉你的。"

米雪有些生气,直接跳上了副驾驶座,双手在胸前一抱,很凶地说:"开车吧,你去哪儿我就去哪儿,休想甩掉我。"

小明为难地看着史密特。

史密特叹了口气,对小明说:"你先回去吧,没事的。"

史密特一路沉默,将车开到偏僻的无人区然后停下车。

"你可以选择报警,我给你3秒钟……下车。"

而米雪奇怪地看着他:"我为什么要报警?"

"我现在是全城通缉的杀人犯,你不怕吗?"

"你以为你这样就会把我吓走吗?你要是杀人犯,我就是变性人!"

史密特被米雪的形容逗笑了,但随即又恢复了冷淡的表情,问:"我之前对你说了那么过分的话,你不恨我吗?我还以为,你再也不想见到我了……"

米雪的脸色也有些凝重起来:"有那么一瞬间,我确实希望没认识过你,因为觉得……好丢脸。虽然不是第一次喜欢一个人,却是第一次对一个人说出'喜欢'两个字……可是对方却说了'不'。"米雪说着深吸了一口气,换上一种埋怨的语气责备道,"史密特,你这个人真的很烦,扛着这么大的一个秘密,跟别人分享一下会死啊……其实你,很辛苦吧?"

史密特淡淡地说:"在2045年,因为这个案子,我已经入狱过一次了。"

"所以,你来这里是为了寻找真凶……所以你在阳明山抱住我的时候,说害

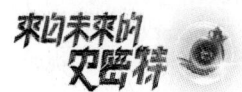

怕会再次失去一切。"

史密特点了点头。

"所以你听说我见过和你长得一样的人，就死皮赖脸地留在我身边，是希望可以借由我来找到他。"

史密特再次点了点头。

米雪咽了口口水，继续小心翼翼地说："所以……你对我忽冷忽热，拒绝我的告白……是因为预知不了自己的命运，害怕负担一份无法承受的感情吗？"

而这次，史密特却没有任何反应。

米雪白了他一眼，嘀咕道："不说拉倒，早晚有一天我会知道你心里真正的想法。那你接下来要怎么办？"

史密特眉头紧锁："那段录像里的被害人不是冯展，虽然是同一个凶手，却是两个案子。接下来，我要去查出另一个被害人到底是谁。"

米雪马上说："我跟你一起查。"

史密特坚定地说："这件案子你不要参与。"

"为什么啊，那个凶手认识我，说不定会再来找我——"

"我知道你在打什么主意，不可以。他如果真的再出现，你必须马上告诉我。这是我自己的事，我可以自己解决。"

米雪用双手在胸前摆了个"叉叉"的造型，蛮横地说："抗议无效！从这一刻开始，这已经不是你一个人的事情。我既然没有报警，就算是共犯了，你被抓了我也跑不掉……所以最好的方法就是尽快找到真正的凶手，证明你的清白。我知道有一个地方可以让你先躲一阵子，走吧。"

史密特一时无语，愣愣地看着她。

米雪不耐烦地说："开车啊！"

史密特叹了口气，他早就知道自己拗不过眼前这个女子，谁叫她是他的软肋？

米雪将史密特带到廖宇轩之前帮她租下的房子那里，心想幸亏没有一时冲动把钥匙还回去，现在果然派上了大用场。

为了让史密特安心住在这里，米雪骗他说这房子是自己一个常年在国外的土豪朋友委托她照料的。史密特虽然半信半疑，但唯一能肯定的就是米雪不会骗自己。所以他索性先住了下来，也好有个地方安静地分析一下案情。

能帮上史密特的忙，米雪心里十分高兴。尽管她说服自己的理由是出于一个记者的职业操守，而想查明真相为史密特打抱不平，可实际上她又何尝不明白自己只是忘不了，放不下，仍旧喜欢他呢？在爱情中的女人都是卑微的，她们总认为这肯定是自己最后一次妥协，最后一次让步，可往往还会有下一次的低头，直到低入尘埃。

Chapter 第十五章
抓捕史密特二号

> > >

史密特死死压住史密特二号,卢川上前准备给他铐上手铐。

1

史密特被全城通缉后,米雪一直在想方设法帮他洗脱罪名。然而一心不能二用,她整天想着史密特的事,放在工作上的心思自然就少了。同事们都感觉到了她的变化,有人猜测她是因为收留了一个罪犯在家里而受到刺激,也有人猜测她是因为喜欢上史密特,在为他的事挂心。

廖宇轩将这些言论都听在心里,终于在一次选题会议上,公开宣布他和米雪正在交往,而米雪最近魂不守舍都是因为身体不适,跟史密特毫无关系。

一时间,米雪飞上枝头变凤凰的消息成为杂志社里的头条八卦,女同事们对米雪七分恭维、三分嫉妒,纷纷猜测她究竟如何打败了辛辛苦苦追求廖宇轩多年的 Flora。

事实上,米雪对于廖宇轩的这个举动并不感到开心,她觉得必须跟廖宇轩当面谈谈。

当她敲门进入总裁办公室时,廖宇轩却是一副十分平静自然的模样。

米雪开门见山地问:"为什么要骗大家说我们在交往?"

廖宇轩冷静地说:"我只是想帮你解围,没有考虑太多……"

"可这样会让他们误会的,传来传去就解释不清楚了。"

廖宇轩叹了口气:"是我太鲁莽了,我跟你道歉。"

米雪的语气也软下来:"我知道你是好心,你帮我和他们解释清楚好不好?"

"就这么急着想和我划清界限啊……米雪,你知道自己最近的状态很不好吗?"

米雪有些心虚:"我……我怎么了?"

"自从史密特被抓之后,不管是谁提到这个名字,你都无法控制自己的情绪。史密特是你介绍进杂志社的,同时他和你又是室友的关系,现在这个情况,难免会有人在背后说三道四。我这样做,也是想告诉他们,你和史密特之间并没有别的关系,你是我的女朋友。这件事你就暂时依我吧,等风头过去后,我们随时可以和大家解释清楚。"

米雪犹豫:"可是……这样不是在利用你吗?"

廖宇轩笑笑:"不用上升到这么严重的地步,你就当满足我一点点的自私吧,就当是普通朋友的关心。"

米雪有些无奈,又不忍心拒绝,勉强露出一个笑容:"好吧,那就再过一段时间。"

Chapter 15 第十五章
抓捕史密特二号

一直在公寓内苦苦思索破案线索的史密特始终找不到任何突破口，终于他决定冒险去找何芸芸一次，挖掘更多跟冯展有关的信息。

这天，何芸芸作为芝兰化妆品的代言人在商场里给购买这个品牌化妆品的粉丝签名，史密特混在粉丝当中，也买了一瓶香水并将购物袋给她签名。待何芸芸认出了他，他就顺手将一张写着地址的字条塞给她，然后说声"谢谢"，转身离开了。

不得不说史密特这次赌对了，何芸芸虽然心惊胆战，但还是来到了字条上的地点。她独自小心翼翼地走出商场，拐到后面的小巷子口，突然一只手将她拉入巷子里，把她吓了一跳。

"是我。"

何芸芸略显惊恐地看着史密特问："你想做什么？你现在……"

"是，我现在的身份很尴尬，但有些事我必须要问您。"

"你为什么觉得我会帮你而不是报警？你别忘了，你杀的是我的男友。"

史密特笃定地说："我没有杀过人……如果你想看到真凶逍遥法外的话，那你随时可以报警。"

何芸芸似乎有些动摇："就凭你的一面之词吗？"

"信任这个东西全凭个人，我没有证据，我只是想赌一把……赌你一定会帮我。"

何芸芸看着史密特真诚的眼神，最终叹了口气："我也不知道为什么，你的话总是能让我无条件地信服，这种感觉就像家人一样……你说吧，你想知道什么？"

史密特听到"家人"二字，眼中也闪过一丝触动，他定定心神，说："我想知道，冯展去阳明山的目的。"

何芸芸不解："不就是去玩儿吗？"

"曾经我也这么认为，但这个世界不会有这么多巧合，就像人不可能两次踏进同一条河流一样，两个被害人同时在一个地方遇害，一定不是巧合。我查过，冯展每隔一段时间都会去阳明山。"

何芸芸思索着说道："对了，我记得他有几次去阳明山的时候，会打电话给秘书，问钱准备好了没有……我当时没有在意。现在想想，他每次去阳明山似乎都准备了大笔的钱款。"

听到这里，史密特的心中已经基本有了主意，必须尽快查一查冯展的个人账户和公司账户的资金动向，从中肯定能查到一些不为人知的秘密。

廖宇轩为了米雪的安全，一定要让她搬到他租的那个公寓去住，米雪本不愿意，可廖宇轩又搬出怕米雪老妈担心的理由，搞得米雪只好答应。谁让她那个老妈已经认定廖宇轩是自己的好女婿了呢？多一事不如少一事吧，要是真的把老妈招来，那米雪只有吃不了兜着走的份儿。

下班后，米雪从杂志社出来，刚走到拐角，就被一个戴着墨镜和帽子的男人拉到一旁。男人捂住米雪的嘴巴，小声说："不要叫，是我。"

米雪见男人摘下墨镜，竟是史密特，马上埋怨道："不是让你不要随便跑出来吗？外面很危险！"

史密特说："我刚办完事，我们一起回去吧。"

米雪好奇地问："有什么发现吗？"

史密特看看四周："回去再说吧，外面不方便。"

米雪有些疑惑地上下打量眼前的史密特："以前我问你和案子有关的事，你从来都不会说的。"

史密特一怔，随即笑笑："我最近太累了，一个人有很多事情做不了。"

米雪试探着问："今天想吃什么？我帮你做。"

"都可以，我无所谓。"

米雪顿时警觉起来，眼前这个男人肯定不是她认识的那个史密特，因为那个史密特是只吃果冻和泡面的。她紧张地往前走了几步，突然一拍脑袋叫道："啊！我有东西忘在杂志社了，你等我一下。"

不等史密特二号反应，她拔腿就跑回了杂志社。

暂时安全后，米雪安抚了一下自己怦怦乱跳的小心脏，然后拨通了卢川的电话，让他来抓凶手。

又过了十分钟左右，米雪才小心翼翼地再次走出杂志社。她一路小心张望，却找不到史密特二号的身影。

不一会儿，卢川出现了，和米雪互相点头示意。

米雪走近卢川，懊恼地说："他已经走了，估计是发现了。"

卢川面色凝重："看来他是想利用你找到史密特，你要小心点儿。"

米雪点点头，和卢川道别后，提心吊胆地回到了史密特所在的公寓。她进门时，见史密特正光着上身准备洗澡，连忙用手捂住脸，转过身。

"你快穿上衣服啦。"

史密特无奈地摇摇头，套上衣服。

Chapter 15 第十五章
抓捕史密特二号

米雪将脸靠在门边，偷偷听着外面的动静。

史密特警惕地问："怎么了？"

米雪将手指放在嘴边做了一个嘘声的动作。她又听了一会儿，确定外面没人之后，这才放松下来，将门反锁。

"没事，我刚才在路上遇到一个巡逻警察，一直看我，我怕他跟踪我。"

"你知道吗，癌症患者有30%是被自己吓死的。"

米雪撇撇嘴："其实你是在担心我吧？"见史密特有些不好意思，米雪反而更来劲，"是不是啊，说一下嘛，小气鬼……"

史密特转过身，米雪去拉他的胳膊，结果不小心打滑，史密特眼疾手快抱住她，两个人瞬间以一种暧昧的姿势依偎在一起。

然而，还未等米雪细细体味这种暧昧，就听门口突然传来钥匙开门的声音。不过幸亏门提前被米雪反锁，从外面是打不开的。

米雪踮脚从猫眼里看去，发现来人竟是廖宇轩，顿时吓坏了。她焦急地小声对史密特说："快找个地方躲起来。"

史密特蹙眉："谁？"

"廖宇轩！"

"他怎么会知道这里？"

米雪心虚地说："我的土豪朋友，除了他还能有谁啊……"她边说边把史密特往里面推，这时开门声再次响起，史密特情急之下躲进了洗手间。

米雪理了理头发，把史密特的衣服往沙发底下一塞，打开了门。

她故作惊讶地说："宇轩，你怎么突然来了？"

廖宇轩提着两大包东西走进来，放在桌上，同样惊讶地看着米雪："米雪？你怎么在这里？你这么快就搬过来了？"

米雪干笑两声："择日不如撞日嘛，想想觉得你说的也有道理，就直接搬过来了。等我搬回去的时候，就把钥匙还给你。"

廖宇轩宠溺地摸摸米雪的头，说："这次很乖，表扬。"

米雪有些别扭，躲开廖宇轩的手："不要摸头啦，我又不是宠物。"

廖宇轩却不以为然地说："不喜欢啊？那你以后一定要习惯，谁让你是我的女朋友。"

米雪心里咯噔一下，下意识地瞟了一眼洗手间，结结巴巴地说："那个……那个不是……"

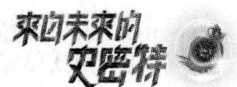

廖宇轩打断她，指了指桌子："我帮你买了些东西，本来想顺便收拾下，等过两天接你过来，给你个惊喜的。"他边说边走进房内四处查看，惊喜地说，"你都收拾好了？速度也太快了，没想到我的米雪还有做贤妻良母的潜质。"

米雪的头已经变成两个大了，敷衍道："这个，就随便弄弄……你不用管我了，早点儿回家休息吧。"

廖宇轩突然往洗手间的方向走去，米雪马上动作夸张地拦在洗手间门口："你要干吗？"

廖宇轩莫名其妙地说："上厕所呀……怎么了？"

米雪摇摇头："你不能进去……"

"为什么？"

"因为，因为我肚子痛，我要上厕所。"米雪说完，飞快地冲进洗手间将门从里面关上，谁料她的脸正好对上史密特的脸，两个人呼吸可闻，近在咫尺。

廖宇轩在门外问："你没事吧，米雪？"

米雪装作有气无力的样子："不好意思，人有三急，不能让给你了。"

"那要不要我帮你买药？"

"不用了，你先回去吧，我休息一下就好了。"

"那好吧，你自己注意身体，有什么不舒服给我打电话。"

2

听到廖宇轩开门离开的声音，米雪终于松了口气，和史密特一起走出洗手间。她拍拍胸脯说："吓死我了。"

史密特蹙眉问道："你们现在是男女朋友？"

米雪摆摆手："你听我解释，这是一个误会。"

史密特不依不饶："我看他并不觉得是一个误会，他刚才用了'我的米雪'。"史密特边说边故意去摸米雪的头，弄乱她的头发。

米雪轻轻推开他的手："干吗啦！我们真的没有恋爱啦……"

史密特的语气已经略带醋意："他之前把房子借给你住，你怎么没有搬过来？"

"还不是为了表示支持你的立场。当时他把钥匙给我的时候是不希望我再跟你住在一起，后来我就把这事儿给忘了。直到你出事，我才想到还没把钥匙还给他……"

史密特哼了一声："你是忘了还是不想还？"

第十五章 抓捕史密特二号

米雪突然反应过来，坏笑道："不对呀……你都已经拒绝我了，我本来就有权利和别人交往。你现在是怎样，吃醋吗？"

史密特被米雪的话噎住，转过头去不看她。

米雪却更近地凑上去，笑嘻嘻地说："你不喜欢我和廖宇轩在一起对不对……其实你心里，还是有我的。"

史密特觉得越来越窘迫，抬脚想走，却被米雪拉住衣服。而米雪的手肘又不小心撞到了老式的黑胶唱片，霎时间《甜蜜蜜》的歌声在整个房内响起。

史密特问："这是什么歌？这么老派的唱腔在2045年已经没有了，我从来没听过。"

米雪神往地说："这是邓丽君的《甜蜜蜜》啊，超经典！你们的年代真无聊，我宁愿一直活在2015年……你不觉得她唱得很走心吗？反正我每次听到心情都很好。我保证，你一定会越听越喜欢的。"

米雪拉着史密特一起坐在沙发上，听着邓丽君那悠扬甜美的歌声，米雪不知不觉睡着了，她的头一歪靠在史密特的肩膀上。史密特怕吵醒她，一动都不敢动，也闭上了眼睛。

也不知这个晚上，他们两个人换了几种睡觉的姿势，只是次日清晨史密特醒来的时候，发现自己正紧紧抱着米雪，两个人的姿势十分亲密。看着米雪熟睡中的侧脸，史密特抑制不住自己的感情，用手帮她将挡住脸的头发一缕一缕地拨开。

这时，米雪突然醒来，史密特马上放下手、闭上眼，假装睡着。米雪见自己正躺在史密特怀中，不禁惊讶地捂住了嘴。她用手玩味地在史密特的五官上一一划过，然后更加亲昵地蜷缩在他怀里，再次闭上了眼睛。史密特也闭着眼睛收紧了抱住米雪的手。一时间，两个人看似都在睡觉，可实际上都将眼睛眯成一条缝不住地偷看对方，享受着这只属于他们两个人的短暂甜蜜。

史密特让卢川帮忙查冯展死前一年的行踪和账户资金动向，不出他所料，冯展去年一共去了阳明山五次，而每次去之前他的科技公司都会有大笔现金以消费名义被转出。卢川还告诉史密特，在阳明山有个隐蔽的地下赌场，专门提供给上流社会的人消遣。他们警方一直在跟进赌场的事，但一直查不到幕后老板，而且碍于保护伞太大，暂时动不了。所以卢川怀疑，冯展去阳明山度假为虚，实则是为了洗钱。

另外，卢川还将史密特二号去找过米雪的事告诉了史密特，希望他也要尽量保护米雪的安全，别让无辜的人被牵扯进来。

史密特听后，既生气又担心。生气的是米雪竟然不把这么重要的事情告诉自己，担心的是不知道另一个史密特到底在玩什么花样。他必须跟米雪好好谈谈。

当天，米雪下班回来，史密特正坐在沙发上等她，一言不发，面色沉重。

米雪本来心情不错，见史密特这副模样，担心地问："怎么了？"

史密特质问道："卢川告诉我，另一个史密特找过你？你为什么不告诉我？"

米雪耸耸肩："告诉你除了多一个人担心，也没什么用。"

"他出现过几次？"

"你从警局逃出来的那天晚上，他来找过怀表……加上杂志社，就两次。"

史密特生气地一拍沙发："两次！他要干什么，他为什么又要接近你……"

米雪走上前劝道："你不要紧张嘛，现在警察在全城通缉你……可是反过来看另一个史密特同样被通缉，这样的警力也许用不了多久就可以找到他。"

史密特握住米雪的双肩："你知道这个人有多危险吗？现在我被全城通缉，他却能逍遥法外，没有你想得这么简单。"

"这是个机会，也许我可以利用这一点抓住他呢！"

史密特斩钉截铁地说："不行！平时你要怎样都行，但这件事你必须听我的，如果他再出现，你要找一切机会躲开，不要跟他正面冲突。"

米雪见史密特真的生气了，口气软下来："好啦，你不要生气，我按你说的做就是了。"

史密特严肃地说："我没有办法一直在你身边。如果他再接近你，我怕你有危险。你现在，能分得出我和他吗？"

米雪点点头，随后又摇摇头。前两次史密特二号站在眼前，米雪最初都是没有察觉的。直到从两个人的对话中发现一些只有她才知道的细节，这才确定了面前那个人不是史密特。

史密特想了想说："我们约定一个暗号吧……"

"暗号……"米雪觉得有些小小的兴奋，"这样吧，如果我跟你说'我感冒了，你有纸巾吗'你就说'对不起，我只有五花肉'，那我就知道是你了。怎么样，不错吧？"

看着米雪得意的模样，史密特不予置评，算是默认："但是……凶手很狡猾，他很有可能从你的反应中知道你已经发现了他的真实身份……到时候你还是要想办法马上离开。还有，在真相大白之前，我希望你不要再出现在这里。"

米雪马上激动地说："不行，你可以把我排除在计划之外，但不能不让我见你。"

史密特叹了口气，知道最终自己还是对米雪想做的事情无力阻止。他又何尝不想每天看到米雪呢？但风险实在太大，不确定因素实在太多，如果能保证米雪的平安，那其他的事情也都不重要了。

之前小明听了史密特的话，用"小笼包"的故事赢得了何芸芸的青睐。两个人又一起在医院照顾史密特和米雪，彼此的感情也迅速升温。小明趁热打铁，鼓起勇气向何芸芸表白，而何芸芸其实也对小明很有好感，便答应会好好考虑他的表白，不过在答复他之前必须要先看看"小笼包"。小明情急之下随便找了一只西高地白梗来凑数，还用颜料在它的身上画了一个胎记。谁料何芸芸识破作假的胎记，大为光火，认为小明跟其他男人一样都是满口谎言，当下两个人不欢而散，小明瞬间从天堂摔到了地狱。

小明尝试再去找何芸芸解释，可对方根本不想见他。米雪得知了事情的经过，劝小明不要放弃，并答应帮他创造机会，约何芸芸出来。最后，她果然以廖宇轩要帮何芸芸续约化妆品代言为由，将何芸芸骗了出来，带到跟小明约定的地点。

见到小明后，何芸芸还是怒气难消，可在米雪的劝说下，以及回想起过去小明曾冒充冯展的心理医生来帮自己开脱，她最后还是答应给小明一个解释的机会。

米雪离开后，何芸芸和小明在护城河边肩并肩走着。

小明怯怯地拿出那张伪造的照片，对何芸芸说："'小笼包'的事情我真的不是故意的，都怪史密特……他知道我喜欢你，就想撮合我们……照片是他放进去的……"

何芸芸更生气了："小明，你敢做就要敢当，你知道史密特现在是通缉犯，所以就把所有事情往他身上推吗？"

小明结结巴巴地说："不……不……不，我没有！我对天发誓我要是骗你我就……我就永远不能追到你……你知道我最在意的就是你。"

"你以为说一堆肉麻兮兮的话跟我表白，我就会感动地说'没关系'吗？小明，我们现在不是在演戏，旁边没有喊'卡，重来一遍'的人……"

小明深吸一口气，真诚地说："这次虽然不是因我而起，但是为了怕你生气，我还是顺着把这个谎圆了下去。我再次跟你道歉，你要怎么样才肯原谅我？"

"好，我给你个机会。"何芸芸说着取下手上戴的戒指往护城河里一扔，"你把戒指找回来，我就原谅你。"

小明先是吃了一惊，随即一咬牙，一攥拳，闭着眼睛就跳下了河。

何芸芸没想到他真的跳下去了，既感动又担心，只得紧紧盯着水里的动静。只见小明扎进水里，又浮上来，再扎进去，过了一会儿竟然没看到再出来，急得她也跑进河水中，大声呼喊："小明……小明……我原谅你了，快出来吧，别玩儿了。"

何芸芸已经急得快哭了，正想再往深处走，突然感觉被人从身后抱住，一转身发现是小明，高兴得又哭又笑。

"你从哪里上来的啊？"

"我刚才下去找了一圈没找到，趁你不注意，偷偷游到旁边爬上来了。"

何芸芸生气地捶打小明的胸口："你故意吓我？"

小明嘿嘿一笑："对，不然你怎么肯原谅我……"看着何芸芸梨花带雨的模样，小明突然忍不住低头吻了下去。何芸芸开始略有挣扎，但马上就放弃了抵抗，也用手臂环住小明。

所有的解释在这一刻都显得多余，小明用自己的实际行动和真诚打动了女神，最终抱得美人归。然而此时却是有人欢喜有人忧，小明在幸福的海洋里徜徉的时候，米雪的内心却风雨交加。

米雪从护城河离开，回到私家公寓的时候，发现家里异常整洁，而史密特已经收拾好了自己的行李。

"米雪，我不能再住在这里，我必须要离开了。"

"为什么要走，你能去哪儿？"

"去哪里都好，只要不在你身边。"

米雪上前拉住史密特的手，不让他走："你不可以走，要走就带我一起走。"

史密特冷冷地说："你为什么要这么执着，我们只是普通朋友，普通朋友做到这一步已经够了！"

米雪眼神坚决："对，我们只是朋友，那又怎样，你就当我是在自作多情好了。"

"我做这些，不只是因为不想连累你。更重要的原因是我不想欠你什么，欠一个不喜欢的人，只会有越来越多的愧疚。"

米雪有些动摇，声音带着哽咽："有必要说得这么绝吗？我在你心里，连一丝一毫的位置都没有吗？"

"我不希望再跟你有任何关系，你除了给我带来无止境的麻烦，还有什么？"史密特甩开米雪的手，狠心地转身。

米雪哭了出来："史密特！"

"对不起，我不需要一个包袱。"史密特说完拎起行李，决绝地大步离开了。

他开门的一刹那，余光瞟见蹲在地上、伤心痛哭着的米雪。他的心此时又何尝不是在滴血，但他还是在自己后悔之前走出门去，又重重地将门关上。

史密特对自己说，查案只能终止了，我不能再给你机会接近米雪，我不会给你伤害她的机会。

史密特拿出手机，将SIM卡（用户身份识别卡）装入，然后开机。随后又拿出怀表，开始反复拨动。时间的不停倒转让史密特感到胸闷头晕，但他还是坚持拨动怀表，直到手机来电响起。

他强打精神，接起电话："我等你很久了。"

电话那头传来史密特二号的声音："我的小史密特终于坐不住了，一而再、再而三地忽视我的警告。你明知道频繁拨动怀表会让我们越来越虚弱，这次你引我来找你，又想要做什么呢？"

史密特愤恨地说："你不是想要怀表吗？我把怀表给你。但是你必须远离米雪！"

史密特二号一声冷笑："没想到我的小史密特还挺痴情的嘛，有意思。OK，时间、地点由我定……还有，我只想见你一个人，明白吗？"

他一说完，电话就被挂断了。

史密特面色沉重，将手机关机，取出SIM卡。他走进旁边的公用电话亭，拨打电话。

"喂，卢警官，是我……计划改变。"

史密特将明天跟史密特二号见面的时间、地址都告诉了卢川，卢川便事先跟警局打好招呼，只要史密特二号一现身，他就马上报警，警察五分钟内就能赶到。

3

次日，史密特乔装改扮在约定的地点等待史密特二号，他的耳朵里塞着跟卢川随时保持联络的耳机。

这时史密特手上的电话响起。他接起电话："我已经到了，你在哪里？"

"在你的正前方四十五度角的位置，有一辆货车。"

史密特看了过去，那个位置停着一辆冷冻货车，货车的车厢门是打开的，工人们在往里面一袋袋地放冷冻食品。

"你先想办法混上车。"史密特二号说完，挂断电话。

　　史密特只好向着货车走去，偷偷把其中一袋冷冻食品搬到了其他地方，又趁两个工人去搬那袋食品的时候，迅速溜进了货车车厢。

　　两个工人搬完全部食品，关好车厢门，示意司机开车。

　　货车行驶了半个小时左右后停下，随后，躲在车厢内的史密特就听到开锁的声音。他推开后车厢的门，跳下货车，却发现周围空无一人。这时货车的喇叭突然被按响，发出刺耳的声音。

　　史密特循声望去，见司机从货车驾驶室走下来，撕掉了脸上的胡子，赫然正是另一个史密特。

　　"这么久没见，你一定想我想得发疯吧？可是你很不乖，我不是说了不想见除你以外的第二个人吗？出来吧，卢警官！"

　　一路驱车紧追货车的卢川知道自己已经被发现，只好从躲着的大树后走了出来。

　　史密特开门见山地问道："你是怎么杀冯展的？录像带里的被害人又是谁？这两个被害者之间有什么关系？"

　　史密特二号露出一个坏笑："我没有义务回答你。"

　　"好，你可以什么都不说，但你答应我的，不要再接近她。"

　　"这个游戏现在是越来越无聊了，我已经没有耐心玩儿下去了，你把怀表给我，我自然不会再去找米雪。"

　　史密特和卢川交换了一个眼神，两个人同时朝史密特二号走去。

　　史密特二号察觉到他们的目的，大喊："游戏结束！我不仅要怀表，还要你的命。"话音未落，他就突然朝史密特射击，史密特翻身躲过，但怀表滚落在地。

　　这时卢川向史密特二号扑了过去，史密特二号再次开枪，卢川和史密特勉强躲过。

　　此时史密特和史密特二号的距离已经很近，他冲上去和史密特二号扭打在一起，两个人同时去抢怀表，最后还是被史密特抢到。史密特二号见状又朝史密特开枪，史密特敏捷地躲过，并趁机抢下手枪，打中了史密特二号的肩膀。

　　史密特死死压住史密特二号，卢川上前准备给他铐上手铐。

　　史密特冷冷地说："你很聪明，但聪明的人通常都很自负。"

　　这时警车的鸣笛声由远及近地响起，卢川兴奋地说："警察马上到了，你跑不掉了。"

　　史密特二号却捂着肩膀冷笑道："史密特，你确定要把我抓起来吗？这样你

Chapter 15 第十五章
抓捕史密特二号

可能永远见不到米雪了。"他拿出手机，上面是一张米雪昏睡的照片。

史密特脸色大变："浑蛋！你把米雪怎么了？"

史密特二号露出得意的笑容："你放心，她暂时还很安全。谁叫她那么快就认出了我不是你呢，我只好把她抓起来了。这样吧，你把怀表给我，并且向警方自首，我就放了米雪。"

卢川厉声说："不行，不能放过他。我们抓住他，就不信他不说出米雪的位置。"

史密特神情凝重，内心万分纠结。

史密特二号继续施压："抓住我也可以，不过我不回去，米雪可撑不了这么久。"

警笛声已经越来越近，史密特二号趁史密特恍惚，手下力道减弱之际，挣脱掉他的束缚，跳上了货车驾驶座。

"警察马上就要来了，史密特，你还有一分钟时间考虑。"

史密特一狠心将怀表扔向了史密特二号。

史密特二号接住怀表，笑道："放心，我看到你进了警局，自然会放了米雪。"说完，他快速开车离去。

卢川懊恼地说："可惜，又让他跑了。"

这时警车赶到，将卢川和史密特团团围住。

卢川不断给史密特使眼色，小声说："挟持我……快啊……"

史密特摇了摇头，束手就擒。如果他的入狱能换来米雪的安全，那他将会毫不犹豫。现在他唯一期望的，就是史密特二号不要食言。

米雪醒来的时候，发现自己正躺在小明的床上，而廖宇轩和小明正站在床边一脸担心地看着她。

"米雪姐，你终于醒了。我一回来就发现你躺在床上，叫你你又不醒，吓死我了。"小明的声音里带着哭腔。

廖宇轩上前将米雪扶了起来。

米雪激动地说："他……他抓了我……怎么会……"

小明不解地问："你说谁？"

米雪刚想说，看到旁边担心的廖宇轩，要出口的话又吞了回去。她回想起几个小时前发生的事，仍心惊胆战。

史密特收拾行李出走后的第二天下午，米雪回到自己的公寓，可一打开门就发现史密特正坐在沙发上。他说自己昨晚测试了一晚上怀表，找到另一个史密特的线索了，特意过来告诉米雪。米雪心里觉得有些不对劲，于是用跟史密特商量

好的暗号试探他，结果他果然没有说出正确的暗号，而是真的掏出纸巾递给了米雪。

米雪心中紧张，但还是假装平静地接过纸巾，一只手擦鼻子，一只手偷偷按手机。她想故技重施，说自己有一份很重要的文件放在杂志社了，要回去拿，结果被史密特二号识破，用带有迷药的手帕将她迷晕，然后她就失去了意识，直到今天早上。

米雪十分纳闷，史密特二号明明说要利用自己抓住史密特，可怎么会如此轻易地放过自己。

廖宇轩倒了杯水递给米雪："先喝点儿水吧。"

米雪接过水杯，喝了一口，勉强笑笑说："我没事，只是太累了，有点儿低血糖。"

小明为难地看着米雪说："米雪姐……那个卢警官刚才给我打电话……史密特……已经被警察抓捕归案了。"

"你说什么？"米雪一惊，手中的玻璃水杯应声而落，摔碎在地。

小明不敢说话，廖宇轩补充道："全城通缉已经撤销了……"

"我要去警局。"米雪说着就想下床，却被廖宇轩抓住肩膀不让她动。

"米雪，你冷静一点儿。史密特的事情交给警察处理就好了。"

"你不懂的，让我去！"米雪努力挣扎，坚持要下床。

廖宇轩叹了口气，突然一把将米雪从床上横抱起来，心疼地说："地上都是玻璃碎片，你想踩过去吗？你想去，我陪你就是了……"

米雪看着廖宇轩，不好意思地点点头，心里却觉得越来越对不起他。

到了警局，米雪一眼就看到了卢川，慌忙冲上去对他说："卢警官！史密特现在怎么样了？"

卢川道："他很好，你……"

"我要报警！我可以证明真的有两个史密特，之前另一个史密特还试图绑架我。"

卢川叹气道："没有确凿证据，单凭你的一面之词是无法帮他脱罪的。就算证明了有两个史密特存在，不抓住他也是无济于事。"

米雪着急地说："那现在怎么办？难道就只能坐以待毙，看着史密特坐牢吗？"

卢川一时也想不出什么更好的话安慰米雪，只能低头不语。

米雪见状，转而说道："我要见史密特。"

廖宇轩马上说："我陪你一起。"

米雪摇摇头："不用，我一个人就可以了。"

第十五章
抓捕史密特二号

卢川将米雪带到探望室，她刚坐下，一位警员就将史密特押了进来。他的手上铐着手铐，容颜有些憔悴，不动声色地在米雪的对面坐下，两个人中间隔着一条长长的桌子。

"你们有十分钟的时间，不能有身体接触。"警员说完退到墙角。

史密特仔细打量着米雪，知道她一切安好，不觉松了口气。

米雪焦急地问："你是怎么被抓的？"

史密特淡淡地说："这个不重要。"

"我可以继续帮你查监控录像里的被害人……"

"我不需要你做任何事，怀表我已经给他了，以后他不会再出现，你可以放心。"

米雪蹙眉："你怎么可以把怀表给他？这样你不是就回不去了吗？"

史密特沉默了片刻，说："……什么都无所谓了……我累了，不想再查下去了，就让这件事到此为止吧。"

米雪不解："到底发生了什么？我认识的史密特不是一个轻易认输的人。"

史密特自嘲地笑笑："你认识的史密特也不是一个杀人犯。"

米雪看着史密特，心酸地说："你说我是个包袱，只会给你带来麻烦。也许我真的是扫把星……你和我在一起好像总是很倒霉……"

史密特瞟了一眼墙上的挂钟，说："还有什么要说的就快吧，时间要到了。"

米雪的声音开始哽咽："以前我不信，我觉得只要真心喜欢一个人，他总有一天能感觉到你的心意。现在我才知道，喜不喜欢、真不真心都不重要，重要的是相爱。喜欢，是一个人的事。相爱……却要两个人才能做到。因为太害怕错过，所以不管做什么，我都习惯再三确认……但是今天，我真的要跟喜欢你的那个米雪，说再见了。"

她说完，用噙满泪水的双眼注视着史密特。她在等待一个回答，只要史密特的一句话，哪怕她在他的心里只有一毫米的位置，她也绝不会就此放手。

史密特看着米雪缀满泪光的双眼，心里像被千万把刀割过一样。她要放弃我了吗？这不是我一直盼望的事情？应该觉得轻松才对啊，可事到如今，怎么会如此痛不欲生呢？

史密特的喉头滚动，但踌躇过后，说出的却是："确定了就往前走，不要回头。"

"好了，时间到了。"警员提醒道。

史密特站起身，最后看了一眼米雪，准备转身离开。

这时米雪突然跑上前紧紧地抱住了他，用浓重的鼻音轻声说："史密特，再见。"

警员上前强行拉开米雪："不能有身体接触。"

由于警员的拉扯，米雪先是不舍地拉住史密特的胳膊，又滑落到拉住他的手，最后用尽全力去拉他的手指，可最后两个人还是被警员彻底分开了。

米雪泪流满面，仍旧对史密特伸出手。

史密特强忍住自己想反抗警员的冲动，一转身离开了探望室。

一滴泪水，悄无声息地从史密特脸上滑落。

我的米雪，再忍忍吧，过不了多久，你就会忘了我，重新开始一段跟我无关的幸福人生。

Chapter 16 第十六章
周年庆上的表白

∨∨∨

米雪从史密特的脚上走下来,完全被眼前这一幕震撼了。

1

自从廖宇轩接手廖氏集团后,集团内部的很多老股东就一直对他不满,之后集团投资的万盛地产项目的资金链出现了很大的问题,又有人在背后趁机偷偷收购公司股份,于是不少老股东直接私下抛售了所持股份。

股东大会上,廖宇轩本想力挽狂澜,恢复一点儿股东们对集团的信心,谁知实际情况的糟糕程度已经远超他的想象——廖氏集团旗下 40% 的股份都已被一家名为 EO 公司的跨国企业收购,而廖宇轩手上只有 35% 的股份,直接转成了集团的第二股东,至此廖氏集团将成为 EO 在台湾地区的子公司。

廖宇轩在杂志社召开内部会议,向员工们证实了廖氏正式被美国 EO 公司收购的事实,同时也向众人保证杂志社的人事将不会有任何变动。然而在大家好不容易稳住心神的时候,让他们更惊骇不已的事发生了。原来 EO 公司的特派专员正是之前跟廖宇轩有诸多情感纠葛,后又被他辞退的主编 Flora,她这次带着一群手下前来接手杂志社的所有业务。

如果说廖宇轩一点儿都不吃惊,也是不可能的,只是他没想到这个女人为了爱情竟可以做到如此地步。会议结束后,Flora 跟在廖宇轩后面进入了总裁办公室,自然地从里面锁上门,关上百叶窗,旁若无人得好像回到自己的办公室一样。

廖宇轩蹙眉:"有事吗?"

Flora 妩媚地一笑,走到廖宇轩身边,双手搭上他的脖子:"Will,这么久没见我,你难道没有一点儿想我吗?"

廖宇轩别开头:"我想我们之前已经说得很清楚了。"

Flora 用手挑逗地摸着廖宇轩的脸:"Will,需不需要我提醒你,现在廖氏已经不是你一个人的了。你和我复合的话,我一定会好好地帮你守住公司。"

廖宇轩拉开 Flora 的手,将她推开:"我已经有喜欢的人了,并且我们很快就会在一起。既然你这次是代表 EO 公司回来,那就希望你以后公私分明。"

Flora 愤恨地说:"好,好,那我也不跟你客气了,这次总部让我过来表面上是接管杂志社的业务,实际上是为了考察你。只要我一份报告交上去,你马上就会从廖氏集团 CEO(首席执行官)的位置下来,成为一个没有实权的股东。而廖氏将由职业的经理人进行接管。"

廖宇轩挑眉看她:"你在威胁我?"

"不,我是在提醒你,现在怎么做对大家最有利,你应该很清楚。别因为一个女人,毁了自己。"

Chapter 16 第十六章
周年庆上的表白

"我知道了,你让我考虑考虑。"廖宇轩对 Flora 做了个"请"的手势。

Flora 得意地说:"Will,我会等你。你早晚会明白,这世界上最容忍你、最适合你的女人,只有我一个。"

小明和何芸芸正式在一起之后的第一次约会是去看电影。小明为了保险起见,跟何芸芸都穿了低调的黑色系衣服,还买下了电影院最后一排的所有座位。而他们也没有坐两个相邻的位置,而是故意在中间隔了一个座位,外人看上去他们就像是陌生人,根本不可能想到他们是情侣。

电影开始播放,整个影院都黑了下来。小明偷偷伸出手去牵何芸芸的手,两只手就在中间那个空着的座位上牵了起来,两个人都觉得既有点儿小刺激,又十分甜蜜。直到电影结束,影院的灯都陆续亮了起来,小明这才慌忙甩开牵着的何芸芸的手,假装跟她不认识,和其他人一起起身往外走。

何芸芸看到小明这一反应,脸上露出失望的表情,但也没说什么,低头戴上墨镜,跟他从不同的方向离开了影院。

何芸芸在影院门口等小明去取车的时候,巧遇了一位也是刚看完电影出来的曾有过几面之缘的男明星。两个人间隔不远,相视一笑,彼此心照不宣。巧的是,这位男明星当时也穿着黑色系的衣服,而他和何芸芸这"相视一笑"正被某个居心叵测的娱乐记者给拍下了。小明有幸也入了镜,他当时正将车停在何芸芸跟前,而他却被娱记当成了何芸芸的助理。

次日,《何芸芸电影院密会新男友 Mike 吴,两个人穿同款情侣装看电影》的独家揭秘就登上了某娱乐杂志的头版头条。经纪人大为光火,找来小明谈话,让他看清自己和何芸芸的巨大差距,别因一己私欲就毁了芸芸的前程。小明本还想以情动人,争取一下他和芸芸相爱的权利,可当他看到芸芸的合约上写着的违约巨额赔偿金后,还是动摇了。他作为一个资深娱记,深知不良的舆论导向对一个明星的摧毁能力。他是看着何芸芸一步步从默默无闻的伴舞走到今天成为电影女主角的,她那么努力才有现在的成绩,怎么能因为自己就毁于一旦?万般纠结之下,他还是决定向何芸芸提出分手。

小明的决定让经纪人十分欣慰,却让何芸芸伤心欲绝。她明白小明是为了自己好,可小明又何曾了解她最想要的到底是什么呢?

两个人分手后不久,何芸芸曾经牵扯进的冯展案也有了新的进展。卢川使计在上级警官的手机里装了窃听器,收集到他受贿、行贿上位,要将史密特置于死地的证据,还同时举报了他故意篡改冯展的死亡时间、引导大众认为冯展是杀人

影像里的被害人的事实。

一时间何芸芸再次被推上风口浪尖,她是否会被公司解除雪藏,全面复出,以及她和绯闻男友Mike吴之间的新恋情都成为各个娱乐记者最关心的事情。

为此,经纪人帮何芸芸召开了记者会,想借机澄清一下关于何芸芸的新恋情以及那些对她不利的传闻。而米雪和小明也参加了这次记者会。

经纪人率先开场道:"这次记者会主要是想澄清一下最近媒体所报道的不实传闻,关于何芸芸的新恋情完全是子虚乌有,她和Mike吴之间没有任何恋爱关系。记者朋友们有什么问题可以直接问。"

一名记者举手发言:"你好,我是《娱乐播报》的记者,我想请问如果不是Mike吴,为什么会拍到你们正好在同一家电影院,同一时间走出来?"

何芸芸坦然回应:"这不过是巧合罢了,我和Mike吴只是在一些颁奖典礼上见过两面,我们之间连朋友都算不上,又怎么会是情侣呢?"

另一记者追问:"可是你们还穿了情侣装,会这么巧吗?"

"不过是朋友告诉我,黑色系比较低调,并不是有意和他穿同色系衣服的。"何芸芸说到这里的时候,别有深意地看了一眼下面坐着的小明,小明不禁面露愧色。

米雪也举手发言:"既然已经澄清了和Mike吴的恋情,现在冯展案警察受贿的消息曝光,经过这段时间的沉寂后,你是否已经准备好复出?"

何芸芸看着米雪笑了笑,沉着地说:"在回答你这个问题之前,我还想说一件事。这段时间我认识了一个很好的人,在冯展的事情之后,我的事业和心情都遭受了很大的打击,他在我身边陪我度过了最难的日子,所以我想试着和他交往,希望大家给这段刚开始的恋情一点儿空间。"

经纪人顿时震惊得下巴都要掉了,她想上前阻止,但何芸芸抢先转头对她说:"请让我先说完。"

台下的小明紧张得手都开始颤抖,他觉得心跳仿佛漏了一拍。

一位记者问道:"你这是承认恋情了,对方不是Mike吴,是谁?能透露一些信息吗?"

"对方不是娱乐圈的人,可能暂时不方便告知。好了,我现在可以回答刚才那个问题……"何芸芸深吸了一口气说,"我宣布,从今天开始,正式退出娱乐圈,以后不再从事艺人这个职业。"

现场霎时间一片哗然,记者们听到这个消息后都兴奋不已。

经纪人慌张地抢过话筒:"今天的记者会取消,刚才她说的并不是最后的决定,

第十六章 周年庆上的表白

还麻烦大家……"

何芸芸将手覆在经纪人的手背上，坚定地说："姐，我决定好的事情，不会再变。"

经纪人进退两难，可最终还是把到嘴边的话又吞了回去。

"为什么要退出，是要马上结婚吗？"

"你之前遭到经纪公司雪藏，是否因为恋情升温遭到封杀才提出要息影的？"

……

记者们对何芸芸一顿狂轰滥炸，这时小明突然从人群中站了起来，走到何芸芸身边坐下，鼓起勇气对着在场所有的人和镜头说："刚才芸芸提到的那个想要试着交往的人……就是我。"

这下整个场面更加不受控制，闪光灯疯狂地闪烁起来，大家都被这一出反转搞得有点儿晕头转向，也越来越兴奋。

小明推了推眼镜，稍微稳了一下心神，继续说："在场的各位都是我的同行，很多都认识，我就不自我介绍了。不管芸芸做出什么样的选择，我都尊重她，支持她。以前我总觉得自己很渺小，她就像是天上的星星一样触不可及。可是现在我发现，爱情没有什么配不配得上，而是愿不愿意勇敢地去包容和负责。我是一个普通的宅男，但也是一个男人，所以我今天站出来，勇敢面对所有人。"小明说着握紧了何芸芸的手，"我再也不会让你一个人面对。"

何芸芸的眼中闪着泪光，露出了那个让小明魂牵梦萦的笑容。

这时经纪人再次站出来，对众人说："各位……不好意思，这次记者会到此结束。"

台下的米雪看着被闪光灯环绕的一对幸福璧人，露出一个苦涩的微笑。她为小明能勇敢争取自己的爱情而感到欣慰，同时又对自己那份争取也争取不来的爱情感到一丝落寞。她独自静静地离开了这个喧闹的会场。

米雪回到杂志社，其他同事都已经下班，她却不知道要去哪里。现在连小明也有伴儿了，而她却只能蜷缩在无人的角落舔舐伤口。还不如在公司加班吧，至少忙碌能让她暂时忘却心里的伤痛。

2

"你果然在这里。"廖宇轩从外面走进来，"怎么打你的电话都不接呢？"

米雪看了看手机，抱歉地说："不好意思，手机调成了振动没留意。"

"现在没急事的话，跟我去个地方吧。"廖宇轩说着神秘地一笑。

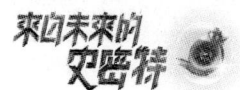

米雪本想拒绝，可想想手头确实也没什么可做的事情，就点头答应了。可是她没想到廖宇轩竟带她去了商场，径直来到卖女装的楼层。

看到米雪疑惑的表情，廖宇轩解释道："明天是公司的周年会，你作为我名义上的女友，我当然有义务将你打扮成全场的焦点。"

米雪懊恼地拍了拍头："对不起，我把这件事忘了……我们还是尽快跟大家解释清楚吧。"

廖宇轩失落地说："做我的女朋友，就这么痛苦吗？"

米雪尴尬地说："我没有那个意思，我只是……只是……"

廖宇轩勉强挤出一个笑容："没关系，本来就是因我而起……你没有义务陪我一直演戏。再给我一天时间好吗？就一天。等周年庆结束，若你还是不愿意和我交往，我会跟所有人澄清，你和我只是普通朋友，从头到尾，都是我自作多情。"

米雪心里很难过，明明他俩都没有做错，都只是遵从了内心的想法，可她为何会觉得比被史密特拒绝了还难受？原来狠心拒绝一个真心对你好的人，也不是什么轻松的事，那史密特拒绝我的时候，内心是不是也很挣扎呢？

米雪想来想去都找不出什么合适的话安慰廖宇轩，只能憋出三个字："对不起……"

"不要再跟我说这句话了。"廖宇轩假装开心地推着米雪往店里走，说，"来吧，我们去选衣服……"

米雪试了很多套礼服，好不容易才选中一套廖宇轩喜欢的。廖宇轩本还想再帮她多买几套，但米雪说什么都不要，拉着他走出了服装店。

"够啦，不用再买了。这些衣服很贵，参加晚宴有一套就够了，衣服的钱我会还你的。"米雪说着话没有留意脚下，高跟鞋突然一拐，她险些摔倒，幸亏被眼疾手快的廖宇轩扶住。

米雪不在意地说："没事，穿高跟鞋走久了就会这样，休息下就好了。"

廖宇轩将米雪扶到商场里的公共座椅上坐下，说："你在这里等我一下。"

还未等米雪反应，他就一路小跑着离开了。

不一会儿，米雪的手机响起，是小明打来的。

"喂，米雪姐，刚刚史密特跟我打电话说因为冯展不是监控录像里的被害人，他的案子要重审，所以他可以取保候审，现在已经被放出来了。他问我你最近有没有回我们的公寓去住，可能是想今晚回来住。"

米雪激动地说："那你怎么说的啊？"

Chapter 16 第十六章
周年庆上的表白

"我就说……很少回来嘛，嘿嘿，但我觉得还是有必要提前跟你知会一声。"

米雪心想你小子总算聪明了一回，但表面上只是平静地说："好啦，知道了。晚上见。"

米雪挂上电话，一想到马上就能见到史密特了，就各种开心兴奋，早把之前说的那些要彻底忘记他的话都抛到九霄云外去了。

这时，廖宇轩将手背在身后，笑着向米雪走来："米雪，我帮你买了——"

米雪打断他，高兴地说："史密特放出来了！我要先回去了。"

廖宇轩有些吃惊，但还是说："我送你。"

他帮米雪提起椅子上的购物袋，可米雪的心思完全不在他身上，也根本没注意到他后来离开是去帮自己买了一双很漂亮的平跟鞋。

回到公寓楼下，米雪着急地跑在前面，廖宇轩提着购物袋走在她身后。突然，米雪停住了脚步。

"怎么了？"廖宇轩顺着米雪的眼神看去，只见不远处卢川陪着史密特走了过来，而史密特看见米雪和廖宇轩，也停住了脚步。

米雪和史密特之间，此时相隔不过几米，他们却觉得仿佛隔着一个世纪那么遥远。

史密特微微一笑："好久不见。"

米雪揪着背包的带子："我听小明说你暂时取保候审了。"

史密特点了点头。

"你可以继续住在这里……不用觉得不好意思……"米雪说着突然牵起廖宇轩的手，"我现在在和宇轩交往，所以你不用觉得尴尬，我们还是好朋友。"

史密特紧紧盯着米雪牵着廖宇轩的手，并不说话。

廖宇轩也大度地说："是啊，米雪是我的女朋友，她既然认定你是她的朋友，是无辜的，我也愿意为了她相信你一次。明天公司的周年会，你也来吧。"说完拉着米雪走进了公寓大楼。

看着他们的背影，卢川问史密特："你不去追吗？刚才在警局你也听到了，廖宇轩正是阳明山地下赌场的幕后老板，一直黑道、白道通吃，干着洗钱的非法勾当，要是米雪真的跟了他，你能放心吗？"

史密特沉思着说："我需要静下来，好好想一想：廖宇轩、冯展、另一个史密特……这三个人之间到底是什么关系？"

米雪和廖宇轩走到公寓电梯口时，马上松开了牵着廖宇轩的手，她有些窘迫

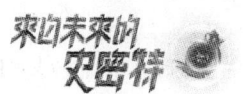

地说："我……"

廖宇轩宠溺地拍拍她的头，温柔地说："不用说，我懂。你现在不要想太多，好好休息，养足精神，然后努力做回那个打不倒的米雪。"

米雪看着廖宇轩，重重地点了点头。

米雪回到公寓，赶紧洗完澡就把自己关进了房间。她听到史密特开门进屋的声音，又从门缝里偷看到他独自站在阳台上发呆，最后左思右想还是忍不住拎着一打啤酒走出了房间。

米雪径直来到史密特身后，伸手将一罐打开的啤酒递给他。

史密特接过啤酒，仔细地闻了闻，又轻轻地啜了一口，马上皱起眉头："这东西，好难喝。"

"好东西都被你浪费了。"米雪一把抢过史密特手上的啤酒，竟咕噜噜一口气喝完了。然后，她马上又打开一罐，接着仰头灌。

史密特有些心疼："不要喝太多，会醉。"

米雪显然已经有些上脸，原本白净的双颊升起了红晕："我是开心，今天是一个好日子，你被放出来，我也和喜欢我的人在一起，应该好好庆祝，不是吗？"

说完她接着灌酒，史密特却直接伸手将她手上的啤酒拿走，说："我来喝。"

看到史密特皱眉喝下一大口啤酒，米雪继续打开一罐，开心地说："这才对嘛，来，干杯！祝你早一天抓住凶手……祝我们都找到幸福。"

米雪将自己的啤酒罐猛地砸向史密特手中的啤酒罐，然后又喝下一口啤酒。

史密特看着她，犹豫地问："你们，真的在交往吗？"

"真的如何，假的又如何？他一直守在我身边，我必须给他一个答案。"

"我只是希望你能考虑清楚。"

米雪自嘲地笑笑："我在乎的人不在乎我，我为什么不去珍惜在乎我的人呢……"

"米雪，其实我……"

米雪已有些醉意，打断史密特说道："别说这些了……喂！史密特……你在未来，谈过恋爱吗？"

史密特顿了顿："未来人和人之间很冷漠，只要条件合适，不需要恋爱和结婚，也可以在一起。"

"照你这样说，谈恋爱和结婚就是为了传宗接代，满足生理需求，那人和动物又有什么区别？"

Chapter 16 第十六章
周年庆上的表白

"未来的女性已经从怀胎生育的痛苦中解脱出来,想要孩子的话,直接去精子库选一个就好了,还可以指定你想要的肤色、五官,这些都会在DNA图谱里面扫描合成。结婚是契约时代的事,早就废除了。"

"那如果想要那个怎么办?"

"什么那个?"

米雪有些尴尬:"就是那个啊,装什么装,别告诉我你还是处男。"

史密特心虚地说:"当然不是!"

米雪鄙视地嘲笑道:"喊,我就知道。"

史密特不服气地解释道:"我们早就进化到用脑电波接触替代了,不像这里的古人,都不怕脏的。"

米雪大笑:"我看啊,你说的未来更像是火星,不是地球。如果未来是那样的话,好无趣。"

米雪喝得有些多了,说话间脚下一软,幸亏被史密特及时扶住。她倒在了史密特的怀里,两个人的脸相距不到一厘米。他们久久对视着,这一刻似乎一切都静止了,只听到彼此的心跳声。

米雪伸手摸了摸史密特的脸,问:"明天当我的舞伴好不好?"

史密特这次没有犹豫,点头说:"好。"

米雪对史密特露出一个迷人的微笑,然后迷蒙着双眼,靠史密特越来越近,眼看两个人的嘴唇马上就要碰到,米雪突然头一歪,靠在史密特的胸口上,睡着了。

"米雪……米雪……"史密特轻摇了几下,见她真的睡着了,不觉松了口气,然后紧紧地将她抱住。

"只要一下,就好了。"史密特也闭上双眼,享受着只属于他们俩的温柔时光。

3

次日,史密特和米雪一同来到"廖氏集团二十周年庆"的现场。米雪穿着廖宇轩送的裙子,配上恰当的妆容和装饰品,显得格外漂亮。而史密特一身帅气的西装也吸引了不少记者的目光。

史密特走到米雪面前挽起手,示意她挽住自己的胳膊,米雪正在发愣,突然被人一把抓住胳膊扯了过去。两个人定睛一看,正是廖宇轩。

廖宇轩冷冷地说:"我的女人我自己会照顾,就不麻烦你了。"

史密特没有反驳,廖宇轩拉着米雪进入了会场。

可走了没几步，米雪就将廖宇轩的手推开，说："我去一下洗手间。"

米雪走进洗手间，松了口气，见 Flora 正在镜前补妆，便礼貌地点头笑笑，想侧身往里面走。

Flora 却并没有放她走的意思，故意挡住去路，故作姿态地说："怎么样？我还是回来了，杂志社是我的，Will 也是我的，最后你还是什么都得不到。"

米雪微微一笑："也许以前有过，但现在我从来没想过和你争廖宇轩。"

Flora 指了指自己的耳环："我们的差距就好比这个钻石耳环，戴在我身上那是珍品，换成你就是 A 货了。"

"你什么意思？"

Flora 继续得意地说："反正从今天之后，全世界都会知道廖宇轩是我的男人。现在廖氏被收购，如果没有我的帮忙，他极有可能被拉下总裁的位置。所以，他一定不会选择你。"

米雪饶有兴趣地问："所以，他答应要和你复合咯？"

Flora 冷哼一声，也不回答米雪，直接摔门而去。

米雪朝她的背影做了一个鬼脸："A 货也很贵的好吗？"

当米雪走出洗手间时，会场的灯光已经全部亮起，大家都看向台阶上醒目的发言台。

Flora 走到麦克风前率先发言："感谢各位莅临廖氏集团成立二十周年的庆典，作为美国 EO 公司的代表，我们在以后的日子会和廖氏共同进退，一起开发台湾地区和整个东南亚的市场。"

大家纷纷鼓掌，Flora 下台时故意经过廖宇轩身旁，别有深意地说："我很期待你今晚的表现。"

廖宇轩嘲讽地笑了笑："放心，我会给你惊喜的。"

这时主持人说道："舞会正式开始，有请我们的廖总来给大家开舞吧。"

Flora 自信地在廖宇轩身边站定，做出一副准备好的样子。

结果廖宇轩却无视她，向她身边的米雪伸出了手。Flora 的脸顿时垮了下来，尴尬不已。

米雪有些不好意思，将手放在廖宇轩的手上。廖宇轩拉着她进入舞池，开始翩翩起舞。而其他人这时也纷纷开始邀请舞伴跳舞。

史密特走到何芸芸身边，向她伸出手："可以吗？"

何芸芸笑着点了点头。

Chapter 16 第十六章
周年庆上的表白

一旁的小明抱怨道:"史密特,朋友妻不可欺啊!"

史密特和何芸芸也进入了舞池,在众人间旋转穿梭。

史密特说道:"上次的事,谢谢。"

何芸芸摇摇头:"我不是帮你,我是在帮冯展。事实证明,我们都没有输。"

史密特笑了,眼神不由自主地看向不远处的廖宇轩和米雪,发现米雪也正偷偷地瞄向这边。

何芸芸察觉到两个人的眼神,忍不住说道:"你不要怪我多事,你和米雪……你们明明互相喜欢,为什么不能勇敢一点儿去争取幸福呢?"

"如果这种幸福是短暂的,甚至伴随着痛苦,还能把它握在手里吗?"

"幸福本来就是转瞬即逝的,如果因为害怕失去就不去抓住它,这不是傻子的行为吗?能爱的时候就用力去爱,人这一生短短几十年,又有什么能大过生死呢?"

史密特听到这番话,似乎很有感触,认真地看着何芸芸,搞得她反而有些尴尬。

"史密特,你不要介意,我又不是你什么人,没什么资格教训你。只是旁观者清,不想看相爱的人随意错过。"

史密特淡淡一笑:"谢谢,我知道了。"

在未来,他又何曾听过母亲跟自己讲这些呢?母亲还没等到他长大,就匆匆去了天堂。也许2015年对史密特而言,就像是天堂一般的存在吧,在这里虽然也有颠沛流离的艰难困境,但他能跟父母像朋友一样快乐地相处,也能幸运地找到真爱之人。是啊,幸福如此短暂,为什么要思前想后,而不去及时行乐呢?

不知不觉间,廖宇轩和米雪随着音乐跳到了史密特和何芸芸附近。这时廖宇轩拉着米雪的一只手旋转,史密特突然抓住米雪的另一只手,将她一把拉进自己的怀里。

廖宇轩想上前阻止,何芸芸却走到他面前,说:"怎么,不愿意和我跳吗?"

廖宇轩笑着摇摇头,只好无奈地和何芸芸跳起了舞,眼睛却一直盯着史密特和米雪的方向。

和史密特跳舞的米雪故意板着脸问:"你这是干吗?"

史密特俏皮地一笑:"和你跳舞啊。"

米雪撇嘴:"我才不想跟你跳呢……"

"是吗?我怎么记得某人昨天晚上可是特意请求我做她的舞伴。"

米雪心虚地说:"是吗?某人怎么不记得……你现在这样是什么意思,吃醋吗?"

还是觉得喜欢过你的人喜欢别人,心里不舒服?"

史密特果断地说:"是。"

这回轮到米雪愣住,舞步也开始凌乱。

史密特突然"啊"地叫了一声,被米雪踩到了脚。

"你还没说到底是什么意思呢……不说是吧……"米雪用高跟鞋使劲儿地踩史密特的脚,"不说清楚我就一直踩踩踩……"

史密特突然用力搂住米雪的腰,将她整个人抬高,让她的双脚都踩在自己的脚上,然后用一个人的力量抬着她的脚慢慢跳舞。

"只要你喜欢,怎样都好。"

米雪从来没见过如此温柔对自己的史密特,一下子不知该如何是好。

这时音乐突然停了,全场的灯也熄灭了,一束追光打在舞台中央,只见廖宇轩风度翩翩地站在一架钢琴前,示意演奏者开始演奏,而他在钢琴声的伴奏下唱了一首《All of me》,目光自始至终都没有离开过米雪。

米雪从史密特的脚上走下来,完全被眼前这一幕震撼了。而史密特眉头深锁,也目不转睛地注视着米雪的表情。

一曲终了,廖宇轩继续说道:"各位,很感谢大家抽空参加我们的周年庆,廖氏集团这些年的发展离不开你们的付出。今天我想借着这个机会宣布一件事——我决定正式辞去廖氏集团总裁一职,现在的我,已经有了更重要的选择……我爱上了一个人,每次看到她,我都会想起过去那些简单美好的时光,真的好希望她能给我一个陪她走完下半生的机会。"

说完这句话,廖宇轩按下手中的遥控器。只见一辆模型玩具车从台下开了出来,众人纷纷让路,玩具车最终停在了米雪面前。廖宇轩又按了一下遥控器,玩具车顶的天窗便打开了,里面卡着一枚钻戒。

这时,廖宇轩一步步走向米雪,在她面前单膝下跪,举起戒指,真挚地说:"米雪,嫁给我吧。"

站在一旁的 Flora 气愤地想上前阻止,却被何芸芸拉住了胳膊。

米雪用手捂住嘴,她真的很感动,可是她也真的知道自己爱的并不是他。然而难就难在,廖宇轩对她真的太好了,此情此景之下,她要怎么说、怎么做才能既不伤害廖宇轩,又不违背自己的意愿呢?米雪在心里喊道:老天啊,快救救我吧!

"米雪,不要答应!"在米雪快要崩溃的时候,史密特突然握住了她的手。

Chapter 16 第十六章
周年庆上的表白

廖宇轩气愤地说:"史密特!你有什么资格要求她?"

米雪示意廖宇轩不要激动,又甩开史密特的手,赌气地说:"我的答案是什么,和你有关系吗?你真的关心吗?"

"跟我走,你问什么,我都告诉你。"

"我跟他之间的事,和你无关。"

米雪没有想到自己话音刚落,就被史密特一把拉进怀里,当着众人的面强吻了她。她吓得睁大双眼,一动都不动,直接呆滞了。

片刻后,史密特放开米雪,对廖宇轩冷冷地说:"不好意思,她喜欢的是我。"

廖宇轩怒不可遏,站起身直接打了史密特一拳,而史密特不甘示弱,马上也还击了一拳。两个人还想继续打,却被旁边的人拉开了。

米雪帮史密特擦擦嘴角,关切地说:"流血了!"

"没事。"史密特拉着米雪就往外走。

此时廖宇轩跑上前拉住米雪的另一只手,难过地说:"米雪,不要走。"

米雪看看廖宇轩,又看看史密特,叹了口气,冷静地对廖宇轩说:"对不起,宇轩,我不能答应你的求婚。"说完,她将廖宇轩握着的那只手收回,跟史密特一起走出了会场。

廖宇轩只觉得天旋地转,心如刀割。他不明白自己苦心经营了那么多事情,为何最后还是落得如此结局。

这时,Flora发疯一般扑向廖宇轩,将他手上的戒指打落在地,激动地说:"Will,你搞错了吧!你应该求婚的对象是我!怎么可能是她,你为了她连整个廖氏都不要了吗?"

几个工作人员上前将她拉开,她恨恨地喊道:"廖宇轩,你永远都别想甩掉我!"

米雪被史密特拉着走出会场大门后,就甩开他的手,自己一个人急匆匆地往前走。史密特快步追上,她又走得更快,最后直接小跑起来。

史密特意识到米雪的不对劲,快跑几步追上她,拉住她的胳膊让她停下。

米雪回头看史密特,脸上竟然挂着泪痕。史密特顿时呆住了。

"好玩儿吗?是不是觉得我很傻,你让我做什么就做什么,你不停地拒绝我,我还是厚着脸皮赖着不走。对!我喜欢你,喜欢到自尊都没了……可我也是有底线的,不是你招之即来挥之即去的宠物。"

史密特上前一步心疼地抱住米雪,米雪越是挣扎,他就抱得越紧。

"米雪,我不会再放开你了。"

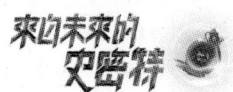

可米雪最后还是狠心地推开了他,吸吸鼻子说:"有些事我想你误会了,我拒绝宇轩并不是因为你,只是忠于内心的想法。"

"不管怎么样,你没有选他,我就有机会。"

米雪的表情变得严肃起来:"错过就是错过了,不可能因为几句话就当作什么事都没发生过。我怎么知道你明天会不会又突然告诉我,你不过是在做个试验古人的游戏?"

"那你要怎样才愿意相信我?"

"不是相不相信的问题,同样地,我也要告诉你……史密特,我已经不爱你了,请你离开我的世界。"米雪说完,毫不留情地转身走了,留下错愕的史密特站在原地。

史密特攥紧拳头,目光坚定地说:"我不会放弃的。"

既然是自己弄丢的,那就靠自己再去争取回来。史密特觉得从未像现在这一刻这般勇敢无畏过。他过去总是在害怕失去,可既然从未得到,又谈何失去?加油吧,史密特,去努力追求自己的幸福,放手一搏。

Chapter 17 第十七章
廖宇轩的真面目
∨∨∨

米雪害怕地拿起手边的东西想砸廖宇轩,可没想到她摸到的竟是一个廖宇轩的仿真头像,脸上还密密麻麻地标刻着一些线条和数字,显得极其诡异。

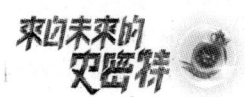

1

米雪真的不爱史密特了吗？这话说出来，她自己都不信。

只是好不容易等来了史密特的表白，怎么能这么轻易地答应他？好歹也要把自己过去丢失的尊严，一点儿一点儿补回来。史密特啊史密特，没想到你也有今天吧？

米雪这几天真是做梦都会笑醒。高冷傲娇的史密特先生已经连续几日当她的"小跟班"了。她上班，他就在杂志社门口等她下班；她鞋带开了，他就在大街上不顾别人的眼光，俯身帮她系鞋带；她去超市，他就推着车在后面听话地跟着……翻身做主人的感觉太好了，但米雪只是偷着乐，在史密特面前仍旧摆出一副毫不在乎的样子，怎么说也要让他好好尝尝热脸贴冷屁股的感觉。

这天一早，米雪收拾好从卧室走出来，见史密特已经在客厅准备好了早餐，心里十分惊喜，表面上却不动声色。

"我帮你买了你喜欢的三明治。"史密特笑嘻嘻地推着米雪在餐桌旁坐下，又倒了两杯牛奶，一杯放在米雪的面前。

米雪一边吃，一边偷瞄坐在对面的史密特。她看到史密特喝牛奶的样子，忍不住回忆起自己在周年庆舞会上被他强吻的情形，顿时脸红心跳。

"你的脸怎么红了？"史密特好奇地问。

"我……我热。"米雪假装用手扇了扇，又拿起三明治胡乱地咬了一口，再灌下一大口牛奶。

"我吃饱了，先走了。"她说完起身就想走，可史密特却跟着起身拦住了她。

看着史密特越走越近，米雪不停地后退，最后退到墙边，无路可退。她的心又开始狂跳，结结巴巴地说："干……干吗？"

史密特也不说话，只是盯着米雪，一只手撑在墙上，脸离她越来越近。

米雪紧张地闭上了眼睛，心想难道刚才史密特看透了我的想法？他怎么知道我在回忆那个吻呢？

这时，米雪只感觉有人正用手指轻擦自己的嘴角，她猛地睁开眼睛。

史密特笑着说："你的嘴上全是奶渍，这样出去会被人笑的……女孩子还是稍微讲究一点儿比较好。"

米雪生气地推开史密特，使劲抹了抹嘴唇，咬牙切齿地说："谢谢！……就不劳您费心了！"

此时史密特拿出一条坠子是 S 形的项链，给米雪戴上。

Chapter 17 第十七章
廖宇轩的真面目

米雪没有反抗，但嘴上说："干吗？以为随便送一条项链就能收买我？我告诉你，我可不是那么好追的。"

"这是追踪器，我可以用它随时定位你的位置，这样以后就不用担心你的安全了。"

米雪难以置信地说："你送追踪器给我？"

史密特不解地问："有什么不对的吗？"

米雪无语地瞪了他一眼："2045年的人果然还是这么无趣！"说完提着包摔门离开了。

史密特还在纳闷，突然米雪落在桌上的手机响了。史密特想了想，接起了电话。

"你好，是米雪小姐吗？"

"你好，她本人不在，有什么事吗？我可以转达。"

"哦……是这样的，上次米雪小姐来医院复诊的结果出来了，麻烦她过来取一下化验单。如果她没时间的话，家属拿病历本过来也可以代领。"

"知道了，谢谢。"

史密特挂断电话，找到米雪的病历本去帮她拿复诊结果。在等待的过程中，他碰到医院送来一位满身是血的伤患，急需Rh阴性血。分诊台的护士们紧急联络起曾经在医院登记过Rh阴性血源的人，而廖宇轩也在其中。谁料护士给他打电话时，他却并不承认自己是Rh阴性血，还说是医院弄错了。护士长追问曾给廖宇轩做输血登记的小护士，这才知道原来当初给米雪输血的并不是廖宇轩，而是另有其人。廖宇轩拿钱买通了当日登记的小护士，这才在输血人一栏上写下了他的名字。

廖宇轩为什么要做这样的事？是为了让米雪感激他，还是说，为了掩盖他根本就不是廖宇轩的真相？

史密特决定冒险试探一下廖宇轩。他伪造了一份廖宇轩过去和现在的指纹对比鉴定报告，寄给了廖宇轩，并约他在大楼天台见面。如果他心里有鬼就肯定会来，史密特直觉自己这次肯定可以大有收获。

果不其然，廖宇轩如约来到了天台，似笑非笑地对史密特说："你送我的礼物，我已经收到了。"

史密特试探着问："怎么样，喜欢吗？"

廖宇轩咧嘴一笑："我的小史密特比我想象的要聪明很多嘛……"

"你承认了，你不是真正的廖宇轩。他才是那段杀人录像里的被害人，而你

就是凶手！"

"是或不是又怎样？只要我在的一天，又有谁会去怀疑我？你给我的那份鉴定报告，用的指纹样本是廖宇轩2013年在慈善晚会上捐赠的手指印画。但据我所知，那幅画根本就不在国内，你又是如何取样的呢？"

"我确实是想用这个试探你，你既然知道报告是假的，又为什么要来……"

史密特二号笑道："秘密放久了是会寂寞的，既然你活不过明天……我让你知道一切然后无能为力地死去，不是更好吗？"

史密特攥紧双拳，质问道："你为什么要扮成我的样子去杀廖宇轩？"

史密特二号走到史密特面前，帮他整了整领子，史密特一脸戒备。

"我从未假扮过你，因为我，也是史密特。这面具戴久了，连我自己都以为是真的了。"

"你是怎么认识廖宇轩的？"

史密特二号回忆道："我第一次见到他是在阳明山，那个时候，他还是米雪暗恋的对象。之前我说你用科研项目诈骗了他的公司两千万是为了陷害你而故意编造的，真正的廖宇轩……根本就不管公司的事情。他之所以定期来阳明山，并不是放松度假，而是为了在这里私下开设的赌场。我观察了他很久，他不仅好色、不务正业，还利用赌场帮人洗钱。我当时设法进入赌场跟他赌了一次，那一次应该是他头一回输得那么惨。之前他一直利用微型耳机出老千，可在时空怀表面前，他也只能甘拜下风。然而他又是个输不起的人，被我赢光了筹码后，他就找人把我扣在赌场一顿毒打，直到我把赢的筹码全部还给他……他的外表和内里简直就是两个极端，但米雪不知道这些，还傻傻地暗恋着他。"

史密特听到这里，蹙眉问道："你就因为这个杀了他？"

史密特二号没有正面回答，而是沉浸在回忆中继续说道："你看过监控录像，我和他起了争执后把他推下悬崖……我不后悔，只有这样，他才永远不可能去伤害我爱的人。可我杀完廖宇轩之后，总觉得背后有一双眼睛看着我。事实证明，我的直觉没错，那天冯展目睹了整个过程，还拿着我杀廖宇轩的监控录像来威胁我……"

"所以你把他也杀了？"

"人心本就复杂，我是杀廖宇轩的凶手，冯展却为了私利而选择掩盖真相……没有人是干净的，他的下场也是自作自受。"

"然后，你就处理掉了监控录像……"

Chapter 17 第十七章
廖宇轩的真面目

"对,我把装优盘的盒子丢进一个尚未浇灌的水泥柱模型里,然后让水泥流入模型,把这个秘密掩埋在阳明山地底的柱子里。史密特,其实我第一次见你的时候,就知道,这件事不会瞒太久了。"

"你知道我在查阳明山的案子,又发现时空怀表在我的手里,所以故意装作什么都不知道,让我陪你演了一出找人的戏码。"

"你很聪明,很快就怀疑到了我。我误导你发现另一个史密特,以为这样你就不会再怀疑廖宇轩……"

"还有时空黑洞的悖论,到底是你编出来警告我的,还是确有其事?"

"我希望你能回到你的世界,不要再打扰我和米雪。怀表的悖论确实存在,时空静止就是怀表的悖论所产生的副作用。这种不稳定,随时可能让我们困在时空黑洞里,万劫不复。本来我只是想让你远离我的生活,但是你对这件事不依不饶……是你逼我不得不去对付你。"

"所以你用另一个史密特的面貌出现在我面前……但你没料到冯展的尸体没多久就被发现了,情急之下你只好嫁祸给何芸芸,并让我以为冯展是监控里的受害人。"

"我必须要误导你,好让你回到你来的地方……但还是被你躲过了。既然赶不走你,只好把你送进监狱咯。只可惜那个警察太没用,不仅抓不到你,还弄伤了米雪。"

"救米雪的时候,你为了掩盖身份,还专门找人代替你捐了血。"

"我那时只是想救米雪……我本来以为,她看到杀人录像,一定会对你产生害怕和质疑。为此我还特意假冒你承认自己是凶手……可是没想到,她还是相信你。你知不知道自己有多幸运?"

"为什么?你到底为什么要把廖宇轩推下悬崖?难道就是因为米雪?"

史密特二号冷冷一笑:"能告诉你的,我都说了,这个问题,你没有资格问。"

史密特脸色一沉,突然上前,用手里的瑞士军刀迅速抵在他的脖子上:"我没有资格问,就让警察来问好了。"

史密特二号面不改色,哈哈大笑:"证据呢?你要怎么说?说我是时空怀表的主人,还是解释你来自未来?恐怕你还没说完,就会被当成精神病人关进精神病院了。"

史密特有些恼怒,将刀又逼近了一分,史密特二号的脖子开始出现轻微的血痕。

"不要冲动,小史密特,你就不好奇吗?我既然愿意告诉你真相,并且陪你

废话了半天，会这么任你处置吗？"

"什么意思……你又想用米雪威胁我？你不会伤害米雪的。"

"对，我绝对不会伤害米雪，但是别人，就不好说了。如果我没猜错的话，小明、何芸芸和你在未来的关系应该不浅，你对他们的了解也超过了普通朋友。"

史密特心中一紧："你想做什么？"

史密特二号微微一笑："如果不出意外，他们现在应该已经在某个安静的地方了。"

"放了他们，你想对付的人只是我，何必绕这么大的弯。"

"这就是之前那件事给我的教训……杀一个人很简单，但就像挖了一个坑，需要你不停地去补。要一个人彻底消失，并不一定要弄脏自己的手。"

史密特恨恨地说："你想要我怎么做？"

"我知道你一定会救他们，只要拿你的命来换……"史密特二号说着轻轻推开史密特手中的瑞士军刀，笑道，"你还有一个晚上的时间。"

看着史密特二号得意的表情，史密特只觉得自己很无能。为什么每次都被他占尽先机，而自己永远只能这么被动？如果自己真的拿命去换，那谁又能保证他一定能信守承诺？不能坐以待毙，史密特决定找卢川帮忙，彻夜寻找小明和何芸芸的下落。

2

米雪早上去杂志社上班的时候，本来还一直构思着万一碰到廖宇轩要怎么面对他。是若无其事地热情寒暄，还是诚恳地跟他解释道歉？然而，她发现廖宇轩没来上班，且据同事说，Flora 也不知去向，公司和家里到处都找不到。

米雪回到座位，发现办公桌上放着一个绑着缎带的小盒子。米雪疑惑地打开一看，里面是一张去往法国的机票和一个戒指盒，还有一张小卡片，上面写着："后天，我会在机场等你。——廖宇轩。"米雪叹了口气，看来他还是不死心。没办法，只能亲自去他家跟他说清楚了。

米雪蹲在廖宇轩家门口，一直等到天黑，他才回来。

进屋后，米雪默默地从包里掏出机票和戒指还给廖宇轩。

廖宇轩苦笑道："我知道，你还是会还给我，所以我连当面送的勇气都没有……你真的一点儿希望都不给我。"

米雪想了想，似乎下定了决心，坚定地说道："这几天你不在公司，我也不

Chapter 17 第十七章
廖宇轩的真面目

敢来找你,但是有些事还是得面对。我承认,我以前是喜欢过你,但那只是小女孩对偶像的崇拜和向往,并不是真正的爱情。我知道你对我的心意,也感谢你对我的帮助……但不喜欢就是不喜欢,我也无能为力。"

廖宇轩难过地看着米雪:"第一次从你的嘴里听到这么伤人的话。"

米雪不惧地跟他对上目光:"我不说清楚,才是真的伤人。"

廖宇轩自嘲地笑笑:"如果没有史密特……你会选我吗?"

"没有如果。"米雪说完从沙发上站起身来,"我还是先走了……"

廖宇轩不舍地拉住米雪的手:"你一直在等我回来,肯定没吃东西,我去帮你买点儿吃的,吃完再走吧。"

米雪想挣脱:"不用了……"

"和我在一起,多待一分钟都那么痛苦吗……我去买吃的,你等我。"廖宇轩不再给米雪说话的机会,径直离开了。

米雪瘫坐在沙发上,无奈地摇了摇头。这时,突然从楼上传来"扑通"一声。

米雪好奇地看向楼上,问:"有人吗?"可没有任何回应传来。

米雪想了想,慢慢地朝楼上走去。她循着声音来源走进书房,四处张望了一下,在角落里发现了一个闪光的东西。她捡起一看,是一个钻石耳环。

"Flora 的耳环……怎么会在这里?"

猛然间奇怪的响声再次响起,把米雪吓了一跳。而这次她可以确定声音是从这个房间里传出来的。她贴在墙壁上仔细地听,同时大声问:"里面有人吗?"

里面的人似乎在回应她的问话,又发出了同样的响声。

"这里面有人!可我要怎么进去?"米雪自言自语地拍打着墙壁开始想办法,她尝试移动周围的物品,当移动到书架的时候,密室的门开了。

米雪走进密室,发现 Flora 连同椅子一起倒在地上,她的手脚都被绑在椅子上,嘴上还贴着封条,整个人奄奄一息。

米雪大惊,急忙跑过去:"主编!你没事吧?"她边说边给 Flora 松绑,可 Flora 突然看向她的身后,双眼充满惊恐,一直剧烈地摇着头。

米雪不解地撕开 Flora 嘴上的封条。

Flora 用尽全身的力量大喊:"快跑!"

米雪回头,见廖宇轩正悄无声息地站在她身后。

"我最害怕的事,还是发生了。"廖宇轩一脸失望。

米雪害怕地拿起手边的东西想砸廖宇轩,可没想到她摸到的竟是一个廖宇轩

的仿真头像，脸上还密密麻麻地标刻着一些线条和数字，显得极其诡异。米雪大叫一声把头像扔掉，想要逃跑，可廖宇轩一把将她抱住，直接把她打晕了。

廖宇轩抚摸着米雪的脸颊，动情地说："对不起……等事情解决了，我就带你走。"

此时，小明和何芸芸正被廖宇轩雇的人绑在山上的一间小仓库里。屋外有两个人把守，而房内并无人看管。小明用眼神示意何芸芸背过身去，两个人保持背靠背的姿势，然后小明去摸绑住何芸芸手腕的绳子。他找到绳结的位置，开始慢慢用手指抠。

不知抠了多久，小明的手指已满是鲜血，而何芸芸的绳子也终于被解开了。这时其中一个看守走了进来，何芸芸和小明连忙恢复并排坐着的姿势。

看守扫了两个人一眼，转头继续玩手机。

小明小声对何芸芸说："我引开他们，你找机会逃跑。"

何芸芸的眼眶湿了，摇头说："要走一起走。"

"只要有一个人能出去就有救了，听话！"

小明说完看准机会一头撞向房内那个看守的肚子，将他撞倒在地。门外的看守见状冲了进来，想去抓何芸芸，小明连忙起身拦住，并用嘴咬住他的胳膊，结果被那个看守狂踢肚子。

小明忍痛大声说："走！"

何芸芸趁机疯狂地跑出仓库，之前被小明撞翻在地的那个看守爬起来，追了出去。

山间小路上，只有月光依稀的照明，显得寂静恐怖。何芸芸一路狂奔，找到一处低矮的树丛做掩护，躲了起来。

看守很快就追了上来，边走边用手去拨开地上的草木。何芸芸哆嗦着用手捂住嘴巴，一动都不敢动。眼看看守离自己越来越近，她急得眼泪都掉了下来。

"放开我……救命……啊……"终于她还是被看守发现，眼看就要再次被抓住，那个看守忽然倒在了地上，不再动弹。

何芸芸泪眼朦胧地抬头一看，原来是史密特和卢川及时赶到，救了自己。

"史密特！你可算来了。"何芸芸拉住史密特的手站了起来。

史密特拍拍她的背，安慰道："抱歉，来晚了。我让卢警官帮忙查了你公寓附近的监控录像，一路追踪绑架你们的那辆面包车，这才找到了这里。小明呢？"

"他还在仓库里，我带你们去！"

Chapter 17 第十七章
廖宇轩的真面目

史密特和卢川偷偷靠近仓库大门,示意何芸芸不要进去,然后跟卢川一起冲进了仓库。

仅剩的那个看守见两个人冲进来,立刻拿出枪对着他们。

卢川也拿出枪对准他,说:"不要动,我是警察。"

看守知道自己可能无法逃脱,索性把心一横,朝卢川开枪。卢川闪身躲过。

这时,何芸芸偷偷绕到小明身边,帮他松绑。急红了眼的看守突然向毫无防备的何芸芸开枪,千钧一发之际,小明推开何芸芸,用自己的身体为她挡下了这一枪。卢川趁机开枪击中了看守,让他丧失了攻击能力。

何芸芸顿时泪崩,哭喊着:"小明……小明……"

小明捂住胸口,奄奄一息地说:"芸芸……我胸口好痛……"

"你不要死,你只要活着,我什么都答应你。"

"听说,接吻可以当麻醉药用,我现在好痛……"

何芸芸马上俯身去吻他:"好一点儿没?你们快叫救护车啊!"

小明忍不住笑了:"我没事……"他拉开衣服给何芸芸看,原来子弹打在了他胸口口袋里的玩具钢质徽章上。

"你要我啊……还接吻可以麻醉……"何芸芸假装生气地去打小明,小明一把抓住她的手,将她拉进怀里。

史密特和卢川看到这儿,也松了一口气。

史密特问卢川:"现在可以去抓廖宇轩了吗?"

"我已经向上级申请了紧急搜查令,现在应该到廖家了。"卢川说着走到仓库门口,拨通了同事的电话。

"喂,你们到了吗……什么?我知道了。"卢川挂上电话,面色凝重地对史密特说,"他们到廖宇轩家的时候,只发现了《星周刊》的女主编,好像还受了不小的刺激。那个女人说廖宇轩把米雪抓走了。"

史密特听罢,一把抢过卢川的枪:"借我一下。"然后飞快地跑出了仓库。

他打开对米雪脖子上跟踪器的定位系统,开着小明的采访车,朝米雪所在的地方直驱而去。

3

天边泛白,天空已经微亮,廖宇轩开着车行驶在一条人烟稀少的大路上。米雪坐在副驾驶位上,系着安全带,身体随着车身的颠簸而晃动,还处于昏睡之中。

　　过了一会儿，米雪渐渐苏醒。她看到自己坐在廖宇轩的车中，马上惊恐地解开安全带想下车。但廖宇轩用一只手紧紧地按住她，让她无法动弹。

　　"你放开我，我要下车！"米雪大喊道。

　　廖宇轩温柔地说："不要动，我们很快就到了。"

　　"到哪里？"

　　"我在港口准备了船，我们马上离开台北。"

　　"宇轩，你到底在做什么？我不要去什么港口，我要回家！"

　　廖宇轩抓住米雪的手，动情地说："我不是廖宇轩，我是史密特，自始至终只爱过你一个人的史密特。"

　　米雪有些莫名，想了想，突然反应过来："你……你是另一个史密特！"

　　这时，史密特二号从后视镜里发现一辆采访车正在后面紧追不舍，冷冷地说："还真是阴魂不散。"

　　米雪也回头去看，瞬间高兴起来："史密特！他来救我了！"她想起史密特之前给她戴的追踪器，不禁伸出手紧紧握住。

　　史密特二号神色凝重，踩下油门，车子飞速向前开去，而史密特也马上加快速度，仍旧穷追不舍。

　　米雪想做点儿什么，可是无论她怎么推搡叫喊，史密特二号都不理会。万般无奈之下，她看准机会，一咬牙打开车门就跳了出去。由于惯性，她在杂草丛生的路旁翻滚了十几圈后才停下，整个人也失去了意识。

　　史密特二号由于一直关注着史密特的动向，而没来得及拉住米雪。米雪跳车后，他心中一紧，急忙刹车停在路边。

　　然而，史密特先他一步停车，跑过去抱起了米雪："米雪……米雪……"

　　米雪的脸上、身上有多处擦伤，无论他怎么叫喊，都没有反应。

　　史密特二号也下车朝米雪跑来，史密特愤怒地冲上去打了他一拳，只见一块怀表从他身上掉落。史密特赶紧拾起怀表，迅速倒转了十分钟。

　　时空回溯到十分钟前，米雪正要跳车的那一刻。

　　史密特二号看准时机抓住了米雪的手，把车门又关上了。而史密特找准机会用手枪打破了史密特二号的汽车轮胎，迫使他的车子因爆胎停了下来。

　　史密特下车跑上前，史密特二号也下车，拿出怀表，再次转动，而史密特见状马上同时转动怀表，结果时空又陷入了黑洞的静止状态，米雪惊慌失措的样子被定格。

第十七章 廖宇轩的真面目

史密特二号冷笑一声:"真是怎么都甩不掉你。"

"这次我一定要抓到你。"史密特做好了战斗准备。

"先赢我再说。"

在所有事物都静止的状态下,史密特和那个假冒的廖宇轩开始了一场激烈的追逐战。两个人边跑边打,史密特几次三番想去揭下廖宇轩的面皮,可都没有成功。史密特二号见史密特不好对付,直接对他开了一枪,史密特敏捷地躲过,同时也拿出枪回击。两个人分别用各自的车做掩体,开始枪战。但几个回合下来,谁都没有占优势。

史密特二号之前被史密特打中肩膀,旧伤在肩,气喘吁吁地说:"小史密特……现在还不晚,只要你放弃,凭我们手上的怀表,想要一切重来也不是不可以。我保证你能回到你的世界,而且再也不会有警察找上你……"

史密特冷哼一声:"该放弃的人是你吧……我绝对不会把米雪交到你手上的。"

"是吗?那真的是没办法了……"史密特二号边说边绕到车的另一头,再次对史密特开枪,但仍旧被他躲过。

史密特二号自嘲地一笑,对史密特大喊:"算你走运,我的枪已经没有子弹了,反正现在也跑不了了,我认输。"

他说完举着手枪慢慢从车后走了出来,史密特也起身走出来,两个人失去掩体,面对面对峙。史密特二号故意做出要扔枪的样子,可就在枪被扔出去的一瞬间,他突然倒地接住了马上要掉落在地的手枪,又迅速朝史密特开了一枪。只可惜他还是晚了一步,史密特对此早有防备,不仅完美地躲过了这一枪,还打伤了史密特二号另一侧的肩膀。

史密特放下枪,冷静地说:"你输了。"

这时,时空黑洞结束,时间又重新开始运行。

米雪从史密特二号的车上跑下来,径直跑到史密特身边,上下打量他,关切地问:"你没事吧?"

史密特笑着摇了摇头。

史密特二号躺在地上,看着米雪依偎在史密特身边的样子,觉得是那么熟悉,却又那么遥远。

米雪质问他:"为什么要这样做?你到底想干什么?"

史密特二号捂着伤口,叹了口气后说道:"只有杀掉廖宇轩,历史才不会重演……我做的一切,都是为了保护你。"

米雪摇头："我听不懂。"

"我和你爱的这个史密特一样，也来自另一个时空。在那个时空……我是史密特，和我的米雪相爱。与这里不同的是，我们那里的空气中的微生物含量十分巨大，任何生物体死后都会马上分解成无机物，消散于空中。所以我们一直生活得小心翼翼，尽量不让自己出现大面积的伤口，否则创面过大，暴露于空气中，我们就没有机会存活。我在我们的时空是一个科研工作者，一直致力于做时空怀表的研究，希望能回到过去，提取空气的化验数据，改善现在的空气状况，从而降低人类的死亡率。我是个工作狂，而米雪一直无怨无悔地陪在我的身边，我本以为我们会一直这样幸福下去，可在那个时空的廖宇轩因为追求米雪被拒，因爱生恨把她推下了悬崖。本来那天，我们约好要去天树许愿，可因为我的迟到，才酿成了这场悲剧。你们可以想象眼睁睁看着自己最心爱的人死在怀中，最后又变成发光的无机体随风飘散的感觉吗？根本没法抢救，根本无从缅怀，她就这样从世上消失了……"

史密特二号说到这里痛哭起来，米雪也流着泪把脸埋在史密特怀中。

"后来，我只能用工作来麻痹自己，终于做好了那块怀表。它是我剩下的生命的所有支柱。我想穿越时间回到过去，我要救米雪……可没想到怀表出现故障，让我意外穿越到了你们这个平行时空，这里的一切跟我所在的时空完全不同。我试着想回到自己的时空，却没有任何办法，因为怀表在这里只能做到时间上的回溯，根本无法再跨越平行时空……而在我最绝望的时候，我看到了米雪。那一刻，我突然感觉是老天爷刻意安排我来到这里，给我一个和你重新相爱的机会。米雪，对不起，我……我只是不想让你再受到任何伤害。我第一次见到你的时候，就在心里发誓，这一次，无论如何再也不会离开你。"

米雪哽咽地说："所以……我第一次见到你时，你的反应那么激烈，后来还把我反锁在家里，不让我去阳明山偷拍廖宇轩……"

史密特补充道："所以，后来的廖宇轩才会性情大变，爱上米雪。"

史密特二号看着米雪笑了笑，算是默认。

米雪已不再害怕这个假冒的廖宇轩，慢慢靠近他，又脱下外套帮他按住伤口。

"你之前跟我道别的时候，是早就想好了要用另一个人的身份留在我的身边，是吗？"

史密特二号点点头，目光真诚，透出对米雪无尽的爱意："不管我有多坏，我从来都没想过伤害你。我已经没办法再救回那个时空的米雪了，所以只能选择

第十七章 廖宇轩的真面目

爱你来赎罪。米雪，我希望你能够原谅我。"

此时，他身上的衣服已经被鲜血染透，他将手伸向米雪，说："对不起，以后我不能在你身边保护你了，你一定要照顾好自己。米雪……你不会恨我吧……"

米雪握住史密特二号满是鲜血的手，让他靠在自己的肩上，摇头说："不，我不恨你。"

史密特二号的气息越来越微弱，他用尽全力挤出一个微笑，又从口袋里拿出那枚求婚的钻戒，替米雪戴上："就当这是我送你的最后一个礼物吧。"

米雪哭了起来："你坚持住，我马上送你去医院。"

史密特二号摇摇头，挣扎着站起来，跄踉地走了两步，对史密特说："我不是输给你，而是输给她。答应我，永远不要离开她。"

史密特郑重地点了点头。

史密特二号欣慰地一笑，抬头看向太阳初升的天空，仿佛看见了另一个时空的米雪正在对他招手微笑："我的米雪……这一次，我真的要见到你了，我好想你……"

他说完闭上双眼，打开怀表盖，又拔掉怀表边缘的柄轴，引爆了怀表。廖宇轩那张英俊的脸庞在火光中慢慢蜕变成了史密特二号满是泪痕的脸，最后整个人都消散于天地之间。

米雪终于忍不住放声大哭起来："宇轩……"

史密特上前将哭得浑身颤抖的米雪搂入怀中，抬头看了看天空，喃喃说道："他终于可以见到属于他的米雪了，我们应该为他们祝福……"

然而史密特话未说完，他手里的怀表的指针就突然开始无序地自转起来。他顿时觉得头痛欲裂，整个人直接跪倒在地，抱着脑袋痛不欲生。

"史密特，你怎么了？你不可以有事，我还有好多话没告诉你呢……"

最后映入史密特眼帘的是米雪急得花容失色的脸，随后他眼前一黑，彻底晕了过去。

Chapter 18 第十八章
回到2045年

∨∨∨

为什么他还是感觉越来越虚弱?难道,只有回到2045年他才能活下去?

1

史密特醒来的时候，已经躺在了医院的病房里。他侧头看了看，见米雪紧握着他的手，伏在床边睡着了，脸上还带着几道泪痕。

史密特心疼地用另一只手去摸米雪的脸，却不小心惊醒了她，她看到史密特醒来，很开心却又略带自责地说："哎，我怎么会睡着了？史密特，你没事吧？还有哪里难受吗？"

史密特摇摇头，想坐起来，米雪赶紧帮他把枕头垫在背后。

"医生帮你检查了，说没什么大问题，就是有点儿虚弱，要好好休息。你知不知道你晕倒的时候快把我吓死了……"米雪说到这里，看着史密特小心翼翼地问，"现在你的案子已经解决了，你……是不是要回去了？"

史密特不作回答，反问道："你想要我走吗？"

米雪的神色黯淡下来，转过身坐在床边，踌躇着不说话。

这时，史密特突然从背后一把抱住她，把米雪吓了一跳："史密特！你……"

"我曾经以为只有放手才不会给你带来伤害……是我错了，我太自以为是。我以为的伤害并没有出现，却因为我自己，让你遍体鳞伤。所以我不可以继续错下去，你喜欢的人是我，也只能是我。"

米雪故意转过脸不看他，脸上却掩饰不住笑意，小声嘟囔道："哪有人这么霸道的？"

史密特将她抱得更紧，问："你还没回答我的问题，你想要我离开2015年吗？"

米雪条件反射般转头看着他说："当然不要！"她一说完就意识到自己太不矜持了，于是结结巴巴地补充道，"我的意思是，如果在这里有什么舍不得、放不下的人……可以考虑考虑……不用这么着急做决定。"

史密特松开手，假装叹气说："那我还是走吧。"

米雪一把抓住他的胳膊，生气地说："不准走！"

史密特无辜地看着她："你刚刚不是还让我考虑吗？"

米雪干脆豁出去了，恢复女汉子本色："喂，你什么意思，光占便宜不想负责啊？某人可是承认过喜欢我的。不管，抱也抱了，亲也亲了，你要对我负责！"

看着米雪霸道的样子，史密特忍不住"扑哧"笑出声。他轻轻捏住米雪的双颊，宠溺地说："我不走，我会一直留在这里。如果你愿意一辈子，那我就陪你一辈子。"

"你说的,不可以反悔哦！"米雪高兴地扑进史密特怀里，突然又想起了什么，抬起脸兴奋地说，"反正你现在也没事了，不如我们赶紧开始第一次约会吧！"

Chapter 18 第十八章
回到2045年

史密特哭笑不得，故意摸着胸口说："哪有你这样的？我这里、这里和这里还是很疼啊……"他话音未落，就被米雪拉下了床。

从医院出来后，米雪和史密特并排走在路上，都显得心情大好。米雪几次想要去拉史密特的手，却都失之交臂，就在她有些气馁的时候，史密特突然主动握住了她的手。两个人相视一笑，米雪只觉得自己的心都要从嗓子眼儿蹦出来了，一直蹦上云霄。

两个人手拉手经过一处街道时，见道路旁立着一块牌子，写着"最夯情侣赛"几个大字，吸引了很多年轻人。一个穿着棒球衣、梳着爆炸头的潮男手举麦克风正在卖力地召集更多的人参赛：

"我们的比赛马上要开始了，现在还可以报名，这次获胜的前三名将会获得我们特别赞助的无敌电压力锅一台，第一名还会得到台湾最好的法国餐厅的免费情侣大餐。"

米雪听到"情侣大餐"，眼睛顿时一亮，拉着史密特去报了名。

比赛的规则就是，每对情侣中其中一个人戴上眼罩，然后两个人手牵手，通过另外一个人的引领，让戴眼罩的人顺利通过设置了桌子、水桶、栏杆等各种路障的一条长几十米的小路，先到达的队伍获胜。

米雪给史密特戴上海绵宝宝的眼罩，不禁被逗乐了。她紧紧牵住他的手，说："相信我，把自己交给我。"

哨声响起，史密特在米雪的牵引下慢慢地越过那些障碍物。

史密特用心捕捉着米雪的声音，只觉得周围嘈杂的声音渐渐退去，而米雪的声音越来越清晰。

"小心……慢慢地往左边走……对……"

本来一开始一切都很顺利，可史密特突然感觉一阵心悸，另外一块怀表爆炸时给他造成的那种不适感再次席卷而来。他走得越来越吃力，但他并没有表现出来，只是努力忍住疼痛，继续在米雪的引领下稳步前进。

眼看胜利就在眼前，可另一组明明稍微落后于史密特和米雪的情侣却故意去撞他们。史密特本就在努力压抑疼痛，被突然一撞，差点儿摔倒，幸亏米雪一直紧握着他的手，将他稳稳扶住。

最终，作弊的情侣率先到达终点，而米雪和史密特只能屈居第二。

米雪失望地说："我们输了……就差一点儿，他们竟然作弊！"

史密特感觉此时舒服了一点儿，不适感不再那么强烈。他摘掉眼罩，看向米

雪仍然紧握的手,说:"我们没输。"

米雪正在疑惑,潮男主持人开始给前三名颁奖,他将一个别致的小信封递到史密特手中说:"电压力锅我们会统一快递,这是额外附赠的礼品。"

史密特道谢后接过信封,拆开一看,里面是一张拍立得。画面上史密特抱着米雪,两个人对视的眼神格外暧昧。

米雪抢过照片,得意地说:"不知道的人看到这张照片,一定会以为我们是真的情侣。"

史密特皱着眉头问她:"难道我们是假的?"

米雪一愣,转过脸去偷笑,又故作正经地问他:"对了,刚才比赛结束的时候,你说我们没输,是什么意思?"

"盲人引路的游戏,我想除了考验以外,这个游戏设计的初衷应该是让人完全放心地将自己交给另一个人。因为人在黑暗中最容易产生无助和恐惧,这个时候的嗅觉、听觉甚至防备心都会比平时高出好几倍。只有真正将自己交给对方,在完成游戏的同时才能增进彼此的依赖和信任。对于情侣来说,我们已经达到了这个游戏的意义。"

米雪听完史密特的解释,不禁露出幸福的笑容,将头靠在史密特的肩膀上。

史密特搂着她的肩膀,在她额上吻了一下,突然心悸感再次袭来,比刚才更加强烈。他赶紧用一只手撑住墙壁,勉强定住身形,尽量平静地对米雪说:"我还有很重要的事要办,先离开一下……你先回家等我,乖。"说完他快速离开,朝一条小巷子里走去。

米雪不满地在他身后大喊:"喂……这可是我们第一次约会,到现在你还有什么事嘛。"

史密特快步走进小巷,他再也无法忍受那强烈的痛楚,五官都扭曲在一起,虚弱地靠在墙上,再慢慢地滑坐到地上。他从口袋里拿出怀表,轻轻地抚摸着。他不明白,如果说第一次晕倒是因为另一块怀表的爆炸引发了磁场震动,那现在怀表的悖论已经不存在,为什么他还是感觉越来越虚弱?难道,只有回到2045年他才能活下去?

不,他不要回到没有米雪的世界,而且这块怀表也濒临崩溃,一旦再次使用,很可能就是怀表坏掉前的最后一次,这意味着他将无法再穿越到2015年。

他要坚持下去,他答应过另一个时空的史密特,会永远陪着米雪。

2

在卢川的帮助下,史密特彻底洗清了杀人嫌疑,终于可以不再躲躲藏藏。而卢川也因为在这个案子中的突出表现,被破格提升至警正二阶。

小明和何芸芸的恋情也突飞猛进,他直接从公寓里搬了出去,好让史密特和米雪能独享二人世界。

米雪拉史密特陪她看恐怖片,做泡面给史密特当宵夜,他们在客厅上演枕头大战,晚上在阳台喝啤酒看星星,然后一起相拥而眠……米雪觉得这几天自己简直生活在梦里,她单纯地觉得一切不愉快都已经过去,而属于她和史密特的幸福已经悄然来临。

米雪带史密特去给老妈过目,毕竟丑媳妇总要见公婆,穷女婿也躲不了见丈母娘。不出她所料,老妈看到史密特后,果然是火冒三丈,直接让米雪罚跪,手也得高高举起不能放下。

"死丫头,你这一年到底要换几个男朋友啊?狼来了都没你这样的,谈恋爱是过家家吗?怎么,翅膀长硬了连你妈都敢一而再再而三地骗?"

米雪讨好地说:"妈,我错了,我保证,这次百分百是真的,一点儿水分都没有。再说上次您也知道廖总是假的嘛,最多就算我骗您一次,嘿嘿。"她说着偷偷将手放下。

米雪老妈马上厉声说:"我还没说完呢,手别放下。"

米雪马上乖乖地继续把手举起来,又朝站在一旁的史密特吐了吐舌头。

"你不说我的轩女婿还好,你这一说我更火大。他是个多好、多懂事的孩子啊,对你那真是体贴入微,绝对没话说,你怎么就生生给放跑了呢?"

史密特终于忍不住了,怯怯地喊了一声:"伯母……"

米雪老妈立马横了他一眼:"我教训我女儿,轮不到外人插嘴。"

史密特突然"扑通"一下跪在米雪旁边,和她一样把双手举高。

米雪老妈吓了一跳:"你这是干吗?这件事和你没关系。"

史密特真诚地说:"不,有很大的关系……如果我早点儿认清我对米雪的心意,早一点儿追求米雪……她就不会为了不让您担心,撒谎来欺骗您,这不是她一个人的责任。我是她的男朋友,她做错了,我会帮她承担。"

米雪花痴地看着史密特,满脸甜蜜,心想:以前光知道他高冷,没想到他还这么有男人味儿,看来真是没有选错人啊。

米雪老妈用手点了一下米雪的额头:"可以啊你,现在都有人护着了,我也

管不了了……"

米雪撒娇地揪了揪老妈的裤腿："妈……人家史密特好歹是客人，总不能一直跪着吧？"

老妈无奈地一挥手："都起来吧。"

米雪和史密特相视一笑，一同站起来坐到沙发上。

米雪老妈在史密特对面坐下，目光炯炯地盯着他看了半晌，才开口问道："你家人都在台北吗？"

史密特镇静地说："我父亲在，母亲已经过世了。"

米雪老妈点点头："哦……那有空儿把你父亲叫出来，两边家长见个面吧。"

史密特为难地说："我父亲生活在2045年，可能无法在2015年约见到他。"

米雪老妈没听懂："你说什么？"

米雪轻推了一下史密特："不要乱说。"然后笑嘻嘻地跟老妈解释道，"他是说他老爸出差了，暂时没法见面。"

米雪老妈撇撇嘴："听米雪说你现在的工作是在杂志社当摄影助理？"

史密特摇了摇头："摄影助理的工作暂时已经不做了。"

米雪大惊，慌忙踩了史密特一脚，狠狠瞪了他一眼。

米雪老妈的脸部开始抽搐："那岂不是无业游民？"

史密特却若无其事地说："嗯，现阶段来说是这样。"

"米……雪！"米雪老妈的狮吼功震得米雪赶紧捂上耳朵。

"不是这样的，老妈，您听我解释……"米雪还想做最后的补救，可话未说完，就跟史密特一起被老妈赶出了大门。

"都给我滚回去！"

眼睁睁看着老妈气势汹汹地关上大门，米雪没好气地瞪了史密特一眼："喂，史密特，你是不是故意的？"

史密特一脸莫名："我说的都是实话，有什么不对吗？"

米雪十分抓狂："我现在才发现，原来三年一代沟是真的，我们之间的代沟应该数不清了吧？"

史密特默默牵起米雪的手："在一起不就好了，还有什么比这个更重要的？"

看着米雪幸福的笑容，史密特对自己说，久一点儿，再久一点儿就好，我想让她的笑容继续因我绽放，我想牢牢记住跟她在一起的每分每秒。

"我们去约会吧，把你曾经想做，却没机会做的事情都做了。"

第十八章
回到2045年

"真的吗？"米雪眼中闪动着激动的光芒，不过她又狡黠地一笑，"我才不要一下子全部做完呢，我要你陪着我一件一件慢慢地做。"

这天，米雪拉着史密特去买了情侣装，然后两个人穿着情侣装去逛街，打电动，照大头贴，坐摩天轮。晚上史密特陪米雪去看恐怖电影，从影院出来后又去夜市吃了一路的小吃。

酒足饭饱的米雪和史密特手牵手走在一条安静的小道上，忽然米雪松开史密特的手，兴致盎然地跳上小道旁低矮的水泥护栏，张开双臂，摇摇晃晃地走了起来。眼看她重心不稳快要摔倒时，一只手伸出来稳稳地握住了她的手，牵着她继续走了下去。

米雪紧紧抓着史密特的手，笑嘻嘻地说："你说等我们老的时候，是不是也像这样，你牵着我一起散步，然后我们聊着隔壁老李家的孙子都生二胎了，是不是该去换个假牙了……哈哈，想想就觉得很有意思。"

史密特看着米雪傻笑的样子，笑说："你好像在这种事情上想象力特别丰富。"

"嫌弃我啊？我以前就经常想，将来有一天，可以和喜欢的人一起散步，或者逛超市，我们聊着再普通不过的话题，说着说着，他会不经意又很自然地对我说：我们结婚吧。然后我就说好……哎呀，简直幸福爆表。"米雪说着用一只手捂住脸颊，满目憧憬。

"就这样？你们这个时代的女生不是都幻想有一个很浪漫的求婚吗？鲜花、戒指、烛光晚餐、下跪求婚……"

"你说的只是一种形式啦，比起虚无的罗曼蒂克，更能让我感动的反而是那些不起眼的平凡生活，那种可以踏踏实实走在地上，感受到对方心里温度的简单幸福。"

史密特停住脚步，认真地看着米雪问："那你想过死前的最后一刻会是什么样子吗？"

"死前的最后一刻？"米雪想了想，说道，"那一定是最圆满的时候……我的女儿抱着外孙女守在我身边，我看上去已经老得不能再老了，然后我握着爱人的手说：老头子，这辈子我不后悔，也没有一点儿遗憾。最后就慢慢地闭上眼睛，享受我的人生最长的假期。"

史密特拍了拍她的头："我的米雪，好像一下子长大了。"

米雪"扑哧"笑了："我才不要长大，我是永远十八岁的无敌青春美少女。现在美少女想吃冰淇淋了……香草口味的，嘿嘿。"

史密特有些无奈,宠溺地看着她说:"知道了,等我一下。"说完便跑进附近的便利店里。

不一会儿,史密特拿着一个甜筒从便利店走了出来,他看着不远处等待自己的米雪,不觉露出一个微笑。然而他走了没两步,突然感觉到一阵难受,这种痛苦的程度已经远超之前的那些心悸胸闷。他强忍着痛苦向前走,视线也越来越模糊。

终于来到米雪身后,他再也支撑不住,一下子倒向了米雪,将她一把抱住。

3

米雪以为史密特是在跟自己开玩笑,不好意思地说:"虽然我知道热恋的情侣就是喜欢亲亲抱抱的,不过你这才离开多久啊,就舍不得我了?"

史密特已经难受得说不出话来,血顺着他的嘴角流下,他竭尽全力在米雪耳边喃喃说:"我真的很想……很想陪你把这段路走完……"

米雪拍拍他的胳膊:"那我们就慢慢走,可以走好久好久……"

终于,史密特抱着米雪的手垂下,手里的冰淇淋也落地,他彻底昏迷了过去。

米雪感觉史密特整个人的重量都压在自己身上,意识到有些不对劲:"你怎么了?你好重……"

她边说边用手顶住史密特的肩膀转身一看,顿时吓了一跳,只见史密特嘴角的鲜血已经染红了他胸前的白衬衫。

米雪惊慌起来,带着哭腔说:"史密特,史密特,你别吓我啊……"

史密特又一次进了医院,而这次他再没有第一次的幸运。医生告诉米雪,已经给史密特做了全身检查,可仍找不到任何病因,他全身的器官都在不可思议地快速衰竭。医院对此已经无能为力了。

米雪双目含泪地看着还在昏迷中的史密特,哽咽着说:"你欺负了我那么久,我现在好不容易翻身,还有好多好多事要让你帮我去做,你怎么可以死?"说到这里,她突然想到什么,在史密特身上翻出了怀表。

这时,史密特转醒,轻轻抓住了米雪的手腕。

"史密特,你醒了!为什么不早点儿告诉我?这到底是怎么回事?"

"我也不知道,我想很有可能跟另一块怀表的爆炸有关。"

"要怎么样才能救你?"

"现在的医疗水平做不到……"

"现在不行……未来,未来一定可以。你回去是不是就可以活下来了?"

Chapter 18 第十八章
回到 2045 年

史密特摇摇头,虚弱地说:"怀表使用太频繁,已经出现裂缝了。这个裂缝现在越来越大,说明怀表的寿命已经倒计时了。如果我回去,可能就再也回不来了,我不想走……不想离开你……"

米雪沉默了,她看着手里的怀表久久不语。是啊,如果史密特现在回去,也许就是彼此的永别,可如果他不回去,自己除了眼睁睁看着他死去,还有什么别的结局?与其阴阳两隔,不如让他在另一个时空好好地活下去。她只要知道他平安,也就足够了。

想到这里,米雪深吸一口气,站起来给了史密特一个蜻蜓点水的吻。

"史密特,我爱你。"米雪努力露出一个微笑,可泪水却不争气地从她弯弯的眼角流下,"我不能看着你在我面前死掉,你走吧……你放心,你走之后我一定不会等你,我会马上把自己嫁掉,所以你不用担心我。"

史密特也落下泪来,用尽全力摇头:"米雪……不要……"

米雪打开怀表放在史密特面前,又抓着他的手去转动怀表。史密特十分虚弱,完全无法反抗,只能眼睁睁看着米雪抓着自己的手将怀表的年份拨动到了 2045 年。

史密特瞬间便消失在米雪眼前,米雪终于忍不住放声大哭,紧紧地抱住了眼前还留着史密特体温的被子。

别了,史密特。别了,我的最爱。

米雪从医院出来后,浑浑噩噩地去居酒屋喝到烂醉,然后醉醺醺地回到公寓,却怎么都找不到钥匙。

米雪开始敲门:"史密特!小明!你们开门啊,开门啊!"

可屋内没有传来任何回应,她敲着敲着就哭了起来,最后顺着门滑倒在地上,醉了过去,不省人事。

次日,米雪是从自己的床上醒来的。她已然忘了昨晚睡在门口的经历,只觉得头痛欲裂,迷迷糊糊地起床想去喝水,谁知却在卧室门口碰到小明,顿时被吓了一跳。

"咦,你不是已经搬走了吗?"

小明叹气道:"你还说呢,你不记得自己昨晚醉成什么样子了吗?害我大半夜跑过来帮你开门。米雪姐,你这样很危险!"

米雪挠挠头:"可你怎么知道我喝醉了?"

"还不是史密特,我搬家那天,他给了我一把备用钥匙,还跟我说他在大门口安装了一个微型摄影机,可以二十四小时监控楼道里的情况,让我每天有空的时候就看一下，发现不对了就赶紧报警。我昨晚就是从监控里看到你倒在门口没人管，才赶紧赶过来的。话说，这个史密特到底跑到哪里去了啊？"

米雪两眼放空，呆呆地说："他去了他应该在的地方。"

为了尽快适应没有史密特的生活，米雪决定把他的东西都收拾起来放在自己看不到的地方，然而她无意间在电视夹缝里发现了史密特留下的日记。

她翻开日记本，见每一页都简短地记着一些史密特来到2015年后发现的线索。

"一、怀表能倒退十分钟，能穿越到任何年份的跨年夜。

二、2015年果然存在和我一模一样的人，他会再次回来见证这个女人的幸福吗？

三、悬崖下的昂贵纽扣？廖宇轩怎么会和凶手一起出现在案发现场？

四、古人真奇怪，很注重隐私，特别是女人。

五、廖宇轩也是受害人之一。

六、真凶现身，要赶在时空黑洞前捉住他。

七、录像的被害人另有其人。

八、瞒不住了，这个女人打开了我的怀表。

九、两个案子，一个凶手。

十、腹背受敌，盒子竟然被提前挖出！

十一、两条直线，永远不可能相交。

十二、我必须要保护她。

十三、冯展、廖宇轩、另一个史密特……这是同一张网。

十四、永远的时空黑洞。"

在这些文字之后，每一页记录的内容开始越来越多，都是史密特不为人知的真实感受和想法。米雪看着看着，渐渐泪流满面，情难自已。

"时间过得好快，还记得我刚从警局里出来的时候，一个人待在汽车旅馆，想的不是凶手，而是你告别的样子……我在杂志社的门口看到你，就这么远远地看着……看到你为了我训斥那些记者……当时我就想，能被这个女孩喜欢，我好幸运。

"不知道从什么时候开始，我不自觉地观察你。你刷牙的时候喜欢挤两次牙膏，衣服要堆满收衣篮才会洗，东西永远刚放下就找不到，吃砂锅牛肉，肉只能吃一半……喜欢看养生书却常常熬夜、吃泡面……我不经意地记下这些，渐渐地，

Chapter 18 第十八章
回到 2045 年

它们就刻进了我的脑子里。米雪,我好像比你想的更依赖你……"

"我越来越虚弱了……很害怕,却无能为力……不知道人死后会去哪儿,也许就像你说的,这会是一个很长的假期……我想你的时候,还会再见的吧。"

米雪看完日记的最后一页,终于抱着日记本发出撕心裂肺的哭喊:"史密特,史密特,你在哪里?我后悔了,你快回来吧,我想你……"

Chapter 19 第十九章
永恒定格的幸福

∨∨∨

米雪和史密特四目相对,两个人心底都涌起无限感慨,似乎有一种二度一见钟情的感觉。

1

2045年的台北，所有的建筑都是统一的金属色，街上行人稀少，着装颜色也十分单调，每个人都面无表情，匆匆赶路，仿佛这个世界的一切都与自己无关。

在全市医疗条件最好的医院里，躺着这个时代的天才设计师——史密特。

他在昏迷了半个月后，终于醒来，医生表示他的身体特征已经正常，待会儿再做一个检查，就可以出院。

来接史密特的是年迈的史东明，虽然他仍旧对史密特很冷漠，但史密特看到他却有了和以往截然不同的感觉。

史密特跟史东明回到别墅，他们刚一进屋，一只沙皮狗就屁颠儿屁颠儿地跑了过来。

史东明不快地说："你的狗已经在我这里放了半年，到底什么时候带走？"

沙皮狗也十分不满地跟史密特投诉："史密特，你可算回来了！你也太没义气了，竟然抛弃我这么久！我不要和老头儿住一起，我要回家！这里什么都没有，我要我的人工智能电子冰箱，我的全息高频网络电视……"

史东明冷哼一声："最好快点儿滚。"

沙皮狗有些害怕地躲到史密特身后，嘴上却继续说："他只会虐待动物，在这里没有狗权！"

史密特无奈地关掉项圈："好啦，别闹了。"然后看向史东明，犹豫着说，"爸，我……"

"你不用告诉我你为什么会突然重病进了医院，反正现在已经没事了。"史东明说着从怀里掏出怀表，递给史密特，"你被送进医院的时候，手里一直握着这个。"

史东明说完看也不看史密特，径直上楼回到自己的房间。史密特看着一如既往冷漠的父亲，却没有了丝毫怨恨，只是捏着怀表淡淡一笑。

他打开布满裂痕的怀表，往回拨动了十分钟，可一切仍旧如常，时空并没有倒流。

怀表真的坏了。

史密特重新回到2045年，不再有2015年那么多的不适应，也不再有牢狱之灾，他仍然是鼎鼎大名的钻石单身汉，事业依旧顺风顺水，在公司里还是说一不二，没人敢怀疑他的决定。

他之前提出的基因配对工程，前期研发阶段已经结束，关于将爱情做投资的

Chapter 19 第十九章
永恒定格的幸福

市场前景也很好,随时可以准备投产。但史密特却临时决定放弃对基因配对的开发,他承认自己判断失误,认为单纯的基因配对组合并不能产生真正的爱情,感情归根到底还是两个人的事。不论科技如何发展,人类之间的情感仍然需要得到尊重。

没人知道,这一切,都是一个叫米雪的女孩在2015年教会他的。

2045年才是属于史密特的年代,可这里再好,也不能弥补没有米雪的空白。

他疯狂想念着关于米雪的一切,想念她的俏皮可爱,想念她的蛮横撒娇,想念她笑起来弯弯的眼角,想念她生气时鼻子上的小小皱纹,想念她说过的每一句话,想念她煮的每一碗泡面……

如果不曾亲身体会,生活在2045年的史密特永远都无法想象爱情的美好与苦涩,也不会知道应该如何关心他人,更不会了解在有了想要保护的人后,一个人的勇气究竟可以被放大多少倍。

原本史密特早就可以搬回自己的公寓去住,但他还是留在了父亲的别墅。经过在2015年和年轻的史东明的相处,他觉得自己对父亲了解得太少,也许他们父子应该多些互动和沟通,毕竟他是他在世上唯一的血亲。

又到了史密特母亲的忌日,父子俩来到墓地给依然年轻美丽的何芸芸扫墓献花。

史东明深情地抚摸着墓碑上的黑白照片,喃喃地说:"芸芸,过去这么多年了,你在我心里还是原来的样子,我却老了。"

史密特的心情也很沉重:"妈走的时候我还太小,很多事情都不太记得了。"

史东明叹了口气:"在你五岁生日那年,你妈心脏病发猝死。这个病症在当时是绝症,可是只要再等两年,就会出现治疗的特效药。可惜,她没有等到这个机会。"

史密特看着史东明两鬓的白发,觉得有些心疼:"我记得那几年您过得很颓废。"

"过去因为你太小,所以我一直没有跟你提起芸芸的死因。其实那天芸芸是为了给你买喜欢的糖果,才在大雨天出行,结果差点儿出了车祸。虽然她躲过了汽车……却没想到由于过度惊吓引发了心脏病。"

史密特难以置信地说:"原来……是因为我,是我害死了她,所以您后来才很长时间不愿意见到我?"

史东明点点头:"是啊,曾经有一段时间,我很厌恶见到你。这些年来,我都没有好好照顾你,芸芸应该会责怪我吧,她那么爱你。"

史密特有些哽咽:"不,换成我也不会原谅自己。"

史东明拍拍史密特的肩膀:"只怪当时的我不够成熟,其实这件事和你没有关系,那只是一个意外……"说完他转身朝墓地外走去。

史密特沉默地看着父亲不再年轻,甚至有些步履蹒跚的背影,觉得心里多了一份释然,却又多了一份责任。也许,他真的应该多陪陪父亲了。

当晚,史密特正在卧室里翻看自己小时候和父母的合影,忽听浴室传来史东明的一声大叫和有人摔倒的声音。

他马上放下照片,冲进浴室,只见史东明坐在湿漉漉的地上,想起身却使不上力,他赶紧上前将其扶起。

史东明起身后,推开史密特的手,倔强地说:"我没事,不用你管。我要洗澡了,你出去吧。"他边说边伸手去够毛巾,可明显整个手臂都在颤抖。

史密特帮他取下毛巾,平和地说:"洗澡是吗?我来帮您吧。"

史东明却一把抢过毛巾说:"我还没老到那种地步……"

史密特不再说话,只是自顾自地去给浴缸放水。

史东明还想说什么,但看到儿子半跪在浴缸边的谦卑背影,似乎有些触动,便不再说话,任由史密特调好水温和沐浴泡沫。

"爸,好了。"史密特用手在水里试了试温度。

史东明脱掉衣服,沉默地坐进了浴缸,史密特拿起毛巾蹲在浴缸边帮他一下下擦背。

最终,史东明还是忍不住板着脸说道:"以前一年也见不到你一次,最近是怎么了,觉得我年纪大了,突然良心发现,想要当一个好儿子吗?"

史密特顺口接道:"您都没有演好父亲的角色,我又怎么会愧疚呢?"

史东明皱眉:"你是在怪我?"

史密特擦背的动作稍有停滞:"也许以前有过,但是现在我都理解了。"

史东明听到这里,严肃的表情终于缓和了一些,认真地说:"我虽然老了,但以后绝对不会成为你的包袱,就算有一天老得走不动了,我也会自己去养老院,不会求你赡养我。你在外面混得再好,在我这里也只是个孩子……"

史密特的眼睛有些湿润:"爸……"

史东明叹了口气:"史密特,你只要记住,'家人',这两个字的分量比什么都重。"

这是史密特第一次跟父亲如此亲近地谈话,其实一切也许并没有那么难,只是他之前缺少了主动了解的勇气和耐心。如果时光可以再次倒流,史密特下定决

Chapter 19 第十九章
永恒定格的幸福

心一定要拯救母亲的生命,这样才不至于让父亲孤独终老。

米雪说过,如果将来在 2045 年遇到,她希望史密特不要认出自己,因为她不希望自己脸上有皱纹的样子被史密特看到。

可是史密特只想知道她现在过得好不好,只要能确认她是幸福的,就算只是远远地看上一眼,也足够了。

史密特来到第一次遇见老年米雪的照相馆,然而他却没有在柜台看到米雪,只看到一个中年男人。

中年男人客气地问:"你好,是想要拍照吗?"

"不,我想找人,你们的老板……"史密特指着店里那张米雪年轻时的照片说,"就是她。"

中年男子答道:"我是她的弟弟,她现在已经不负责店铺生意了。"

"哦,这样……我的父亲是米雪的旧识,特地托我过来看看她。我知道她之前住的公寓早就改建成公园了,所以……"

"你父亲是……"

"史东明,和米雪曾经是同事,都在《星周刊》任职。"

"就是那个娶了大明星的小明?当年他还冒充我姐夫呢。他辞职搬家后,我们就很少见面了。"

史密特小心翼翼地问:"米雪……婆婆,这些年过得好吗?"

"我也不知道怎么说,你自己去看了就知道了。现在这个时间,她只会在一个地方——城郊的汽车旅馆。"

史密特听到这里,心里顿时产生了一种不好的预感。汽车旅馆,是他和她第一次见面的那间吗?时隔这么多年,她为什么还会去那个地方?

米雪的弟弟带史密特来到汽车旅馆附近,只见不远处,年老的米雪正坐在轮椅上,微笑专注地看着那家汽车旅馆。

2

再次看到米雪,史密特顿时觉得眼睛有些湿润:"她经常来这儿吗?"

米雪弟弟点点头:"嗯……听说这里是她和喜欢的人第一次见面的地方,她常常一个人来这里,一坐就是一天。这些年她都是孤身一人,她的爱人失踪之后,她很执着,说一定要等他回来,不论谁劝都不听。这一等,就是三十年。你们年轻人可能很难懂吧,连我都不明白,爱一个人可以到这个地步。"

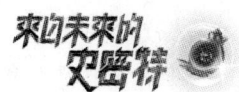

史密特下意识地握紧了双拳,她骗我,她说她会嫁人,会幸福,可是她竟然苦等了我三十年。

米雪弟弟叹了口气,继续说:"因为忧思过度,她的精神有些混乱,时常出现幻觉。她又不肯去医院,现在年纪大了,身体也一天天虚弱下去,医生说指不定哪天就……唉,有时候,我真的很恨那个辜负她的人,连一个道别都不愿意施舍。"

史密特觉得自己的心就像在被千刀万剐,他平安无事地回到了2045年,却让米雪陷入如此无望的境地,他真的罪无可恕。

"谢谢你,我想过去跟婆婆聊几句。"

米雪弟弟点了点头,独自离开了。

史密特迈着沉重的步子走到米雪面前,米雪看到他,竟一点儿都不惊奇,只是自然地说:"你来了。"

史密特有些惊喜:"你记得我?"

"最近好久没见过你了,你要记得时常来看我,只要每天陪我说说话就好了。"

史密特明白米雪是把自己当成其他人了,有些无奈,这时米雪突然发现了他胸前的怀表,不禁睁大了眼睛。

史密特取下怀表递给她:"你想看这个?"

米雪接过怀表打开,试着拨动,可周围的一切依旧如常。

史密特说:"怀表已经坏了。"

米雪摸着怀表喃喃地说:"可惜了,如果可以回到2015年,我有好多话想告诉过去的自己。"

"你想和她说什么?会不会后悔自己的选择……"

"如果回到过去,我会告诉她:米雪,人这一生总会遇见那么一个人,你的心可能会因为他变得和炉火一样温暖,也可能如顽石一样坚硬。可是只要遇见了,即使要放弃那些所谓的原则、坚持,也请不顾一切地爱一次。"

这时,两个人身后响起了一阵悠扬的吉他声,他们转头一看,只见一位街头歌手正背着吉他在路边自弹自唱,已经有不少人围观。米雪被歌声吸引,转动轮椅来到歌手身边,史密特也跟了上去。

婉转的情歌让在场所有人的心都快要融化了,史密特注视着沉浸其中的米雪,也不知不觉开始回忆两个人的过往。

从他们第一次相识,到第一次拥抱;从他们第一次争吵,到第一次接吻,虽然只有短短的几个月,却足以让人回味一生。而米雪,不正是靠着这些回忆支撑

第十九章
永恒定格的幸福

了三十年吗？

　　史密特回过神来时，米雪已经歪着头在轮椅上睡着了。他微微一笑，把米雪滑落的披肩往上拉了拉，又轻推她，喊道："米雪……米雪……"

　　可谁知米雪没有任何反应，史密特突然紧张起来，他弯腰用手轻触米雪的鼻息，想确定她是不是还有呼吸，结果他的手被米雪一把抓住，他这才松了一口气。

　　史密特温柔地说："米雪，在这里睡着很容易感冒，不要睡了，我送你回去。"

　　米雪睁开眼睛，看着史密特的眼神似乎有些陌生，但随即又像认出了他似的，露出一个微笑。

　　此时，两名施工人员在汽车旅馆前搭起围栏，米雪见状有些着急："他们要做什么？"

　　史密特走上前询问："这里要拆了吗？"

　　施工人员点点头："马上要改成商业街了。"

　　史密特扭头看了看米雪，显然她已经听到了，十分伤感地说："汽车旅馆也没了，和你有关的东西一个一个地都消失了。如果可以，我真的很想守住这些，可是我已经老了，守不动了。咳咳……回忆……本来就该留在岁月里啊……"

　　史密特推着米雪来到喷泉旁边，然后在水池边坐下，让她能够平视自己。

　　"以前的你可不是这样悲观的，你不是说你就算到了六十岁还是很漂亮吗？"

　　米雪浑浊的目光里突然闪过一丝光亮："你还答应过我，再见的话，要装作不认识的样子。他们都以为我的脑子不清楚，其实我一直都知道你只是我幻想出来的……"

　　史密特拉住米雪的手，声音哽咽："不，我不是——"

　　米雪打断他，继续说道："我不想清醒，所以一直骗自己你还在。你是我记忆里的人，你的样子也是我记忆里的样子，这么多年什么都变了，没变的只有你。"

　　米雪的眼里噙满泪水，她摩挲着史密特的手，仔细地端详他，仿佛在看一件宝物，又仿佛在触摸一个五彩斑斓的气泡，生怕一用劲儿就会消失不见。

　　夕阳的余晖洒落在米雪不再光滑的脸上，史密特却觉得这一刻她的笑容美得像天使。

　　米雪转头看着天际，满足地说："每次看到落日，就想着什么时候能和你一起看看这么美丽的景色，想着想着，就三十年了，时间过得真快……"

　　史密特将轮椅转向落日的方向，又站到米雪身后，将双手轻轻放在她的双肩上，温柔地说："我现在就陪你看。"

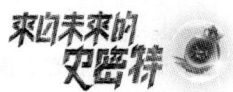

米雪将一只手搭在史密特的手背上,眯着双眼呢喃道:"真美啊……"

当夕阳西沉,火烧云绵延天际时,史密特感觉到米雪的手滑落,头偏向一侧垂在了他的手上。他颤抖着用另一只手去摸米雪的鼻息,瞬间泪水崩落。

"傻瓜……"

史密特此时只有一个想法:我要回去,我一定要回到2015年。

他回到家后将自己关在房间里,利用曾经见过一次的怀表设计图,没日没夜地研究让怀表重新走动的方法。他发现怀表在每一次使用过程中,穿越虫洞时都会遭受时空扭曲的压力,也就是说它不能无限次数使用,即使没有两块怀表的悖论存在,没有时空黑洞,当使用次数到达一个饱和值时,怀表同样会作废。

他不吃不喝、不眠不休地奋战了三天三夜,终于让怀表重新走动了!

史密特怀着激动的心情,拨动怀表,可并没有出现任何时间倒转的现象。他气得一拳砸在墙上,眼眶终于忍不住湿润了。

史密特昏睡了一天一夜,又简单吃了点儿东西,开始重新思考怀表的构造。他意识到并不能只是简单地修复怀表,如果尝试重新组装,也许还有一线希望。他又花了两天,终于重新组装出了一块怀表。

此时,时钟正指向晚上12点10分的位置,史密特表情严肃,郑重地将怀表往回拨了10分钟。

时光倒流了。

史东明走到卧室门口来喊史密特吃晚饭,外面天色未黑,怀表的时间显示下午5点30分。

史密特眉头深锁:"穿越的时间出现了错乱……"他想了想,再次尝试将怀表倒退10分钟。

突然,他被一股强大的力量弹开,整个身体撞在墙上,然后重重落下,怀表也甩了出去。他慌忙从地上爬起来,不顾身上的疼痛,捡起怀表一看,时间竟回到了晚上11点。

怀表的情况太不稳定了,如果他转动年份,最后却无法回到2015年,而是像另一个史密特一样平行穿越了怎么办?他可能再也无法回到这个时空……

史密特闭上双眼,脑袋开始飞速运转,而当他睁开眼睛的那一刻,目光坚定,似乎已经有了答案。

他拿着怀表,走进史东明的房间,见房内亮着灯,而床上的史东明已经睡着。他走近床边,帮史东明盖好被子,又关上了灯。